P. D. JAMES (1920-2014), estudió en Cambridge y trabajó durante treinta años en la Administración Pública, incluyendo departamentos legales y policiales. Es autora de veinte libros. Publicó su primera novela en 1963, dando inicio a la exitosa serie protagonizada por Adam Dalgliesh. Como reconocimiento a su trayectoria profesional, en 1991 le fue concedido un título nobiliario. Además, entre otros premios, ha recibido el Grand Master Award, el Diamond Dagger y el Carvalho concedido por el festival BCNegra. Además, forma parte del Salón de la Fama de la International Crime Writing junto a Arthur Conan Doyle y Agatha Christie.

En Ediciones B ha publicado *Un impulso criminal, Muertes poco naturales, La octava víctima, No apto para mujeres, La torre negra, La muerte de un forense, Sangre inocente, La calavera bajo la piel, Sabor a muerte, Intrigas y deseos, Hijos de hombres, El pecado original, Una cierta justicia, Muerte en el seminario, La sala del crimen, El faro* y el presente libro de memorias, *La hora de la verdad: un año de mi vida. La muerte llega a Pemberley* es un magistral homenaje a Jane Austen, su autora preferida desde la infancia.

Título original: *Cover Her Face*
Traducción: María Eugenia Ciocchini Suárez
1.ª edición: enero, 2017

© P. D. James, 1962
© Ediciones B, S. A., 2017
   para el sello B de Bolsillo
   Consell de Cent, 425-427 — 08009 Barcelona (España)
   www.edicionesb.com

Printed in Spain
ISBN: 978-84-9070-314-4
DL B 22110-2016

Impreso por NOVOPRINT
         Energía, 53
         08740 Sant Andreu de la Barca — Barcelona

Cubridle el rostro

P. D. JAMES

CAPÍTULO UNO

1

Exactamente tres meses antes del crimen de Martingale, la señora Maxie celebró una cena. Años más tarde, cuando el juicio era un escándalo ya casi olvidado y los titulares de los periódicos amarilleaban en los cajones de los armarios, Eleanor Maxie recordaba aquella noche de primavera como la obertura de la tragedia. La memoria, selectiva y perversa, investía a aquella cena absolutamente normal con un aura de presagios sombríos e intranquilidad. Mirándola en retrospectiva, se convertía en un encuentro ritual de la víctima y los sospechosos bajo un mismo techo, un ensayo previo al asesinato. En realidad, no todos los sospechosos estaban presentes. Felix Hearne, por ejemplo, no se encontraba en Martingale aquel fin de semana; pero en la memoria de la señora Maxie también él se hallaba sentado a la mesa, mirando con ojos divertidos y sarcásticos las bufonadas preliminares de los participantes.

En aquel momento, como es lógico, la fiesta les había parecido vulgar y bastante aburrida. Tres de los invitados —el doctor Epps, el pastor y la señorita Liddell, directora del Refugio St. Mary para jovencitas— habían cenado juntos demasiado a menudo como para encontrar alguna novedad o estímulo en su mutua compañía. Catherine Bowers estaba extrañamente silenciosa y Stephen Maxie y su hermana, Deborah Riscoe, se esforzaban por disimular su fastidio porque el primer fin de semana que Stephen no trabajaba en el hospital en más de un mes coincidiera con una fiesta. La señora Maxie acababa de contratar como criada a una de las madres solteras de la señorita Liddell y la joven serviría la mesa por primera vez. Pero la atmósfera de incomodidad que rodeaba la mesa no podía achacarse a la presencia circunstancial de Sally Jupp, que, tras dejar las fuentes frente a la señora Maxie, recogía los platos mientras la señorita Liddell la observaba con complacida aprobación.

Es probable que al menos uno de los invitados se sintiera realmente feliz. Bernard Hinks, el pastor de Chadfleet, era un solterón, y cualquier variación con respecto a las comidas nutritivas pero desabridas que cocinaba su hermana y ama de llaves —que nunca caía en la tentación de comer fuera de la vicaría— constituía un alivio que dejaba poco lugar a las formalidades de la vida social. Era un hombre agradable y de expresión tierna que aparentaba más de cincuenta y cuatro años y que tenía reputación de ser indeciso y tímido excepto en cuestiones de fe. La teología era su mayor interés intelectual, tal vez el único, y aunque sus feligreses no siempre eran capaces de entender sus sermones, aceptaban este hecho como muestra clara de la erudición del pastor.

Sin embargo, en el pueblo se daba por sentado que uno podía obtener asesoramiento y ayuda del pastor y que, aun cuando lo primero resultara algo confuso, por lo general se podía confiar en lo segundo.

Para el doctor Charles Epps la fiesta significaba una comida de primera, un par de encantadoras mujeres con quienes charlar y un tranquilo interludio en medio de las trivialidades de su consulta rural. Era un viudo que llevaba treinta años en Chadfleet y conocía a casi todos sus pacientes tan bien como para predecir con exactitud si vivirían o no. Pensaba que un médico podía hacer muy poco para alterar este destino, que era de sabios reconocer el momento de morir causando las mínimas molestias posibles a los demás y el menor sufrimiento a uno mismo y que los progresos de la medicina solo servían para prolongar la vida durante unos pocos meses de dolor para única gloria del médico. A causa de ello, era menos estúpido y más hábil de lo que Stephen Maxie pensaba, y muy pocos de sus pacientes se enfrentaban con lo inevitable antes de que les llegara la hora. Había atendido a la señora Maxie en el nacimiento de sus dos hijos y era médico y amigo de su marido, en la medida en que la mente ida de Simon Maxie aún podía reconocer y apreciar la amistad. Ahora se sentaba a la mesa de los Maxie y comía *souflé* de pollo con la actitud de un hombre que se ha ganado la comida y no tiene intención de dejarse influir por el humor de los demás.

—¿Así que has acogido a Sally Jupp y a su bebé, Eleanor? —El doctor Epps no tenía reparos en señalar lo obvio—. Hermosas criaturas, los dos, y será muy agradable para ti tener un bebé en casa otra vez.

—Esperemos que Martha esté de acuerdo con usted —dijo la señora Maxie fríamente—. Necesita quien le ayude con urgencia, ya lo sé, pero es muy conservadora. Es probable que esta situación le afecte más de lo que dice.

—Ya se le pasará. Los escrúpulos morales desaparecerán en cuanto vea que se trata de una ayuda extra en la cocina. —El doctor Epps restó importancia a la conciencia de Martha Bultitaft haciendo un gesto con su mano rechoncha—. De todos modos, en poco tiempo el niño la conquistará. Jimmy es un bebé encantador, quienquiera que fuese su padre.

Llegado ese momento, la señorita Liddell consideró que debía escucharse la voz de la experiencia.

—Yo no creo, doctor, que debamos hablar de los problemas de estos niños con tanta ligereza. Por supuesto, debemos demostrar nuestra caridad cristiana —aquí la señorita Liddell hizo un gesto dirigido al pastor, como si reconociera la presencia de otro experto y se disculpara por esta intromisión en su terreno—, pero no puedo evitar pensar que la sociedad en general se está volviendo demasiado tolerante con estas jóvenes. Los valores morales del país continuarán deteriorándose si estos niños reciben más consideraciones que los nacidos dentro del matrimonio. ¡Y esto ya está sucediendo! Hay innumerables madres pobres y respetables que no reciben ni la mitad del apoyo y la atención que se les concede a algunas de estas chicas.

Miró alrededor de la mesa, ruborizada, y comenzó a comer otra vez con avidez. Bueno, ¿y qué si todos parecían sorprendidos? Tenía que decirlo, era su obligación. Miró al pastor, esperando su aprobación, pero Hinks, después de una fugaz expresión de asombro, se concentraba en la comida. La señorita Liddell, enfadada y sin aliados, pensó que el vicario se comportaba como un glotón. Entonces escuchó a Stephen Maxie.

—Está claro que estos niños no son distintos a ningún otro, excepto por el hecho de que nos debemos más a ellos. Tampoco veo nada de particular en sus madres. Después de todo, ¿cuánta gente acepta en la práctica el código moral que ellas rompen y por el cual se las desprecia?

—Mucha, doctor Maxie, puedo asegurárselo.

La señorita Liddell no estaba acostumbrada a que los jóvenes la contradijeran. Stephen Maxie era un cirujano joven con un gran porvenir, pero eso no lo convertía en un experto en jóvenes descarriadas.

—Me horrorizaría pensar que las conductas de las que soy testigo en mi trabajo pudieran ser representativas de la juventud actual.

—Bueno, como representante de la juventud actual, puede usted creerme que no es extraño que despreciemos a aquellas personas pilladas en falta. A mí esta joven me parece perfectamente normal y respetable.

—Es discreta, refinada y muy bien educada. ¡Tiene estudios secundarios! No se me habría ocurrido recomendársela a su madre si no fuera de lo mejor que tenemos en St. Mary. En realidad, es huérfana y fue criada por una tía, pero espero que eso no despierte su compasión. Lo que Sally debe hacer es trabajar duro y aprovechar al máximo esta oportunidad. El pasado quedó atrás y es mejor olvidarlo.

—Debe de resultar difícil olvidar el pasado cuando uno tiene un recuerdo tan tangible de él —dijo Deborah Riscoe.

El doctor Epps, molesto por una conversación que comenzaba a provocarle mal humor, y probablemente peor digestión, intentó buscar palabras conciliadoras. Por desgracia, solo consiguió prolongar la disputa.

—Es una joven bonita y una buena madre. Es probable que todavía encuentre un buen tipo y se case con él. Sería lo mejor. No puedo decir que me guste la relación que se crea entre una madre soltera y su hijo, suelen estar demasiado unidos y a menudo eso acaba en trastornos psicológicos. A veces pienso, aunque sea una terrible herejía, señorita Liddell, que lo mejor sería conseguir que esos niños fueran adoptados por buenas familias.

—Un niño es responsabilidad de su madre —declaró la señorita Liddell—, y su deber es cuidarlo y mantenerlo.

—¿A los dieciséis años y sin la ayuda del padre?

—Por supuesto, nosotros hacemos trámites de filiación, doctor Maxie, siempre que nos es posible. Por desgracia, Sally es muy obcecada y no quiere darnos el nombre del padre, así que no podemos ayudarle.

—Hoy en día no se puede hacer mucho con poco dinero —Stephen Maxie parecía perversamente resuelto a mantener vigente el tema—, y supongo que Sally ni siquiera recibe un subsidio para el niño.

—Este es un país cristiano, mi querido hermano, y se supone que la retribución por el pecado es la muerte y no unos cuantos billetes de dinero de los contribuyentes.

Deborah había hablado en un susurro, pero la señorita Liddell la escuchó y tuvo la sensación de que lo había dicho con la intención de que la escuchara. Por fin la señora Maxie consideró que había llegado el momento de intervenir. Al menos dos de sus invitados pensaban que debía haberlo hecho antes, no era propio de ella que las cosas se le escaparan de las manos.

—Como voy a llamar a Sally —dijo—, tal vez sería buena idea que cambiáramos de tema. Quizá les resulte pesada si les hablo de la feria benéfica de la iglesia, ya sé que parece que los haya reunido aquí con segundas intenciones, pero creo que realmente deberíamos pensar en las fechas posibles.

Este era un tema en que todos los invitados podían hablar sin riesgos. Cuando por fin entró Sally, la conversación era tan aburrida, amigable y distendida como la misma Catherine Bowers podía desear.

La señorita Liddell observaba a Sally Jupp mientras esta servía la mesa. Era como si la conversación que habían tenido durante la cena le hubiese hecho ver a la joven con claridad por primera vez. Sally era muy delgada, y su espesa cabellera de un color rojo dorado recogida bajo la toca parecía demasiado pesada para un cuello tan frágil. Tenía brazos largos de niña y sus codos sobresalían bajo la piel enrojecida. Su boca insolente ahora parecía disciplinada y sus ojos verdes y huidizos estaban fijos en su tarea. De repente la señorita Liddell se sintió embargada por un irracional arrebato de cariño. La verdad es que Sally lo estaba haciendo muy bien, ¡realmente bien! Levantó la vista y buscó la mirada de la joven, dispuesta a ofrecerle una sonrisa de aprobación y aliento. De pronto, sus ojos se encontraron y durante un par de segundos se miraron la una a la otra. Entonces la señorita Liddell se ruborizó y bajó la mirada. ¡Sin duda se había equivocado! ¡Sally jamás se atrevería a mirarla así! Confusa y horrorizada, intentó analizar la impresión de aquel breve contacto visual. Incluso antes de disfrazar sus propios rasgos con una máscara de encomio propia de un amo, no había leído en los ojos de la joven la sumisa gratitud que caracterizaba a la Sally Jupp del Refugio St. Mary, sino un divertido desdén, una expresión de conspiración y disgusto cuya intensidad la asustaba. Luego los ojos verdes se habían desviado otra vez y Sally la enigmática había vuelto a ser Sally la sumisa, la servil, la pecadora favorita y más favorecida de la señorita Liddell. Pero aquel momento dejó su huella y de repente la señorita Liddell se sintió poseída por el miedo. Ella había recomendado a Sally sin reservas, su actitud parecía muy satisfactoria y la chica era de lo mejor. Demasiado buena para el trabajo de Martingale, realmente. La decisión ya había sido tomada, ahora era demasiado tarde para dudar de su lucidez. Lo peor que podía pasar era que Sally tuviera que volver avergonzada a St. Mary. La señorita Liddell se percató, por primera vez, de que la recomendación de su chica favorita podía traer complicaciones en Martingale. Pero le resultaba imposible prever la magnitud de esas complicaciones y el hecho de que acabarían en un asesinato.

Catherine Bowers, que estaba pasando el fin de semana en Martingale, casi no había hablado durante la cena. Como era una persona básicamente honesta se sintió algo incómoda al descubrir que coincidía con la señorita Liddell. Por supuesto, era muy generoso y galante de parte de Stephen defender a Sally y a las de su clase con tanta vehemencia, pero Catherine se sintió tan disgustada como cuando los amigos ajenos a su profesión hablaban de la nobleza del trabajo de enfermera. Era loable que tuvieran ideas románticas, pero se consiguen pocas compensaciones trabajando a la vera de delincuentes. Sintió la tentación de decirlo, pero la presencia de Deborah al otro lado de la mesa le hizo guardar silencio. La cena, como todas las celebraciones que resultan un fracaso, le pareció el triple de larga. Catherine pensó que nunca una familia se había demorado tanto en la sobremesa y que los hombres jamás tardaban tanto en hacer acto de presencia. Pero por fin había acabado. La señorita Liddell volvió a St. Mary aduciendo que no le gustaba que la señorita Pollack se quedara a cargo tanto tiempo. Hinks murmuró algo sobre los últimos retoques al sermón del día siguiente y desapareció como un espectro en medio de la brisa primaveral. Los Maxie y el doctor Epps se sentaron a gozar del fuego en el salón y hablaron de música. Catherine no hubiera elegido ese tema, incluso la televisión le hubiese parecido mejor, pero el único aparato en Martingale estaba en la habitación de Martha. Si era imprescindible hablar de algo, Catherine prefería que fuera de medicina. El doctor Epps podría haber dicho: «¿Verdad que usted es enfermera, señorita Bowers? ¡Qué suerte que Stephen tenga alguien con quien compartir sus intereses!» Entonces los tres hubieran charlado a gusto mientras Deborah, para variar, no hubiera tenido más remedio que sentarse en silencio y reconocer que los hombres acaban cansándose de las mujeres hermosas e inútiles, por bien que estas vistan, y que Stephen necesitaba a alguien que entendiera su trabajo, alguien que pudiera hablar con sus amigos de un modo interesante y culto. Era un bonito sueño y, como casi todos los sueños, no tenía nada que ver con la realidad. Catherine estaba sentada junto a la chimenea, calentándose las manos ante las débiles llamas del fuego de leña e intentando aparentar despreocupación mientras los demás hablaban de un compositor llamado Peter Warlock, de quien ella no había oído hablar nunca aunque le sonaba por alguna vaga y casi olvidada referencia histórica. Si bien Deborah reconocía no entenderlo, lograba, como siempre, convertir su ignorancia en un asunto divertido. Sus esfuerzos por hacer participar a Catherine en la conversación preguntándole por su madre reflejaban condescendencia y no buenos modales. Fue un alivio que entrara la nueva criada con un mensaje para el doctor Epps. Una de sus pacientes de una granja de las afueras estaba de parto. El médico se levantó sin ganas del sillón, se sacudió como un perro lanudo y pidió disculpas por tener que retirarse.

—¿Un caso interesante, doctor? —preguntó Catherine con interés en un último intento.

—Para nada, señorita Bowers —el doctor Epps miraba a su alrededor buscando su maletín—, ya tiene tres niños, pero es una mujer agradable y le gusta que yo esté allí. ¡Solo Dios sabe por qué! Ella sola podría dar a luz sin problemas. Bueno, adiós, Eleanor, y gracias por una cena estupenda. Pensaba subir a ver a Simon antes de irme, pero vendré mañana si puedo. Supongo que necesitará otra receta de Sommeil, así que la traeré.

Saludó con un gesto a los presentes y salió al vestíbulo seguido por la señora Maxie. Poco después, oyeron su coche rugiendo en el camino. Era un conductor entusiasta y le encantaban los coches pequeños y rápidos, de los que salía con dificultad y dentro de los cuales parecía un viejo y astuto oso yendo de parranda.

—Bueno —dijo Deborah cuando dejó de oírse el ruido del escape—, aquí estamos. ¿Qué tal si vamos al establo a preguntarle a Bocock por los caballos? Eso si Catherine tiene ganas de dar un paseo, claro.

Catherine tenía muchas ganas de dar un paseo, pero no con Deborah. Realmente, pensó, era increíble que Deborah no pudiera o no quisiera darse cuenta de que ella y Stephen querían quedarse solos. Pero si Stephen no lo dejaba claro, ella no podía hacer nada. Cuanto antes se casara y se alejara de las mujeres de su familia, mejor se encontraría. «Le chupan la sangre», pensó Catherine, que conocía este tipo de mujer por sus incursiones en la narrativa moderna. Deborah, felizmente inconsciente de sus propias tendencias de vampiro, encabezó la salida por la puertaventana hacia el jardín.

Los establos, que habían sido propiedad de Maxie y ahora pertenecían a Samuel Bocock, estaban a apenas doscientos metros de la casa, al otro lado del jardín. El viejo Bocock estaba allí, limpiando las monturas bajo la luz de un quinqué y silbando entre dientes. Era un hombre pequeño y moreno con cara de gnomo, de ojos rasgados y boca ancha, y era evidente que se alegraba de ver a Stephen. Todos fueron a ver los tres caballos con que Bocock planeaba comenzar su pequeño negocio. Catherine pensó que las efusiones de Deborah para con los caballos eran realmente ridículas, arrimando su cara a la de ellos con ternura como si fueran seres humanos. «Instinto maternal frustrado —pensó disgustada—, le vendría bien emplear toda esa energía en la sala infantil del hospital, aunque no serviría de mucho.» Ella deseaba volver a la casa. El establo estaba perfectamente limpio, pero era imposible disimular el fuerte olor de los caballos después del ejercicio, y por algún motivo, Catherine lo encontraba inquietante. En una ocasión, la mano delgada y bronceada de Stephen estuvo muy cerca de la de ella en el lomo de un caballo. Por un instante la necesidad de tocar aquella mano, de acariciarla, incluso de llevársela a los labios fue tan imperiosa que tuvo que cerrar los ojos. Y entonces, en la oscuridad, aparecieron otros recuerdos, vergonzosamente hermosos, de aquella misma mano cubriéndole un pecho, más morena en contraste con la blancura de su piel, moviéndose con lentitud y ternura como preámbulo del placer. Salió tambaleante al crepúsculo primaveral y escuchó detrás de sí las palabras lentas y dubitativas de Bocock y las voces ansiosas de los Maxie contestando a la vez. En aquel momento volvió a experimentar una de aquellas sensaciones que la embargaban de vez en cuando desde que se enamoró de Stephen. Llegaban de forma imprevista y todo su sentido común y fuerza de voluntad no le alcanzaban para enfrentarse a ellas. Había momentos en que todo le parecía irreal y veía claramente cómo las esperanzas llegaban a su fin. Culpaba a Deborah de toda su angustia e inseguridad. Deborah era el enemigo, ella, que había estado casada y había tenido la oportunidad de ser feliz. Deborah, que era hermosa, egoísta e inútil. Mientras escuchaba las voces a su espalda, en medio de una creciente oscuridad, Catherine se sintió poseída por el odio.

Cuando llegaron a Martingale se sentía repuesta y había cambiado de humor. Había recuperado su habitual actitud de aplomo y seguridad. Se fue a la cama temprano y, en su actual humor, estaba casi convencida de que él vendría a verla. Se dijo a sí misma que eso era imposible en la casa de su padre, sería una locura de parte de Stephen y un intolerable abuso ante la hospitalidad de los Maxie de la suya, pero siguió esperando en la oscuridad. Después de un rato escuchó pasos en la escalera, los de él y Deborah. Los dos hermanos se reían quedamente. No se detuvieron ni siquiera un instante al pasar junto a su puerta.

2

Arriba, en el estrecho cuarto pintado de blanco que había sido su habitación desde la infancia, Stephen se estiró sobre la cama.

—Estoy cansado —dijo.

—Yo también. —Deborah bostezó y se sentó a su lado—. Ha sido una reunión bastante desagradable. ¡Ojalá mamá no organizara estas cenas!

—Son todos unos hipócritas.

—No pueden evitarlo, los han educado de ese modo. Además, no creo que haya nada de malo en Eppy y Hinks.

—Supongo que quedé como un tonto —dijo Stephen.

—Bueno, estuviste demasiado vehemente. Algo así como sir Galahad saliendo en defensa de la criada agraviada, aunque en este caso es probable que ella haya sido más pecadora que víctima del pecado.

—No te gusta, ¿verdad? —preguntó Stephen.

—Querido mío, ni siquiera me he parado a pensar-

lo. Ella trabaja aquí y punto. Supongo que esto parecerá reaccionario para tus ideas progresistas, pero no lo
es. Es solo que yo no estoy interesada en ella en ningún
sentido, así como ella, supongo, no lo estará en mí.

—Me da pena —la voz de Stephen tenía un deje
morboso.

—Eso quedó bastante claro en la cena —dijo Deborah con frialdad.

—Son sus malditos aires de superioridad los que me
sacan de quicio. Y esa mujer, Liddell, es absurdo que
pongan una solterona a cargo de un asilo como St.
Mary.

—No veo por qué, es probable que sea un poco
tonta, pero también es generosa y responsable. Por otra
parte, yo diría que St. Mary padece de un exceso de
experiencia sexual.

—¡Oh, por el amor de Dios, no seas irónica, Deborah!

—Bueno, ¿cómo quieres que sea? Solo nos vemos
una vez cada quince días, resulta duro enfrentarse con
una de las típicas reuniones sociales de mamá y ver a
Catherine y a la señorita Liddell haciéndose cruces porque creen que perdiste la cabeza por una criada guapa.
Este es el tipo de vulgaridad que deleitaría a Liddell. La
conversación será del dominio público mañana mismo.

—Si pensaron algo así tienen que estar locas. Apenas si he visto a esa chica, creo que aún ni he hablado
con ella. ¡Es una idea ridícula!

—Eso es lo que intentaba decirte. Por el amor de
Dios, cariño, reprime tu instintivo interés por las cruzadas mientras estés en casa. Pensé que habrías sublima-

do tu conciencia social en el hospital y que no necesitarías traerla a casa. Es incómodo enfrentarse a ella, sobre todo para aquellos de nosotros que carecemos de una.

—Hoy estoy un poco irritable —dijo Stephen—, no estoy muy seguro de lo que quiero hacer.

—Ella es bastante aburrida, ¿verdad? —Era típico de Deborah entender en el acto lo que él quería decir—. ¿Por qué no acabas con este asunto elegantemente? Suponiendo que haya algún asunto con el que acabar.

—Sabes perfectamente que lo hay... O lo había. ¿Pero cómo?

—A mí nunca me ha resultado demasiado difícil. El arte reside en hacer creer a la otra persona que es ella quien ha cortado. Después de algunas semanas, casi lo creo yo misma.

—¿Y si no se prestan al juego?

—Los hombres mueren y son devorados por los gusanos, pero no por amor.

A Stephen le hubiera gustado preguntarle si había convencido a Felix Hearne de que él había cortado y cuándo. Pensó que en esto, como en tantas otras cosas, Deborah tenía una faceta despiadada de la que él carecía.

—Supongo que para estas cosas soy un cobarde —dijo—, nunca sé cómo sacarme a la gente de encima. Ni siquiera a los pesados en las fiestas.

—No —contestó su hermana—, ese es tu problema. Eres demasiado débil y sensible. Deberías casarte, a mamá le gustaría, de verdad. Alguna chica con dinero, si puedes encontrarla. No asquerosamente rica, por supuesto, solo magníficamente rica.

—Sin duda, ¿pero quién?

—Eso, ¿quién?

De repente Deborah pareció perder interés en el tema. Se levantó con un impulso de la cama y fue a apoyarse en el marco de la ventana. Stephen observó su perfil, proyectándose en la oscuridad de la noche, tan parecido al de él y a la vez tan misteriosamente distinto. Las venas y las arterias del día moribundo se extendían a lo largo del horizonte. Podía oler el aroma rico e inmensamente dulce procedente del jardín, típico de una noche de primavera en Inglaterra. Allí tendido, en la fría oscuridad, cerró los ojos y se abandonó a la paz de Martingale. En momentos como este entendía por qué su madre y Deborah hacían planes y proyectos para preservar la herencia. Él era el primero de los Maxie que estudiaba medicina. Había hecho lo que había querido y la familia lo había aceptado. Hubiese podido elegir algo todavía menos lucrativo, aunque era difícil imaginar qué. Con el tiempo, si lograba sobrevivir al esfuerzo, a las dificultades y a la competencia desenfrenada, podría llegar a ser médico de cabecera. Es probable incluso que llegara a tener tanto éxito como para mantener Martingale él solo. Mientras tanto luchaban como podían, economizando en cuestiones domésticas sin importancia que no alteraban en absoluto su estilo de vida, disminuyendo las donaciones a instituciones benéficas, arreglando el jardín para ahorrarse los tres chelines por hora que le pagaban al viejo Purvis y contratando a criadas sin experiencia para ayudar a Martha. Nada de esto le molestaba demasiado y se hacía para asegurarse de que él, Stephen Maxie, sucediera a su padre tal como Simon

Maxie había sucedido al suyo. ¡Si al menos hubiese podido disfrutar de Martingale sin sentirse atrapado por la culpa y la responsabilidad!

Se escucharon pasos lentos y sigilosos en la escalera y alguien llamó a la puerta. Era Martha con las bebidas calientes de cada noche. Ya en la época de su infancia, Martha había resuelto que beber algo caliente justo antes de irse a dormir ayudaría a hacer desaparecer las terribles e inexplicables pesadillas que tanto él como Deborah sufrieron durante una temporada. Las pesadillas habían desaparecido dejando paso a los miedos más tangibles de la adolescencia, pero las bebidas calientes se habían convertido en un hábito de la familia. Martha, y antes que ella su hermana, estaba convencida de que eran el único método efectivo contra los peligros reales o imaginarios de la noche. Ahora apoyaba la pequeña bandeja con cuidado. En ella estaban la taza de porcelana Wedgwood azul de Deborah y otra que el abuelo Maxie le había comprado a Stephen para la coronación de Jorge V.

—También he traído su Ovaltine,* señorita Deborah —dijo Martha—, supuse que podía encontrarla aquí.

Hablaba en voz baja, como si estuvieran planeando una conspiración. Stephen se preguntó si habría adivinado que hablaban de Catherine. Parecía como en los viejos tiempos, la niñera traía las bebidas y se quedaba

* Ovaltine: preparado de cereales para mezclar con la leche. (*N. de la T.*)

a charlar, pero no era lo mismo. La devoción de Martha era más verbosa, más cohibida y menos aceptable. Era la falsificación de un sentimiento que para él había sido tan puro y necesario como el aire que respiraba. Mientras recordaba, pensó que Martha también necesitaba un elogio de vez en cuando.

—La cena estuvo muy buena —dijo.

Deborah se había apartado de la ventana y rodeaba la taza humeante con sus manos delgadas de uñas rojas.

—Es una pena que la conversación no estuviera a la altura de la comida. La señorita Liddell nos dio una clase sobre las consecuencias sociales de la ilegitimidad. ¿Qué piensas tú de Sally, Martha?

Stephen sabía que esa era una pregunta inoportuna. Formularla no era propio de Deborah.

—Parece bastante tranquila —dijo Martha condescendiente—, aunque, desde luego, solo lleva aquí unos días. La señorita Liddell habló muy bien de ella.

—Según la señorita Liddell —dijo Deborah—, Sally es un dechado de virtudes, con la excepción de una, e incluso aquello fue más bien un error de la naturaleza, que no supo reconocer en la oscuridad a una chica educada.

Stephen se alarmó ante el súbito desprecio en la voz de su hermana.

—Yo no sé si toda esa educación es buena para una criada, señorita Deborah. —Martha daba a entender que ella se las había arreglado perfectamente sin estudios—. Solo espero que se dé cuenta de la suerte que ha tenido, la señora incluso le ha prestado la cuna donde durmieron ustedes dos.

—Bueno, ya no dormimos en ella. —Stephen se esforzó para que su voz no reflejara irritación.

¡Ya habían hablado bastante de Sally Jupp! Pero no podía reñir a Martha, era como si ella misma, y no solo la cuna de la familia, hubiese sido profanada.

—Siempre cuidamos esa cuna, doctor Stephen, era para los nietos.

—¡Diablos! —dijo Deborah, limpiando la bebida que había derramado en su mano y dejando la taza sobre la bandeja—. No deberías contar con nietos antes de que alguien los incube. Conmigo no cuentes y Stephen ni siquiera está comprometido, ni tiene intenciones de hacerlo. Lo más probable es que acabe decidiéndose por una enfermera regordeta y eficiente que preferirá comprar una cuna nueva e higiénica en Oxford Street. Gracias por la bebida, querida Martha.

A pesar de la sonrisa, era una despedida. Se dijeron «buenas noches» y los mismos pasos sigilosos volvieron a oírse en la escalera.

—Pobre Martha —dijo Stephen cuando se acallaron sus pasos—, no sabemos apreciarla y creo que este trabajo de criada para todo está resultando demasiado para ella. Supongo que tendríamos que pensar en jubilarla.

—¿En qué? —Deborah volvió a acercarse a la ventana.

—Al menos ahora tiene alguna ayuda —contemporizó Stephen.

—Siempre y cuando Sally no sea más un problema que una ayuda. La señorita Liddell dio a entender que el bebé es excepcionalmente bueno, pero cualquier bebé que no chille dos de cada tres noches es considerado bueno. También está la cuestión de los pañales, Sally no puede servir de mucha ayuda a Martha si tiene que pasarse media mañana lavando los pañales.

—Seguramente otras madres tienen que lavar pañales —dijo Stephen—, y aun así les queda tiempo para trabajar. Me gusta esta chica y pienso que puede ayudar a Martha si se le da una oportunidad.

—Al menos ha encontrado un vehemente defensor en ti, Stephen. Es una pena que vayas a estar a salvo en el hospital cuando empiecen los problemas.

—¿Qué problemas, por el amor de Dios? ¿Qué os pasa a todos? ¿Por qué tenéis que suponer que esta joven creará problemas?

—Porque —dijo Deborah dirigiéndose hacia la puerta— ya los está creando, ¿no crees? Buenas noches.

CAPÍTULO DOS

1

A pesar de un comienzo tan poco alentador, las primeras semanas de Sally Jupp en Martingale fueron todo un éxito. Es imposible saber si ella compartía esta opinión, nadie le pidió su parecer. Todo el pueblo la consideraba como una chica con suerte. Si se sentía menos agradecida de lo que debía, como suele ocurrir con los que reciben este tipo de favores, se las arreglaba para disimular sus sentimientos detrás de una apariencia de sumisión, respeto y voluntad de aprender, que mucha gente estaba dispuesta a aceptar como pago. No había engañado a Martha Bultitaft y tampoco hubiera engañado a los Maxie si estos se hubiesen molestado en pensar en ello. Pero estaban demasiado preocupados por sus propios asuntos y demasiado aliviados al poder desentenderse por fin de las tareas domésticas para buscar problemas.

Martha tenía que admitir que al principio el bebé no causaba ninguna molestia. Lo atribuyó a la excelente preparación de la señorita Liddell, ya que no podía comprender que una mala mujer pudiera ser una buena madre. Jimmy era un niño tranquilo que, en sus primeros dos meses en Martingale, se mostraba feliz de que lo alimentaran a la hora acostumbrada sin necesidad de manifestar su hambre a gritos y que entre comida y comida dormía plácidamente. Pero eso no podía durar para siempre; con la llegada de lo que Sally llamaba «alimentación mixta», Martha sumó varias quejas importantes a su lista. Parecía que Sally no salía nunca de la cocina. Jimmy estaba entrando con rapidez en esa etapa de la niñez en que las comidas constituían cada vez menos una placentera necesidad y se convertían en un ejercicio de poder. Cuidadosamente acomodado con almohadones en su silla alta, arqueaba su espalda corpulenta en una demostración de resistencia y dejaba escapar los cereales por sus labios entrecerrados con exaltado repudio, antes de capitular de repente y volver a su encantadora y sumisa inocencia. Sally se moría de risa con él, le ofrecía un mundo de atenciones, lo mimaba y lo acariciaba haciendo caso omiso de la muda desaprobación de Martha. Allí sentado, con sus apretados rizos, su pequeña nariz corva casi perdida entre las mejillas regordetas, duras y rojas como manzanas, parecía dominar la cocina de Martha como un arrogante César en miniatura desde su trono. Sally comenzaba a pasar más tiempo con el niño y a menudo, por las mañanas, Martha la veía agachándose sobre el cochecito donde la súbita aparición de una pierna rolliza o un brazo demostraban que las largas siestas de Jimmy eran cosa del pasado. No había duda de que cada vez le exigiría más atención, aunque hasta ahora Sally se las había arreglado para cumplir con el trabajo que le encomendaban y para conciliar las demandas de su hijo con las de Martha. La tensión comenzaba a notarse, pero solo Stephen en sus visitas quincenales reparó en ello con compunción. De vez en cuando la señora Maxie le preguntaba a Sally si el trabajo le parecía demasiado y quedaba siempre contenta con la respuesta que recibía. Deborah no notó nada, o si lo hizo, no hizo comentarios. De todos modos, era difícil descubrir si Sally se sentía agotada; su cara, de por sí pálida bajo aquel montón de pelo, y sus brazos delgados y de apariencia frágil le daban un aire de debilidad que al menos Martha consideraba engañoso. Era «fuerte como un toro y astuta como un zorro», según la opinión de Martha.

La primavera maduró lentamente hasta convertirse en verano. Las hayas despuntaban sus brotes de color verde brillante y su sombra se proyectaba sobre el camino en un dibujo a cuadros. El pastor celebró la Pascua en beneficio propio y con las típicas recriminaciones y el disgusto con su congregación por la decoración de la iglesia. En St. Mary, la señorita Pollack estaba pasando una temporada de insomnio, por lo que el doctor Epps le recetó unas pastillas especiales y dos de las chicas del Refugio acabaron casándose con los poco recomendables, aunque aparentemente arrepentidos, padres de sus hijos. La señorita Liddell admitió a dos nuevas madres pecadoras en su lugar. Sam Bocock anunció sus establos en Chadfleet New Town y se sorprendió de la cantidad de jóvenes vestidos con ropa de montar ceñida y guantes amarillos que estaban dispuestos a pagar para galopar bajo su tutela por el pueblo.

Simon Maxie seguía en cama y no se encontraba ni mejor ni peor. Las tardes se hicieron más largas y florecieron las rosas, el jardín de Martingale estaba saturado de su aroma. Mientras Deborah las cortaba para ponerlas en la casa, tuvo la sensación de que el mismo jardín de Martingale estaba a la espera de algo. La casa siempre parecía más hermosa en verano, pero este año tenía la sensación de que había una atmósfera de expectación, casi de presentimiento, ajena a la habitual serenidad. Al entrar en la casa con las rosas, Deborah intentó desembarazarse de esta tétrica fantasía con la sarcástica reflexión de que el acontecimiento más nefasto que se avecinaba en Martingale era la feria anual de la iglesia. Cuando se cruzaron por su mente las palabras de «a la espera de una muerte», se dijo a sí misma con convicción que su padre no estaba peor, incluso parecía un poco mejor, y que era imposible que la casa presintiera algo así. Reconocía que su amor por Martingale no era del todo racional, a veces intentaba disciplinar ese amor hablando del momento en que «tendrían que vender», como si el mero sonido de estas palabras pudiera actuar como advertencia y talismán al mismo tiempo.

La feria de la iglesia de St. Cedd había tenido lugar en Martingale cada mes de julio desde la época del bisabuelo de Stephen. La organizaba el comité de fiestas, que estaba integrado por el pastor, la señora Maxie, el doctor Epps y la señorita Liddell. Sus tareas administrativas no eran complicadas, ya que la iglesia que ayudaban a mantener continuaba prácticamente igual año tras año, todo un símbolo de inmutabilidad en medio del caos. Pero el comité se tomaba sus deberes muy en serio y se reunía con frecuencia en Martingale en junio y a principios de julio, a tomar el té en el jardín y aprobar decisiones que ya habían aprobado el año anterior con las mismas palabras y en idénticos y hermosos parajes. El único miembro del comité que a veces se sentía realmente incómodo con la feria era el pastor; con su temperamento compasivo intentaba ver lo mejor en la gente y en la medida de lo posible atribuirle motivaciones nobles. Se incluía a sí mismo en esta dispensa porque ya en los comienzos de su ministerio había descubierto que la caridad es una línea de conducta además de una virtud. Pero una vez al año, Hinks se enfrentaba con ciertos aspectos desagradables de su iglesia. Le preocupaba su exclusividad, su ejemplo negativo sobre los grupos marginales de Chadfleet New Town, la sospecha de que se trataba de una fuerza social antes que espiritual en la vida del pueblo. Una vez había sugerido que la feria debía empezar y acabar con una plegaria y un himno, pero el único miembro del comité que apoyó esta sorprendente innovación fue la señora Maxie, cuya principal queja con respecto a la feria era que parecía no acabar nunca.

Este año la señora Maxie se alegraba de contar con la generosa ayuda de Sally. Había mucha gente comprometida a trabajar en la feria, a pesar de que muchos iban para divertirse lo más posible con el mínimo esfuerzo, pero las obligaciones del festejo no acababan con la apropiada organización de aquel día. Casi todos los miembros del comité esperarían que se los invitara a cenar en Martingale, y Catherine Bowers había escrito diciendo que el sábado de la feria coincidía con uno de sus días libres y que si sería demasiado atrevimiento que se invitara a sí misma a pasar «un fin de semana perfecto lejos del ruido y la suciedad de esta horrible ciudad». Esta no era la primera carta por el estilo, Catherine siempre había estado más ansiosa por ver a los hijos de la señora Maxie, que sus hijos por verla a ella. En cierto modo, era mejor así, no haría una buena pareja con Stephen, por más que a la pobre Katie le hubiese encantado ver casada a su única hija disponible. Ella misma se había casado por debajo de sus posibilidades, como suele decirse. Christian Bowers había sido un artista con más talento que dinero y ninguna ambición que no fuera intelectual. La señora Maxie lo había visto una vez y no le había gustado; pero, al contrario de lo que pensaba su mujer, lo había considerado un artista. Había comprado uno de sus primeros cuadros para Martingale, una figura desnuda y recostada que colgaba de una pared de su habitación y que le causaba un placer que nunca podría pagar, ni siquiera con las constantes muestras de hospitalidad para con su hija. Para la señora Maxie era una lección contundente de la locura de un matrimonio equivocado, pero como el placer que le causaba todavía era patente y además había ido al colegio con Katie Bowers y le daba mucha importancia a los compromisos con sus antiguas alianzas sentimentales, sentía que al menos debía recibir a Catherine como a su propia invitada, si no como a la de sus hijos.

Había otras cosas que le preocupaban más. La señora Maxie no solía conceder demasiada importancia a lo que la gente llama «atmósfera». Mantenía la calma, enfrentándose con asombroso sentido común a las dificultades demasiado obvias para ser ignoradas y despreocupándose de las demás.

Pero las cosas que estaban pasando en Martingale no podían ignorarse. Por supuesto, algunas eran de esperar. A pesar de su falta de sensibilidad, la señora Maxie no pudo dejar de advertir que Martha y Sally serían incompatibles como compañeras de trabajo y que al principio la situación no sería fácil para Martha. Lo que no esperaba es que se volviera cada vez más difícil a medida que pasaba el tiempo. En comparación con la sucesión de criadas sin experiencia ni educación que habían pasado por Martingale porque el servicio doméstico constituía su única posibilidad de empleo, Sally parecía un modelo de inteligencia, capacidad y cortesía. Podían darle órdenes con la absoluta seguridad de que las cumpliría, mientras que antes, después de reiterarlas repetidas veces y con precisión, llegaban a la conclusión de que les resultaba más fácil hacer las cosas ellos mismos.

Una sensación de tranquilidad similar a la que disfrutaban antes de que la guerra hubiese retornado a Martingale, si no fuera por la atención constante que requería Simon Maxie. El doctor Epps ya les había advertido que no podrían resistir mucho tiempo más y que pronto tendrían que contratar a una enfermera o ingresar al paciente en un hospital, pero la señora Maxie rechazaba ambas opciones. La primera resultaría cara, molesta y podría prolongarse indefinidamente; la segunda implicaría que Simon Maxie iba a morir en manos de extraños en lugar de en su propio hogar. La familia no podía pagar una residencia ni una habitación privada, así que iría a parar al hospital local para casos crónicos, una especie de barraca con muchos enfermos y poco personal.

—¿No dejarás que me lleven, verdad, Eleanor? —había preguntado Simon Maxie antes de que su enfermedad alcanzara ese estado de gravedad.

—Por supuesto que no —había respondido ella.

Entonces se había dormido, confiando en una promesa que ambos sabían que ella no había hecho a la ligera. Era una pena que Martha no recordara cuánto más trabajo tenían antes de que llegara Sally. Gracias a su ayuda tenía tiempo y energía suficientes para criticar lo que al principio había aceptado con una asombrosa facilidad. Pero todavía no se había quejado abiertamente, había dejado caer veladas indirectas sin atreverse a hacer ningún reclamo concreto. La señora Maxie presentía que la tensión en la cocina debía de ir en aumento y que probablemente tendría que ocuparse de este problema después de la feria. Pero no tenía prisa, faltaba solo una semana para la feria y lo más importante ahora era que saliera bien.

2

El jueves anterior a la feria, Deborah pasó la mañana haciendo compras en Londres, comió con Felix Hearne en el club y por la tarde fue con él a ver un reestreno de Hitchcock en un cine de Baker Street. Esta agradable salida se completó con una merienda cena en el restaurante Mayfair, que tiene un menú anticuado para lo que hoy se considera una comida apropiada. Saciada de sándwiches de pepino y leonesas de crema caseras, Deborah pensó que la tarde había sido un verdadero éxito, tal vez un poco anodina para el gusto de Felix, aunque la sobrellevaba bastante bien. El hecho de que no fueran amantes tenía algunas ventajas, en tal caso se hubiesen sentido obligados a pasar la tarde juntos en la casa de Greenwich cada vez que se presentara la oportunidad, y una unión ilegítima implicaba convenciones tan rígidas e insoslayables como las del matrimonio. Aunque sin duda hubiese disfrutado de la relación sexual, Deborah prefería la camaradería simple y sin exigencias de que habían disfrutado aquella tarde.

No quería volver a enamorarse, meses y meses de indecibles sufrimientos la habían inmunizado contra aquella locura. Se había casado joven y su marido, Edward Riscoe, había muerto de poliomielitis antes de que pasara un año. Pero un matrimonio basado en la amistad, gustos compatibles y un intercambio satisfactorio de placer sexual le parecía un sistema de vida razonable al que podría acceder sin demasiados sentimientos turbadores. Sospechaba que Felix la quería lo suficiente para ser interesante sin resultar aburrido y a menudo se sentía tentada de considerar seriamente la esperada propuesta de matrimonio. Sin embargo, empezaba a parecerle extraño que esa propuesta no llegara. Le constaba que no se debía a que no le gustaran las mujeres. Lo cierto es que casi todos sus amigos lo consideraban un solterón nato, excéntrico, algo pedante y siempre jovial. Tal vez le hubiesen juzgado con más severidad, si no fuera por la prueba ineludible de su hoja de servicios; un hombre condecorado por franceses y británicos a causa de su participación en el movimiento de resistencia no podía ser ni afeminado ni tonto. Él había sido uno de esos hombres cuyo valor, la virtud más fascinante y estimada, había sido puesto a prueba en las celdas de castigo de la Gestapo y nunca necesitaría volver a demostrarlo. Ya no estaba tan de moda hablar de estas cosas, pero aún no estaban olvidadas. Nadie sabía a ciencia cierta lo que aquellos meses en Francia habían significado para Felix Hearne, pero le permitían excentricidades e incluso se divertían con ellas. A Deborah le gustaba porque era inteligente, divertido y el cotilla más entretenido que conocía. Tenía un interés propio del sexo femenino en las pequeñas contingencias de la vida y una curiosidad natural por las pequeñeces de las relaciones humanas. Nada le parecía demasiado trivial y ahora escuchaba las historias de Deborah sobre Martingale con regocijada atención.

—Como ves, es una suerte poder disfrutar de un poco de tiempo libre otra vez, pero no creo que esto dure. Martha acabará echándola, y no puedo culparla. A ella no le gusta Sally y a mí tampoco.

—¿Por qué? ¿Está intentando conquistar a Stephen?

—No seas vulgar, Felix. Merezco que me atribuyas una razón más inteligente que esa. Aunque en realidad parece que lo ha impresionado y creo que de forma deliberada. Siempre que viene a casa le hace consultas sobre el bebé, a pesar de que he intentado explicarle que él es cirujano y no pediatra. Y la pobre Martha no puede pronunciar una palabra de crítica sin que él salga en defensa de Sally, ya lo verás cuando vengas el sábado.

—¿Quién más estará allí, además de la fascinante Sally Jupp?

—Stephen, por supuesto, y Catherine Bowers. La conociste la última vez que viniste a Martingale.

—Así es, tiene los ojos como huevos fritos, pero también una figura agradable y más inteligencia de la que tú o Stephen estáis dispuestos a reconocerle.

—Si te ha impresionado tanto —respondió Deborah con soltura—, le podrás demostrar tu admiración este fin de semana y le darás un respiro a Stephen. Hace un tiempo él se mostró bastante atraído por ella y ahora se le pega como una lapa y le resulta aburridísima.

—¡Qué increíblemente despiadadas son las mujeres hermosas cuando se refieren a las feas! Supongo que cuando dices que «se mostró bastante atraído» quieres decir que Stephen la sedujo. Bueno, eso suele acarrear complicaciones y tendrá que encontrar la forma de deshacerse de ella como tantos hombres lo han hecho antes. Pero iré, me encanta Martingale y sé apreciar la buena comida. Además, tengo la impresión de que el fin de semana va a ser interesante. Una casa repleta de gente que no se soporta mutuamente puede llegar a resultar explosiva.

—¡Oh, no es para tanto!

—Me temo que sí. Yo no le gusto a Stephen, nunca se ha molestado en disimularlo. A ti no te gusta Catherine Bowers, tú no le gustas a ella y probablemente hará extensivo su disgusto hacia mí. A Martha y a ti os disgusta Sally Jupp y la pobre chica probablemente os detesta a todos. También estará allí esa criatura patética, la señorita Liddell, que a tu madre no le cae bien. Va a ser una perfecta orgía de sentimientos reprimidos.

—No tienes por qué venir si no quieres. La verdad es que me parece que sería mejor que no lo hicieras.

—Pero Deborah, tu madre me ha invitado y yo ya he aceptado. La semana pasada le escribí una carta formal y cortés y ahora mismo apuntaré la cita en mi pequeño libro negro para que quede claro.

Agachó la cabeza de cabellos claros y lisos sobre la agenda. Su rostro, de piel tan pálida que las raíces del cabello casi no se distinguían, se volvió en otra dirección y ella reparó en sus cejas ralas y en los intrincados pliegues y arrugas alrededor de sus ojos. Deborah pensó que debía de haber tenido unas manos bonitas antes de que la Gestapo se ensañara con ellas; las uñas nunca habían vuelto a crecer del todo. Intentó imaginar aquellas manos cargando una pistola, enredadas entre las cuerdas de un paracaídas, con los puños apretados desafiando o resistiéndose. Pero era imposible, no parecía haber ninguna similitud entre el Felix que aparentemente había conocido una causa por la que valía la pena sufrir y el frívolo, sofisticado e irónico Felix Hearne de los editores Hearne and Illingworth, como tampoco lo había entre la joven que se había casado con Edward Riscoe y la mujer en que se había convenido Deborah hoy. De repente, Deborah volvió a experimentar ese habitual malestar cargado de nostalgia y desazón. Con este estado de ánimo, observó a Felix apuntar la cita bajo la fecha del sábado con letra cuidada e ilegible, como si estuviera haciendo una cita con la muerte.

3

Después de la merienda, Deborah decidió visitar a Stephen, en parte para evitarse el agobio de la hora punta, pero principalmente porque siempre que venía a Londres pasaba por el hospital St. Luke. Invitó a Felix a que fuera con ella pero él se negó con la excusa de que el olor a desinfectante le daba náuseas, y la metió en un taxi agradeciéndole formalmente su compañía. Era muy escrupuloso para estas cuestiones. Deborah intentó desechar la idea poco halagadora de que Felix se había cansado de su conversación, pero se sintió aliviada cuando el taxi la llevó de allí rápida y cómodamente, y concentró sus pensamientos en la alegría de ver a Stephen. Le pareció de lo más desconcertante no encontrarlo allí, ya que no acostumbraba salir. Colley, el portero, le explicó que el doctor Maxie había recibido una llamada telefónica y había salido a encontrarse con alguien aduciendo que no tardaría. El doctor Donwell estaba atendiendo en su lugar. Llevaba fuera casi una hora.

—¿Quiere esperarlo en la sala de los residentes?

Deborah se quedó charlando unos minutos con Colley, que le caía muy bien, y luego subió en el ascensor hasta la cuarta planta. Donwell, un médico joven, tímido y lleno de espinillas, balbuceó un saludo y se fue deprisa hacia las salas, dejando a Deborah sola ante cuatro sillones rotos, un montón de periódicos médicos desordenados y los restos del té de los residentes. Por lo visto habían vuelto a comer un brazo de gitano y, como siempre, alguien había usado el plato como cenicero. Deborah comenzó a apilar los platos, pero cuando se dio cuenta de que era una tarea inútil porque no sabía qué hacer con ellos, cogió uno de los periódicos y se acercó a la ventana, donde podría ver si venía Stephen y descifrar los artículos más intrigantes e inteligibles. Desde la ventana se veía la entrada principal del hospital y parte de la calle. A lo lejos, podía distinguir la curva luminosa del río y las torres de Westminster. El sonido incesante del tráfico se escuchaba muy bajo, un sordo fondo para los ocasionales ruidos del hospital, el estrépito de las puertas del ascensor y las rápidas pisadas en los pasillos. Frente a la puerta principal estaban metiendo a una anciana en una ambulancia. Vistas desde el cuarto piso, las figuras de abajo parecían curiosamente empequeñecidas. La puerta de la ambulancia se cerró sin ruido, pero la ambulancia arrancó con gran alboroto. De repente los vio, primero reparó en Stephen, pero la resplandeciente cabellera pelirroja, casi a la altura del hombro de su hermano, era inconfundible. Se pararon en una esquina del edificio, parecía que estaban hablando. La cabeza morena se agachaba hacia la dorada, después de un momento los vio darse la mano y Sally salió como un rayo sin volver la mirada. A Deborah no se le escapó ni un detalle. Sally llevaba un traje gris, un traje barato de los producidos en serie, pero le quedaba bien y realzaba la brillante cascada de cabello, ahora libre de pasadores y toca.

Deborah pensó que era una joven lista, lo suficiente para saber que si uno quiere llevar el pelo suelto debe vestir con sencillez. Lista como para evitar los tonos verdes por los cuales casi todas las pelirrojas sienten predilección, lista como para haberse despedido en la puerta rechazando la inevitable invitación a cenar con sus consecuencias de incomodidad o arrepentimiento. Tiempo después, Deborah se sorprendió de haberse fijado con tanto detalle en la ropa de Sally, era como si la viera por primera vez desde la perspectiva de Stephen, y lo que vio le produjo temor. Le pareció que pasaba mucho tiempo entre el zumbido del ascensor y las rápidas pisadas de Stephen en el pasillo, pero de repente él llegó a su lado. Deborah no se movió de la ventana para que él se diera cuenta de que lo había visto. Le pareció que sería mejor así, ya que no podría soportar que no se lo contara. No sabía qué esperaba oír, pero lo que él le dijo fue toda una sorpresa.

—¿Has visto esto antes? —preguntó.

En la palma de su mano había una bolsa hecha con un pañuelo de hombre anudado en los extremos. Levantó uno de los nudos, sacudió ligeramente la bolsa y sacó tres o cuatro tabletas diminutas. Su color marrón grisáceo era inconfundible.

—¿No son las tabletas que toma papá? —Parecía que lo estaba acusando de algo—. ¿De dónde las sacaste?

—Sally las encontró y me las trajo. Supongo que nos habrás visto desde la ventana.

—¿Y qué hizo con el bebé? —La pregunta estúpida e irrelevante se le escapó sin pensarla.

—¿El bebé? Ah, Jimmy; no lo sé. Supongo que Sally lo dejó con alguien, mamá o tal vez Martha. Vino a traerme esto y me telefoneó desde Liverpool Street para que fuera a reunirme con ella. Las encontró en la cama de papá.

—¿Cómo que en su cama?

—A un costado, entre el colchón y la funda. La sábana de abajo estaba salida y ella estaba alisándola y acomodando la tela impermeable, cuando notó un pequeño bulto al extremo del colchón, debajo de la funda. Allí encontró esto. Sospecho que papá debe de haber estado apartándolas durante semanas, tal vez incluso meses, y creo que sé por qué.

—¿Él sabe que Sally las encontró?

—Ella no lo cree. Mientras le arreglaba la sábana, él estaba de costado, mirando hacia el otro lado. Sally se metió el pañuelo con las tabletas en el bolsillo y siguió trabajando como si no hubiese ocurrido nada. Por supuesto, es probable que hayan estado allí mucho tiempo, puesto que lleva más de un año y medio tomando Sommeil, y que se haya olvidado de ellas o no haya tenido valor para usarlas. No podemos saber a ciencia cierta qué pasa por su mente, aunque tampoco nos hemos esforzado en descubrirlo, a excepción de Sally.

—Eso no es verdad, Stephen. Lo hemos intentado, nos sentamos junto a él, lo cuidamos y tratamos de hacerle sentir que estamos allí. Pero él sigue igual, no se mueve, no habla, incluso ya no parece capaz de reconocer a la gente. En realidad ya no es el mismo, no hay ningún contacto entre nosotros. Yo lo he intentado, te lo juro, pero ha sido inútil. No creo que haya decidido tomar esas pastillas, ni siquiera me explico cómo se las arregló para juntarlas, para planearlo todo.

—Cuando es tu turno de llevarle las tabletas, ¿te quedas mirando si se las toma?

—No, en realidad no. Ya sabes cómo solía fastidiarle que le ayudáramos demasiado. Ahora no creo que le importe, pero aún le damos las tabletas, servimos el agua y, si él quiere, se la acercamos a la boca. Debe de haberlas ocultado hace meses. No puedo entender cómo lo logró sin que Martha se enterara.

—Bueno, por lo visto se las ingenió para engañar a Martha. Pero, Dios mío, Deborah, yo debí haberlo adivinado, tendría que haberme dado cuenta. ¡Y me llamo a mí mismo médico! Este tipo de cosas hace que me sienta como un carpintero especializado, lo suficientemente bueno para serruchar a mis pacientes, siempre que no tenga que molestarme en considerarlos personas. Al menos Sally lo trató como a un ser humano.

Por un momento, Deborah sintió la tentación de puntualizar que ella, su madre y Martha estaban intentando con mucho esfuerzo que Simon Maxie estuviera cómodo, limpio y bien alimentado y que no veía que Sally hubiese hecho más que ellas. Pero si Stephen quería abandonarse a los remordimientos, no conseguiría nada deteniéndolo. Por lo general acababa sintiéndose mejor, incluso si lograba que otra gente se sintiera peor. Ella miraba en silencio mientras él revolvía el cajón de su mesa, sacaba un pequeño tubo que alguna vez habría contenido aspirinas, contaba cuidadosamente las tabletas, diez en total, las metía en el tubo y colocaba una etiqueta con el nombre del medicamento y la cantidad. Eran acciones casi automáticas de un hombre entrenado para guardar las medicinas correctamente clasificadas. La mente de Deborah estaba repleta de interrogantes que no se atrevía a formular: «¿Por qué Sally se dirigió a ti y no a mamá? ¿De verdad había encontrado esas tabletas o era una excusa para verte a solas? Pero tiene que ser cierto, nadie puede inventar una historia así. Pobre papá. ¿Qué dijo Sally? ¿Por qué me preocupo tanto por Sally? La odio porque ella tiene un hijo y yo no. Ya está, ya lo he dicho, pero admitirlo no lo hace menos doloroso. Esa bolsa hecha con el pañuelo, le debe de haber llevado horas anudarla, parecía atada por un niño. ¡Pobre papá! Parecía tan alto cuando yo era pequeña…, creo que le tenía bastante miedo. ¡Dios mío, por favor, ayúdame a sentir pena, quiero compadecerlo! ¿Qué piensa Sally ahora? ¿Qué le dijo Stephen?»

Él se volvió hacia ella y le entregó el tubo.

—Creo que lo mejor será que lleves esto a casa y lo pongas en el botiquín de las medicinas, en su habitación. Por el momento no le digas nada a mamá ni al doctor Epps. Me parece que deberíamos suspender las tabletas. Te daré una receta del dispensario antes de que te vayas, el mismo tipo de droga pero en solución. Dadle una cucharada en agua por las noches, sería conveniente que lo hicieras tú misma. Dile a Martha que le he suspendido las tabletas. ¿Cuándo le hará su próxima visita el doctor Epps?

—Vendrá a ver a mamá con la señorita Liddell después de cenar, supongo que subirá a verlo entonces. Pero no creo que pregunte por las tabletas, ¡las ha estado tomando durante tanto tiempo! Cuando el tubo está por acabarse le avisamos y nos hace otra receta.

—¿Sabes cuántas tabletas hay en casa ahora?

—Hay un tubo sin abrir, lo íbamos a empezar esta noche.

—Entonces déjalo en el botiquín y dale la solución. Ya tendré ocasión de hablar con el doctor Epps cuando lo vea el sábado. Llegaré allí mañana a última hora. Ahora será mejor que me acompañes al dispensario y te vayas directamente a casa. Telefonearé a Martha y le diré que te guarde comida.

—Sí, Stephen. —A Deborah le tenía sin cuidado perderse la cena, todo el placer de aquel día se había desvanecido. Era hora de volver a casa.

—Y sería preferible que no comentaras nada de esto.

—No tengo la más mínima intención de hacerlo, solo espero que Sally sea igual de discreta o la historia será la comidilla de todo el pueblo.

—Es injusto que digas eso, Deborah, y tú lo sabes. Nadie podría ser más discreto que Sally, se mostró muy razonable con todo este asunto, y muy afectuosa.

—No me cabe ninguna duda.

—Como es natural, estaba bastante preocupada, aprecia mucho a papá.

—Y también a ti, por lo que parece.

—¿Qué diablos quieres decir?

—Me pregunto por qué no le dijo nada a mamá sobre las tabletas, o a mí.

—Tú no has hecho mucho para que confiara en ti, ¿verdad?

—¿Y qué esperabas que hiciera?, ¿cogerle la mano? Siempre que cumpla eficientemente con su trabajo, no tengo por qué preocuparme por ella. Sally no me gusta y tampoco espero gustarle a ella.

—No es cierto que no te guste —dijo Stephen—, en realidad la odias.

—¿Se ha quejado de cómo la tratamos?

—Por supuesto que no. Por favor, sé razonable, Deborah, esto no es propio de ti.

«¿Ah, no? —pensó Deborah—, ¿y tú cómo sabes lo que es propio de mí?» Pero notó que las últimas palabras de Stephen habían sido un ruego de paz y le extendió la mano.

—Lo siento, no sé qué me pasa últimamente. Estoy segura de que Sally hizo lo que le pareció más conveniente. No vale la pena discutir por esto. ¿Quieres que mañana te espere levantada? Felix no podrá venir hasta el sábado por la mañana, pero Catherine vendrá a cenar.

—No te molestes, es probable que tenga que coger el último autobús. Pero saldré a cabalgar contigo antes del desayuno si me llamas.

A Deborah no se le escapó el significado de esta invitación formal en lugar de la agradable rutina a que estaban acostumbrados. El abismo que los separaba solo estaba precariamente zanjado. Ella tuvo la sensación de que también Stephen era consciente de que estaban pisando un terreno resbaladizo. Nunca, desde la muerte de Edward Riscoe, Deborah se había sentido tan lejos de Stephen y nunca desde entonces lo había necesitado tanto.

4

Eran casi las siete y media cuando Martha oyó el sonido que estaba aguardando, el ruido de las ruedas del cochecito sobre el camino. Jimmy estaba gimoteando en voz baja, era obvio que el movimiento relajante del cochecito y las suaves palabras reconfortantes de su madre evitaban que rompiera a llorar a gritos. Poco tiempo después Martha vio la cabeza de Sally por la ventana de la cocina, el cochecito pasó por el fregadero y, casi de inmediato, madre e hijo aparecieron por la puerta de la cocina. Daba la impresión de que la joven intentaba reprimir sus sentimientos, parecía nerviosa y a la vez orgullosa de sí misma. Martha no creía que un paseo por el bosque con Jimmy pudiera justificar esa expresión sigilosa y triunfante.

—Llegas tarde —le dijo—. Supongo que el bebé estará hambriento, pobrecillo.

—Bueno, no tendrá que esperar mucho más, ¿verdad que no, pequeñín mío? Me imagino que no habrá leche hervida, ¿no es cierto?

—Sally, quiero que recuerdes que yo no estoy aquí para atenderte a ti, si quieres leche no tendrás más remedio que hervirla tú misma. Sabes perfectamente cuáles son las horas habituales de comida del niño.

No volvieron a dirigirse la palabra mientras Sally hervía la leche e intentaba, sin demasiado éxito, enfriarla rápidamente, sosteniendo a Jimmy en brazos. Solo cuando Sally estaba a punto de llevar a su hijo arriba Martha habló.

—Sally —dijo—, ¿cogiste algo de la cama del señor cuando la hiciste esta mañana? ¿Algo que le pertenecía? Quiero que me digas la verdad ahora mismo.

—Es obvio por su tono de voz que sabe que lo hice. ¿Quiere decir que usted sabía que guardaba esas tabletas y no dijo nada?

—Por supuesto que lo sabía. Lo he cuidado durante cinco años, ¿verdad? ¿Quién mejor que yo podría saber lo que hace, lo que siente? Me imagino que pensarías que iba a tomárselas, pues bien, no debes preocuparte por eso. Además, no es asunto tuyo. Si tuvieras que estar allí echada, año tras año, tal vez te gustaría saber que tenías algo, quizás unas pocas tabletas, que podrían acabar con todo el dolor y el cansancio. Algo de lo que nadie supiera nada, hasta que una maldita zorra, nunca mejor dicho, viniera a arrebatárselo. Estuviste muy lista, ¿verdad? Él no iba a tomarlas porque es un caballero, aunque tú no eres capaz de entender eso. Ya puedes devolverme las tabletas, y si llegas a mencionar una sola palabra de esto a alguien o vuelves a tocar alguna pertenencia del señor, haré que te echen. ¡A ti y a ese malcriado! Ya buscaré el modo, no temas.

Extendió la mano en dirección a Sally. Nunca antes le había levantado la voz, pero su tranquila autoridad solía infundirle más temor que la ira, y cuando la joven le contestó, había un dejo de histeria en su voz.

—Me temo que no ha tenido suerte. Ya no tengo las tabletas, se las llevé a Stephen esta tarde. ¡Sí, a Stephen! Y ahora que escucho sus estúpidas patrañas, me alegro de haberlo hecho. Me gustaría ver la cara de Stephen si le dijera que usted estaba enterada. ¡La querida y fiel Martha, tan leal a la familia! ¡A usted nadie le importa nada, a excepción de su amado señor! Es una pena que no pueda verse a sí misma, lavándolo, acariciando su cara y arrullándolo como si fuera un bebé. A veces me reiría, si no fuera un espectáculo tan patético. ¡Es indecente! El pobre tiene suerte de estar medio chocho, ¡ser manoseado por alguien como usted, que le produciría náuseas a cualquier hombre normal!

Alzó el bebé sobre su cadera y salió cerrando la puerta tras de sí.

Martha se volvió hacia el fregadero y se asió a él con manos temblorosas. Se sentía embargada por una repulsión física que le provocaba arcadas, pero su cuerpo no encontró alivio en el vómito. Se puso la mano sobre la frente en un estúpido gesto de desesperación. Miró sus dedos y vio que estaban mojados de sudor. Mientras intentaba controlarse, el eco de aquella voz aguda e infantil resonaba en su cabeza: «ser manoseado por alguien como usted, que le produciría náuseas a cualquier hombre normal... ser manoseado por alguien como usted... ser manoseado...». Cuando su cuerpo dejó de temblar las náuseas se convirtieron en odio. Su mente apaciguó el dolor con las dulces imágenes de la venganza. Se dejó transportar por fantasías de Sally humillada, Sally y su hijo arrojados fuera de Martingale, Sally puesta al descubierto por lo que era, mentirosa, perversa, malvada, y, como todo es posible, Sally muerta.

CAPÍTULO TRES

1

El tiempo inestable del verano, que durante las últimas semanas había ofrecido una muestra de cada uno de los fenómenos climáticos con excepción de la nieve, por fin se había decidido por una cálida y gris normalidad acorde a esa época del año. Era factible que, aunque no saliera el sol, la feria pudiera realizarse con tiempo seco. Mientras Deborah se ponía los pantalones de montar para salir a cabalgar con Stephen, podía ver desde su ventana la marquesina roja y blanca y las estructuras de media docena de puestos desparramadas por el jardín, a la espera de los últimos retoques con papel pinocho y banderas. En el campo de la casa ya habían cercado una pista para los juegos de los niños y la exhibición de baile. Debajo de uno de los olmos, al final del jardín, había aparcado un coche antiguo con un altavoz, y varios metros de cables serpenteando en los caminos y colgando entre los árboles daban testimonio de los esfuerzos de los radioaficionados locales para instalar el altavoz a través del cual retransmitir música y anuncios. Después de una noche de descanso, Deborah se sentía capaz de observar los preparativos con estoicismo. Sabía por experiencia que cuando el festival acabara sus ojos se enfrentarían a una imagen muy distinta. Por más cuidadosa que fuera la gente, muchos de ellos solo empezaban a divertirse cuando se encontraban rodeados por los desperdicios habituales, paquetes de cigarrillos y cáscaras de frutas, se necesitaba al menos una semana de trabajo para que el jardín perdiera su aspecto de belleza devastada. La retahíla de banderas extendida de lado a lado de los senderos verdes ya daba a la arboleda un aire de incongruente frivolidad y los grajos, alterados, parecían discutir con más alboroto que nunca.

Catherine soñaba despierta que en la feria de Martingale pasaba la tarde ayudando a Stephen con los caballos, centro de interés de un grupo de habitantes de Chadfleet, atentos, respetuosos y muy dados a las especulaciones. Catherine tenía unas ideas muy pintorescas, aunque anticuadas, acerca de la posición y la importancia de la familia Maxie dentro de la comunidad. Sin embargo, estas agradables fantasías se desvanecieron cuando la señora Maxie decidió que todos sus invitados debían quedarse a colaborar en el sitio donde fueran más necesarios. Para Catherine esto significaba lisa y llanamente quedarse con Deborah en el puesto del bazar, donde, a pesar del desencanto inicial, la experiencia resultó asombrosamente placentera. Pasaron la mañana clasificando, inspeccionando y fijando los precios de un cúmulo de objetos que aún estaban sin ordenar. Deborah demostraba un asombroso conocimiento, fruto de su larga experiencia, acerca de la procedencia de los artículos, de su valor y de sus posibles compradores. Sir Reynold Price había donado un abrigo grande y tosco con forro impermeable que Deborah separó rápidamente para enseñárselo al doctor Epps. Era justo lo que necesitaba para sus visitas en coche durante el invierno; después de todo, nadie mira lo que uno lleva puesto cuando va conduciendo. Había un viejo sombrero de felpa perteneciente al propio doctor y del que su asistenta intentaba deshacerse cada año, solo para que su furioso propietario acabara comprándolo de nuevo. Se vendía por seis peniques y estaba colocado bien a la vista. Había jerséis tejidos a mano de diseño y colorido sorprendentes, pequeños objetos de bronce y porcelana que habían adornado las chimeneas del pueblo, pilas de libros y revistas y una fascinante colección de grabados enmarcados y con los títulos en finas letras de cobre. Estaba *La primera carta de amor*, *Papá querido*, un par muy barroco denominado *La riña* y *Reconciliación* y varios soldados ejemplares despidiéndose de sus esposas o disfrutando de los más castos placeres del reencuentro con ellas. Deborah predijo que a los clientes les encantarían y que solo los marcos valían media corona.

A la una de la tarde los preparativos ya estaban listos y los presentes tuvieron tiempo para un rápido almuerzo servido por Sally. Catherine recordó que esa misma mañana Martha se había enfadado porque la joven se había quedado dormida. Por lo visto había tenido que darse prisa para compensar el tiempo perdido porque parecía acalorada y, según Catherine, disimulaba su agitación con una actitud de dócil eficiencia. Pero la comida resultó bastante agradable ya que, por el momento, todos se encontraban unidos por una preocupación común y una actividad compartida. A las dos de la tarde llegaron el obispo y su esposa, los miembros del comité salieron de la sala, se acomodaron, un poco cohibidos, en las sillas dispuestas en círculo y el festival se inauguró formalmente. A pesar de que el obispo era viejo y estaba retirado, no divagaba, y su breve discurso fue un modelo de sencillez y gracia. Mientras escuchaba la encantadora voz del anciano desde el otro extremo del jardín, Catherine pensó por primera vez en la iglesia con interés y aprecio. Allí estaba la fuente normanda donde ella y Stephen bautizarían a sus hijos. En aquel reducto se conmemoraba a sus antepasados y se encontraban las estatuas reclinadas y esculpidas en piedra del siglo dieciséis de Stephen Maxie y Deborah, su esposa, uno frente a otro para siempre, con sus manos delgadas alzadas en oración. Allí estaban los bustos ornamentados y seculares de los Maxie del siglo dieciocho y las placas que recordaban a los hijos perdidos en Gallipoli y el Marne. Catherine pensó que era una suerte que los obsequios de la familia a la iglesia se hubieran vuelto progresivamente menos extravagantes, ya que la iglesia de St. Cedd y St. Mary, en Chadfleet, parecía más un mausoleo privado de los Maxie que un lugar de culto público. Pero hoy, gracias a su exultante y esperanzado estado de ánimo, se atrevía a pensar en toda la familia, vivos y muertos incluidos, sin hostilidad, y hubiese aceptado que merecían incluso un retablo barroco.

Deborah y Catherine se pusieron detrás del puesto y la gente comenzó a acercarse y a inspeccionar la mercancía con cautela buscando una ganga. Sin duda era una de las mayores atracciones y acabaron pronto. El doctor Epps llegó temprano en busca de su sombrero y lo persuadieron para que comprara el abrigo de sir Reynold por una libra. La ropa y los zapatos desaparecían, por lo general vendidos a aquellos que Deborah había vaticinado como compradores, y Catherine se mantenía ocupada dando el cambio y reponiendo la mercancía sacándola de una caja que guardaban debajo del mostrador. Durante toda la tarde siguieron entrando pequeños grupos de gente por el portalón del camino y los niños se esforzaban en producir sonrisas artificiales y estereotipadas ante un fotógrafo que había prometido un premio para «el niño más feliz» que entrara al jardín en toda la tarde. El altavoz colmó con creces las aspiraciones de todos y dejó oír un popurrí de marchas de Sousa y valses de Strauss, anuncios sobre meriendas y juegos, además de las ocasionales regañinas sobre la conveniencia de usar las papeleras y mantener pulcro el jardín. La señorita Liddell y la señorita Pollack, junto con las jóvenes descarriadas mayores, más feas y más de fiar, dejaron apresuradamente St. Mary para ir a la feria y volvieron otra vez ante la llamada del deber y de la conciencia. Su puesto era el más caro de todos y la ropa interior hecha a mano que vendían constituía una poco afortunada combinación de belleza y recato. El pastor, con su ralo cabello blanco humedecido por el esfuerzo, andaba alegremente entre los miembros de su congregación, por una vez en paz con el mundo y con el prójimo. El voluble, paternalista y generoso sir Reynold llegó tarde. Desde el tenderete del té llegaban las voces de advertencia de la señora Nelson y la señora Cope, que, con la ayuda de los niños de la escuela dominical, se mantenían ocupadas con las mesas de bridge, las sillas del ayuntamiento y los variados manteles que más tarde tendrían que devolver a sus dueños. Felix Hearne parecía estar divirtiéndose en su papel de colaborador independiente. Una o dos veces acudió en socorro de Deborah y Catherine, pero luego anunció que se lo pasaba mucho mejor con la señorita Liddell y la señorita Pollack. En una ocasión, Stephen se acercó a preguntar cómo iban las cosas, y teniendo en cuenta que solía referirse a la feria como «la maldición de los Maxie», parecía bastante contento. Poco después de las cuatro Deborah dejó a Catherine a cargo del tenderete y entró en la casa para ver si su padre necesitaba algo. Media hora después regresó y sugirió que fueran a buscar una taza de té; lo estaban sirviendo en la tienda más grande y los que llegaran tarde —advirtió Deborah— tendrían que conformarse con un brebaje pálido y con las tartas menos apetecibles. Dejaron el puesto a Felix Hearne, que se había acercado al tenderete a charlar y hacer comentarios sobre la mercancía sobrante, y Deborah y Catherine entraron a la casa a lavarse. Siempre había una o dos personas cruzando la sala, bien porque creían que de ese modo cortaban camino o bien porque no eran del pueblo y pensaban que el dinero de la entrada incluía una visita gratis por la casa. A Deborah no parecía preocuparle.

—Bob Gittings, el guardia local, está vigilando los

objetos de la sala —señaló—, y el comedor está cerrado. Esto pasa siempre y nunca nadie se ha llevado nada. Pasemos por la puerta del sur y vayamos al baño pequeño, será más rápido.

A pesar de todo se sobresaltaron cuando se cruzaron con un hombre en las escaleras que susurró una disculpa apresurada. Se detuvieron y Deborah lo llamó.

—¿Busca a alguien? Esto es propiedad privada.

Él se volvió a mirarlas con expresión nerviosa; era un hombre delgado con el cabello gris peinado hacia atrás, dejando al descubierto una frente ancha y una boca fina que se curvaba en una sonrisa de víctima.

—Oh, lo siento, no me di cuenta. Por favor, discúlpeme. Estaba buscando el retrete —dijo con una voz poco atractiva.

—Si se refiere al lavabo —dijo Deborah secamente—, hay uno en el jardín y creo que está muy bien señalizado.

Él se ruborizó, balbuceó una disculpa y se fue.

—¡Parecía un conejo asustado! —dijo Deborah—. No creo que estuviera haciendo nada malo, pero preferiría que no entraran en la casa.

Catherine decidió mentalmente que cuando fuera la dueña de Martingale se encargaría de que no lo hicieran.

La tienda donde servían el té estaba repleta de gente y el ruido de la vajilla, el parloteo de la gente y el zumbido de las teteras resonaban sobre un fondo de música que llegaba suavizado a través de las paredes de lona. Los niños de la escuela dominical habían adornado las mesas, como parte de un concurso que premiaría los mejores arreglos florales. En cada mesa había un pote de mermelada con una etiqueta, y la colección de amapolas, collejas, acederas y rosas silvestres, reanimadas después de horas de febril manipulación, era de una belleza delicada y espléndida, aunque su fragancia se perdía ante el fuerte olor a césped pisoteado, lona caliente y comida. Había tanto alboroto que en un momento en que las voces parecieron callar, Catherine tuvo la impresión de que se había hecho un completo silencio. Solo más tarde se percató de que no todos habían dejado de hablar, de que no todas las cabezas se habían vuelto cuando Sally entró en la tienda por la otra entrada, luciendo un vestido blanco con escotado cuello barco y falda plisada, idéntico al de Deborah, un ancho cinturón verde que era una réplica del que ceñía la cintura de Deborah y pendientes verdes resplandeciendo a cada lado de sus mejillas ruborizadas. Catherine sintió cómo sus propias mejillas se enrojecían y no pudo evitar dirigir una breve y curiosa mirada a Deborah. No fue la única, las caras se volvían hacia ellas en más y más mesas. Desde el fondo de la tienda, donde algunas de las chicas de la señorita Liddell estaban disfrutando de una merienda temprana bajo la supervisión de la señorita Pollack, se escucharon unas risas rápidamente reprimidas. Alguien murmuró por lo bajo, aunque no lo suficiente para que no se oyera: «La buena de Sally.» La única que no pareció inmutarse fue Deborah, que sin mirarla dos veces se dirigió al mostrador de caballetes y pidió tranquilamente té para dos, una bandeja de pan con mantequilla y otra de bizcochos. La señora

Pardy, sofocada, sirvió el té en las tazas con precipitación y Catherine siguió a Deborah hasta una de las mesas vacías llevando el plato de bizcochos, consciente de que era ella la que había quedado como una tonta.

—¿Cómo se atreve? —murmuró, agachando su rostro acalorado sobre la taza—. Es un insulto deliberado.

—Oh, no lo sé —dijo Deborah encogiéndose de hombros—. ¿Qué importancia tiene? Es probable que la pobre criatura se esté divirtiendo con su gesto, y a mi no me ofende.

—¿De dónde sacó el vestido?

—Del mismo sitio que yo, supongo. Lleva una etiqueta con el nombre dentro, no es un modelo exclusivo ni mucho menos. Cualquiera que se molestara en encontrarlo podría comprarlo y Sally debió de pensar que la molestia valía la pena.

—Pero ella no podía saber que ibas a usarlo hoy.

—Cualquier otra ocasión hubiera causado el mismo efecto, supongo. ¿Tienes que seguir hablando de ello?

—No puedo entender cómo puedes tomártelo con tanta calma, yo no podría.

—¿Qué quieres que haga?, ¿acercarme y arrancárselo? Hay un límite para el espectáculo gratuito que ofrecemos al pueblo. Me pregunto qué dirá Stephen —dijo Catherine. Deborah se mostró sorprendida.

—Dudo que lo note, excepto para apreciar lo bien que le queda. Es un vestido más propio de ella que de mí. ¿Estos bizcochos te parecen bien o preferirías unos sándwiches?

Privada de la oportunidad de seguir la discusión, Catherine se concentró en el té.

2

La tarde llegaba a su fin. Después de la escena en la tienda de té, Catherine consideró que se había acabado la diversión y el resto de la venta le pareció una fastidiosa obligación. Tal como Deborah había anticipado, a las cinco lo habían vendido todo y Catherine quedó libre para ofrecer ayuda con los paseos de ponis. Cuando llegó al campo, Stephen estaba montando a Jimmy, que daba gritos de alegría, sobre la silla junto a su madre. El sol, madurando hacia el final del día, brillaba sobre el pelo del niño y lo convertía en fuego. El cabello brillante de Sally caía hacia delante mientras ella se inclinaba para hablar con Stephen. Catherine oyó la risa con que el joven le respondió; fue un momento que no olvidaría jamás. Se volvió hacia el jardín e intentó recuperar parte de la confianza y seguridad con que había comenzado el día. Pero fue inútil, después de deambular un rato buscando en vano algo en que ocupar su mente, decidió subir a su habitación y acostarse un rato antes de cenar. De camino a la casa no vio a la señora Maxie ni a Martha, sin duda estarían ocupadas con Simon Maxie o con la cena fría que culminaría la jornada. A través de su ventana vio al doctor Epps, que seguía, soñoliento, junto al tenderete de los dardos y la búsqueda del tesoro, aunque el rato de mayor actividad ya había pasado. Pronto anunciarían, premiarían y felicitarían a los ganadores, y grupos pequeños pero constantes de gente ya estaban cruzando los campos en dirección a la parada de autobús.

Catherine no había vuelto a ver a Sally después de aquel momento en el campo. Luego de bañarse y vestirse se encontró con Martha en la escalera y supo por ella que Sally y el niño aún no habían regresado. La mesa del comedor estaba servida con fiambres, ensaladas y fruta fresca, y todos, a excepción de Stephen, estaban presentes. El doctor Epps, charlatán y divertido como de costumbre, estaba ocupado con las botellas de sidra, Felix Hearne preparaba las copas y la señorita Liddell ayudaba a Deborah a terminar de poner la mesa. Sus pequeñas protestas de desaliento cuando no encontraba lo que quería y su inútil parloteo dirigido a las servilletas eran síntoma de un inusual nerviosismo. La señora Maxie estaba sentada de espaldas a los demás, mirando a través del cristal encima de la chimenea. Cuando se volvió, Catherine quedó asombrada de las arrugas y la fatiga de su cara.

—¿No está Stephen contigo?

—No, no lo he visto desde que estaba con los caballos. He estado en mi habitación.

—Es probable que haya acompañado a Bocock para ayudarlo a guardar los caballos en los establos, o tal vez se esté cambiando. No es necesario que le esperemos.

—¿Dónde está Sally? —preguntó Deborah.

—No está en casa, por lo visto. Martha dice que Jimmy está en la cuna, así que debe de haber entrado y vuelto a salir —dijo la señora Maxie con calma.

Si esta era una crisis doméstica, era obvio que la consideraba insignificante e indigna de mayores comentarios frente a los invitados. Felix Hearne la miró y tuvo una familiar sensación de presagio y expectación que le asombró. Parecía una reacción demasiado extravagante para una situación tan vulgar, pero mirando a Catherine Bowers tuvo la impresión de que ella compartía su intranquilidad. Todos parecían agotados; a excepción de la molesta e insustancial charla de la señorita Liddell, no tenían mucho que decir. Había un sentimiento de anticlímax propio de las largamente planeadas funciones sociales. El acontecimiento había acabado pero aún estaba demasiado presente para permitirles que se relajaran. El sol esplendoroso del día había dejado paso a un ambiente opresivo, no soplaba ni una brisa y hacía más calor que nunca.

Cuando Sally apareció por la puerta, todos se volvieron a mirarla como si les hubiese asaltado una compartida sensación de apremio. Se apoyó sobre los paneles de madera forrados en lino, con los blancos pliegues de su vestido desplegados contra su sombría oscuridad como el ala de una paloma. En esa luz extraña y turbulenta, su cabello parecía incendiar la madera, su cara estaba pálida, pero sonreía. Stephen se encontraba a su lado.

La señora Maxie fue consciente de que por un curioso instante cada persona pareció advertir individualmente la presencia de Sally y aun así se volvieron con calma y a la vez, dispuestos a enfrentarse a un desafío común.

—Me alegro de que estés de vuelta, Stephen —dijo despreocupadamente, haciendo un esfuerzo por restaurar la normalidad—. Sally, será mejor que vuelvas a ponerte el uniforme y ayudes a Martha.

La incipiente sonrisa de la joven se convirtió en risa. Le llevó un segundo adquirir el suficiente control para responder con un tono casi servil de irónica cortesía:

—¿Le parece que eso será lo apropiado, señora, para una joven a quien su hijo acaba de pedir en matrimonio?

3

Simon Maxie tuvo una noche ni mejor ni peor que tantas otras. Sin duda, nadie bajo ese mismo techo fue tan afortunado. Su esposa estuvo despierta echada en la cama del cuarto de vestir contiguo y oyó las campanadas de las horas, mientras las manecillas luminosas del reloj que estaba junto a su cama avanzaban hacia el día de forma inevitable. Repasó mentalmente la escena del comedor tantas veces, que no había un solo segundo que no recordara con claridad, ni un matiz o emoción en las voces que se le escapara. Podía recordar cada palabra del ataque histérico de la señorita Liddell, el torrente de insultos perversos y desvariados que había provocado la respuesta de Sally.

—No hable de lo que ha hecho por mí. ¡Qué demonios le importo yo a usted, vieja hipócrita y obsesa sexual! Dé gracias a que sé mantener la boca cerrada, porque yo podría contar muchas cosas sobre usted.

Después se había ido y los había dejado para que disfrutaran de la comida con tanto apetito como el que eran capaces de simular. La señorita Liddell no había hecho mayores esfuerzos. La señora Maxie notó que había una lágrima en su mejilla y le conmovió la idea de que la señorita Liddell sufría de verdad, se había preocupado por Sally hasta el límite de sus fuerzas y se había alegrado sinceramente por su progreso y su felicidad. El doctor Epps masticaba la comida en un desacostumbrado silencio, un claro indicio de que ejercitaba la mente a la par que las mandíbulas. Stephen no había seguido a Sally cuando esta abandonó la sala, sino que había tomado asiento junto a su hermana.

—¿Es cierto, Stephen? —había preguntado su madre en voz baja.

—¡Por supuesto! —había contestado él.

No había hecho ningún comentario más y ambos hermanos habían sobrellevado la cena juntos, comiendo poco pero presentando un frente común contra el desconsuelo de la señorita Liddell y las miradas irónicas de Felix Hearne. Él, según creyó la señora Maxie, había sido el único en disfrutar de la cena, incluso le parecía que aquellos acontecimientos le habían despertado el apetito. Sabía que a él nunca le había gustado Stephen, y este compromiso, si seguía en pie, podría resultar divertido además de aumentar sus posibilidades con Deborah, ya que todos sabían que Deborah no seguiría en casa si Stephen se iba. La señora Maxie pensó que podía recordar con desagradable nitidez la cara inclinada de Catherine, vergonzosamente ruborizada por el dolor o el resentimiento, y la calma actitud con que Felix Hearne la había animado para que hiciera al menos un esfuerzo decoroso por disimular. Podía ser muy divertido cuando se lo proponía y aquella noche se lo había propuesto de verdad. Por sorprendente que parezca, antes de que acabara la comida había logrado provocar risas. ¿Todo esto había ocurrido hacía apenas siete horas?

Los minutos pasaban, sonando asombrosamente fuertes en medio del silencio. Al caer la noche había llovido mucho, pero ahora había escampado. A las cinco le pareció oír moverse a su marido y se acercó a él, pero aún seguía en aquel estático letargo que llamaban sueño. Stephen le había cambiado la medicación para dormir, le habían dado un jarabe en lugar de la acostumbrada tableta pero el efecto parecía el mismo. Volvió a la cama, aunque no a dormir. A las seis se levantó y se puso la bata, luego llenó y enchufó la tetera eléctrica para preparar el té. Por fin habían llegado el día y sus problemas.

Cuando Catherine llamó a la puerta y entró en la habitación, todavía en pijama y bata, la señora Maxie se sintió aliviada. Tenía pánico de que Catherine viniera a hablar, de que los acontecimientos de la noche anterior tuvieran que ser discutidos, evaluados, desaprobados y revividos. Se había pasado casi toda la noche haciendo planes que no podía ni quería compartir con Catherine. Pero se sintió inexplicablemente feliz de ver a otro ser humano. Notó que la joven estaba pálida, por lo visto alguien más había pasado una mala noche. Catherine confesó que la lluvia no la había dejado dormir y que se había despertado temprano con un fuerte dolor de cabeza. No solía tener dolores de cabeza, pero cuando los tenía, eran muy fuertes. ¿Tendría la señora Maxie una aspirina? Ella prefería las efervescentes, pero cualquiera estaría bien. La señora Maxie pensó que el dolor de cabeza podía ser una excusa para mantener una charla confidencial sobre la relación de Sally y Stephen, pero después de una segunda mirada a los ojos de la joven decidió que el dolor era verdadero. Era evidente que Catherine no estaba en un estado como para planear nada. La señora Maxie le dijo que sacara una aspirina del botiquín ella misma y puso otra taza de té en la bandeja. Catherine no era la compañía que hubiera deseado, pero al menos parecía dispuesta a beberse el té en silencio.

Estaban sentadas frente a la estufa eléctrica, cuando entró Martha, con una expresión y un tono que demostraban una mezcla de ansiedad e indignación.

—Es Sally, señora —dijo—, se ha vuelto a quedar dormida. No me contestó cuando la llamé, y cuando intenté abrir la puerta, me di cuenta de que estaba cerrada y no pude entrar. Le aseguro, señora, que no sé a qué está jugando.

La señora Maxie volvió a apoyar la taza sobre el plato y notó, con frialdad y un poco extrañada, que su mano no estaba temblando. Un sentimiento maligno se apoderó de ella y tuvo que esperar un instante antes de que pudiera fiarse de su propia voz. Pero cuando por fin habló, ni Catherine ni Martha parecieron notar ningún cambio en ella.

—¿Has llamado fuerte? —preguntó.

Martha dudó y la señora Maxie sabía lo que eso significaba, no había llamado muy fuerte porque le convenía que Sally se quedara dormida. Después de una noche sin dormir, la señora Maxie no podía soportar estas menudencias.

—Será mejor que lo intentes de nuevo —dijo secamente—, ayer Sally tuvo un día duro como todos nosotros. La gente no se queda dormida sin razón.

Catherine abrió la boca como para hacer un comentario, pero lo pensó mejor e inclinó la cabeza sobre el té. Dos minutos después Martha estaba de vuelta y esta vez no tenía dudas. La ansiedad se había convertido en enojo y había algo parecido al pánico en su voz.

—No me escucha, el bebé está despierto y llorando, pero ella no me escucha.

La señora Maxie no recordaba haber llegado nunca hasta la puerta de Sally. Estaba tan convencida, más allá de cualquier duda, de que la puerta tenía que estar abierta que golpeó y tiró con fuerza durante varios minutos, antes de aceptar la realidad. La puerta estaba trabada por dentro. El ruido de los golpes había acabado de despertar a Jimmy y sus habituales gemidos estaban subiendo de tono hasta convertirse en chillidos de terror. La señora Maxie lo oía sacudir los barrotes de la cuna y podía imaginárselo, envuelto en su saco de dormir de lana, intentando incorporarse para llamar a su mamá. Se llevó la mano a la frente, donde empezaba a sentir un sudor frío. Era todo lo que podía hacer para evitar ponerse a golpear presa del pánico sobre la rígida madera. Martha estaba gimoteando y Catherine puso una mano reconfortante sobre su hombro.

—No se preocupe, iré a buscar a su hijo.

«¿Por qué no dice Stephen? —pensó la señora Maxie aunque fuera irrelevante—. Mi hijo es Stephen.»

Un instante después él estaba allí. Los golpes debían de haberlo despertado, porque Catherine no podía haberlo llamado tan pronto.

—Tendremos que entrar por la ventana —dijo Stephen con calma—, la escalera de fuera servirá. Llamaré a Hearne.

Se fue y el pequeño grupo de mujeres esperó en silencio. El tiempo pasaba lentamente.

—Va a llevarles un rato —dijo Catherine, intentando tranquilizarlas—, pero no tardarán mucho. Estoy segura de que está bien, lo más probable es que todavía esté durmiendo.

—¿Con todo el ruido que está metiendo Jimmy? —dijo Deborah, después de dirigirle una larga mirada—. Apuesto a que no está aquí, que se ha largado.

—¿Pero por qué iba a hacerlo? —preguntó Catherine—. ¿Y cómo se explica que la puerta esté cerrada?

—Conociendo a Sally, supongo que querría hacerlo del modo más espectacular y salió por la ventana. Parece sentir una gran afición por las escenas, incluso cuando ella no está presente para disfrutarlas. Aquí estamos todas temblando de miedo, y mientras Stephen y Felix preparan la escalera, toda la casa está hecha un lío. Todo muy grato para su imaginación.

—No sería capaz de dejar al bebé —dijo Catherine de repente—, ninguna madre haría una cosa así.

—Parece que esta sí —dijo Deborah secamente, aunque su madre advirtió que no hacía ademán de retirarse.

Los gritos de Jimmy habían llegado a su punto culminante y tapaban cualquier indicio de los movimientos de los hombres en la escalera o de su entrada por la ventana. Un momento después oyeron el sonido de la cerradura. Felix apareció en la puerta, y al ver la expresión de su rostro, Martha lanzó un grito, un aullido agudo y salvaje de terror. La señora Maxie sintió, más que oyó, el ruido sordo de sus pisadas alejándose, pero nadie la siguió. A pesar de que Felix intentó detenerlas, las demás mujeres entraron en la habitación y se acercaron en silencio, movidas por una misma compulsión, al lugar donde yacía Sally. La ventana estaba abierta y la almohada empapada por la lluvia. El cabello se extendía sobre la almohada como un manto dorado. Tenía los ojos cerrados, pero no estaba dormida; junto a la comisura de su boca había un fino hilo de sangre seca que parecía una oscura cicatriz. La piel estaba amoratada a ambos lados del cuello, donde las manos del asesino habían apretado hasta ahogarla.

CAPÍTULO CUATRO

1

—Bonito lugar, señor —dijo el sargento detective Martin cuando el coche de policía se detuvo frente a Martingale—; todo un cambio en comparación con nuestro último trabajo.

Se sentía satisfecho ya que él era un hombre de campo por nacimiento y afición y solía quejarse de la propensión de los asesinos a cometer sus crímenes en los barrios más bajos de las«ciudades populosas. Inspiró una bocanada de aire con satisfacción y bendijo las razones de precaución o prudencia que habían llevado al jefe de la policía local a llamar a Scotland Yard. Se decía que el jefe de policía conocía personalmente a la gente implicada en el caso y eso, sumado al delito aún sin resolver en las afueras del distrito, lo había inducido a derivar el caso sin demora, lo cual le parecía muy bien al sargento detective Martin. El trabajo era el trabajo en cualquier sitio, pero un hombre tiene derecho a tener sus preferencias.

El inspector jefe, detective Adam Dalgliesh, no le respondió, pero se bajó del coche y se detuvo un momento a mirar la casa. Era una típica casa solariega isabelina, simple pero con un diseño imponente. Las enormes alas de dos pisos, cubiertas por ventanales con montantes y dinteles, se elevaban simétricamente a ambos lados del portal cuadrangular. Sobre el alero había un escudo de armas esculpido en la piedra con mucho detalle. El techo se inclinaba por encima de una pequeña barandilla también esculpida con figuras en relieve y las seis grandes chimeneas de estilo Tudor se proyectaban osadas sobre el cielo estival. Hacia el oeste había una habitación que Dalgliesh supuso que se habría agregado más tarde, probablemente a finales del siglo pasado. Las puertaventanas tenían cristales en planchas y conducían al jardín. Por un instante vio una cabeza asomada a una de ellas, pero luego desapareció; alguien estaba esperando su llegada. Al oeste, un gran muro de piedra gris se extendía desde el extremo de la casa, daba la vuelta hacia los portones y se perdía entre los matorrales y las altas hayas. De este lado, los árboles llegaban muy cerca de la casa. Encima del muro y medio tapada por la gran cantidad de hojas divisó una escalera apoyada sobre una ventana. Esa debía de ser la habitación de la joven, su patrona no podía haber elegido una mejor situada para facilitar la entrada clandestina. Frente al portal había dos vehículos aparcados, un coche de policía con un hombre uniformado sentado impasible frente al volante y un coche fúnebre. Su conductor, estirado sobre el asiento y con la gorra caída hacia delante, no demostró ningún interés por la llegada de Dalgliesh, mientras su compañero lo miró con indiferencia y volvió la vista al periódico dominical.

El inspector local estaba esperando en el vestíbulo. Se conocían superficialmente, como era de esperar en dos hombres eminentes de la misma profesión, pero ninguno de los dos había deseado tener una relación más profunda. No era una situación fácil, Manning intentaba explicar por qué su jefe había considerado conveniente llamar a Scotland Yard y Dalgliesh le respondía de la forma más apropiada. Detrás de la puerta había dos reporteros sentados, con la actitud de perros a los que se les había prometido un hueso si se comportaban bien y se habían resignado a tener paciencia. La casa estaba muy silenciosa y despedía un ligero aroma a rosas. En comparación con el calor asfixiante del coche, el viento le pareció tan frío que le produjo un escalofrío involuntario.

—La familia está en la sala —dijo Manning—, he dejado un sargento con ellos. ¿Quiere verlos ahora?

—No, todavía no; primero iré a ver el cadáver. Los vivos pueden esperar.

El inspector Manning los condujo hacia la ancha escalera sin dejar de hablar.

—Examiné un poco el terreno antes de enterarme de que llamarían a la oficina central. Me imagino que ya le habrán puesto al tanto. La víctima era una criada de la casa, madre soltera de veintidós años. Murió estrangulada, la familia encontró el cadáver a las siete y cuarto de la mañana. La puerta de su habitación estaba cerrada por dentro, así que el asesino debe de haber escapado, y probablemente entrado, por la ventana; encontrará pruebas en el tubo de la chimenea y en la pared. Da la impresión de que se tiró desde una altura de metro y medio aproximadamente. La vieron por última vez a las diez y media de la noche llevándose una taza de chocolate caliente a la cama, no pudo acabarlo. Al principio pensé que había sido obra de un extraño, ayer tuvieron una feria benéfica en la casa y cualquiera pudo haberse colado en sus tierras, o en la casa, por supuesto. Pero hay una o dos cosas que me intrigan.

—¿El chocolate, por ejemplo? —preguntó Dalgliesh.

Habían llegado al rellano y se encaminaban al ala oeste de la casa. Manning le miró con curiosidad.

—Sí, el cacao. Podrían haberle puesto un somnífero, el señor Simon Maxie es un inválido y ha desaparecido un tubo de pastillas para dormir de su botiquín.

—¿Alguna evidencia de droga en el cadáver?

—El forense está con ella ahora, pero no lo creo. A mí me parece un caso claro de estrangulamiento. El médico nos dará la respuesta.

—Podría haber tomado el somnífero ella misma —dijo Dalgliesh—. ¿Hay algún motivo aparente?

Manning hizo una pausa.

—Podría haberlo. No conozco los detalles pero he oído cotilleos.

—Ya, cotilleos.

—Una tal señorita Liddell vino esta mañana para llevarse al hijo de la joven. Anoche cenó aquí y debe de haber sido una cena bastante interesante, según su relato. Por lo visto Stephen Maxie le propuso matrimonio a Sally Jupp. Supongo que eso podría considerarse como un motivo para la familia.

—Dadas las circunstancias, creo que sí —dijo Dalgliesh.

La habitación tenía las paredes blancas y era muy luminosa. En comparación con la oscuridad del vestíbulo y los pasillos, cuyas paredes estaban cubiertas de paneles de roble, esta habitación lo deslumbró con la claridad artificial de un escenario. El cadáver parecía lo más irreal de la escena, una actriz de segunda intentando simular su muerte de una forma poco convincente. Tenía los ojos entrecerrados, pero en su cara había una ligera expresión de sorpresa que él había notado a menudo en los muertos. Dos dientes blancos y pequeños se asomaban por debajo del labio superior, dándole aspecto de conejo a un rostro que, en vida, debía de haber sido muy atractivo, incluso hermoso. Su cabellera, como una aureola, resplandecía sobre la almohada en un inútil desafío a la muerte. El pelo le pareció un poco húmedo al tacto y se preguntó si su brillo no se habría escurrido de su cuerpo junto con la vida. Se quedó inmóvil mirándola. No era consciente de sentir pena ni rabia en momentos como este, aunque sabía que esas sensaciones llegarían más adelante y que tendría que resistirse a ellas. Le gustaba fijar perfectamente en su mente la imagen del cuerpo asesinado, lo tenía por sistema desde su primer gran caso, siete años antes, cuando había mirado el cuerpo apaleado de una prostituta del Soho y había pensado con resolución: «De esto se trata, este es mi trabajo.»

El fotógrafo había terminado su trabajo con el cadáver antes de que el forense comenzara su examen. Ahora estaba acabando de tomar fotografías de la habitación y de la ventana antes de aprontar su equipo para marcharse. También el encargado de las huellas había terminado con Sally, e inmerso en su propio mundo de espirales y compuestos, iba, con eficiencia y sin ocasionar molestias, de la manija de la puerta a la cerradura, de la taza de cacao a la cómoda, de la cama al reborde de la ventana, saliendo luego a la escalera para trabajar con el tubo de la chimenea y con la propia escalera. El doctor Feldman, el forense, medio calvo, fornido y tímidamente jovial, como si estuviera bajo una constante compulsión para demostrar su serenidad profesional ante la visión de la muerte, guardaba los instrumentos dentro de su maletín. Dalgliesh lo conocía de antes y sabía que era un médico excelente a pesar de que nunca había aprendido a diferenciar dónde acababa su trabajo y empezaba el del detective. Antes de hablar esperó a que Dalgliesh se apartara del cadáver.

—Estamos listos para llevárnosla, si usted no tiene inconveniente. Desde el punto de vista médico, parece un caso bastante simple: estrangulación manual llevada a cabo por una persona diestra de pie enfrente de ella. Murió de inmediato, probablemente por inhibición vagal; podré darle más detalles después de la autopsia. No hay señales de violencia sexual, aunque eso no quiere decir que el sexo no fuera el motivo. Supongo que no hay nada como descubrir que la persona que uno tiene en los brazos está muerta para que se le pasen las ganas. Cuando lo cojáis os contará la misma historia de siempre: «Le puse las manos alrededor del cuello para asustarla y ella se desmayó.» Por lo visto entró por la ventana, es probable que encuentre huellas dactilares en el tubo de la chimenea, pero no creo que las del suelo sirvan de mucho. Abajo hay una especie de patio, nada de tierra blanda con un buen par de huellas de pisadas y, para colmo, anoche llovió bastante. Bueno, si sus hombres ya han terminado iré a buscar a los camilleros.

Se fue y Dalgliesh examinó la habitación. Era grande y tenía pocos muebles, pero parecía luminosa y cómoda. Pensó que en el pasado podría haber sido la sala de juegos de los niños. La antigua chimenea en la pared del norte estaba cubierta por un protector metálico, detrás del cual habían instalado una estufa eléctrica. A cada lado de la chimenea había dos amplios huecos con estanterías y armarios. Había dos ventanas, la más pequeña, el mirador donde se apoyaba la escalera, estaba sobre la pared oeste y daba al patio y a los antiguos establos. La ventana más grande era casi de la altura de la pared del lado sur y ofrecía una vista panorámica de los jardines; en ella los cristales eran viejos y tenían varias reparaciones visibles. Solo podían abrirse los cristales de la parte superior.

La cama individual pintada de color beige estaba puesta en ángulo recto con la ventana más pequeña y tenía una silla a un lado y una mesa de noche con una lámpara al otro. La cuna del bebé estaba en el extremo opuesto, medio escondida por un biombo. Era el tipo de biombo que Dalgliesh recordaba de su infancia, compuesto por una docena de dibujos coloreados y postales pegados formando un motivo y cubiertos por cristales. Frente al fuego había una alfombra y una mecedora, y contra la pared, un armario sencillo y una cómoda.

La habitación tenía un extraño aspecto anónimo, la atmósfera íntima y fecunda de casi todas las habitaciones infantiles, compuesta de un suave aroma a polvos de talco, jabón de bebé y ropa secándose ante el fuego. Pero la joven no había dejado indicios de su propia personalidad en el ambiente, no había rastros del desorden femenino que él esperaba, sus pocos efectos personales estaban cuidadosamente ordenados y no le decían nada. Se trataba fundamentalmente de una habitación infantil con una cama para la madre, los pocos libros que había en la estantería eran conocidos tratados sobre el cuidado del bebé y la media docena de revistas eran más apropiadas a los intereses de madres y amas de casa que a los de una joven trabajadora. Cogió una del estante y le echó una ojeada. Entre sus páginas encontró un sobre con sellos de Venezuela dirigido a:

Sr. D. PULLEN,
Rose Cottage, Nessingford-road,
Little Chadfleet, Essex, Inglaterra.

En la parte posterior había tres fechas escritas en lápiz: miércoles 18, lunes 23 y lunes 30.

Pasando de las estanterías a la cómoda, Dalgliesh sacó todos los cajones y fue vaciando su contenido con sus dedos expertos. El cajón superior guardaba solo ropas de niño, casi todas tejidas a mano, todo lavado y bien cuidado. En el segundo estaba la ropa interior de la joven, acomodada en pilas ordenadas. Fue el tercer y último cajón el que le deparaba una sorpresa.

—¿Qué crees que significa esto? —le dijo a Martin.

El sargento se acercó a su jefe rápidamente y en silencio, lo cual resultaba desconcertante en alguien de su tamaño. Levantó una de las prendas con su manaza.

—Todo parece hecho a mano, señor. Supongo que lo debe de haber bordado ella misma. Hay casi un cajón repleto, da la impresión de que se trata de un ajuar.

—Sí, eso parece. Y no solo hay ropa, manteles, toallas, fundas de cojines. —Los iba sacando a medida que los nombraba—. Es una dote bastante patética, Martin, el fruto de meses de devota labor guardado entre bolsas de lavanda y papel de seda. Pobre diablillo, ¿crees que hizo todo esto por admirar a Stephen Maxie? No me imagino estos modestos mantelillos en Martingale.

—No puede haberlo hecho pensando en él —dijo Martin cogiendo uno para examinarlo—. Según el inspector, le propuso matrimonio ayer y debe de haber trabajado en esto durante meses. Mi madre solía hacer este tipo de labor, primero se borda el motivo y luego se corta la tela de dentro, lo llaman «richelieu» o algo así. Queda bonito, para el que le gusta este tipo de cosas —agregó en consideración a la evidente falta de entusiasmo de su jefe.

Siguió reflexionando un momento sobre el bordado con nostálgica aprobación, antes de devolverlo al cajón.

Dalgliesh se dirigió a la ventana pequeña. La ancha repisa que había debajo estaba a aproximadamente un metro de altura, cubierta ahora de los brillantes fragmentos de cristal de una colección de animales en miniatura. Un pingüino sin un ala estaba recostado sobre un lado y un perro pachón se había partido por la mitad. El único superviviente de este holocausto de astillas era un gato siamés de brillantes ojos azules.

Las dos hojas más grandes de la ventana se abrían hacia fuera con un pestillo, y el tubo de la chimenea, que rodeaba una ventana similar unos dos metros más abajo, conducía directamente a la galería pavimentada de abajo. A cualquier persona ágil no le resultaría muy difícil bajar por allí, incluso podría usarlo para subir. Dalgliesh reparó en que el lugar estaba a salvo de miradas indiscretas, a la derecha un gran muro de ladrillos, casi oculto por las ramas de las hayas, torcía en dirección al camino. Justo enfrente de la ventana, a una distancia de unos treinta metros, estaban los antiguos establos con la atractiva torrecilla del reloj. Únicamente desde allí podía divisarse la ventana. A la izquierda, solo se alcanzaba a ver una pequeña parte del jardín y parecía que alguien había estado cavando allí. En el lugar donde alguien había cortado o arrancado el césped, se veía un pequeño círculo cercado por una cuerda. Incluso desde la ventana, Dalgliesh podía distinguir la hierba levantada y el parche de tierra marrón de abajo. El inspector Manning se acercó a él y respondió su muda pregunta.

—Se trata de la búsqueda del tesoro del doctor Epps, la ha hecho en el mismo lugar durante los últimos veinte años. Ayer celebraron la feria de la iglesia, ya han quitado casi todos los adornos porque el pastor quiere que el sitio quede limpio antes del domingo, pero tendrán que pasar un día o dos antes de que desaparezcan todos los rastros de su celebración.

Dalgliesh recordó que el inspector era casi de la casa.

—¿Estuvo usted aquí? —le preguntó.

—Este año no. He estado de servicio casi toda la semana, aún tenemos que resolver el asesinato de las afueras del condado. No llevará mucho tiempo más, pero me ha tenido bastante atado. Mi mujer y yo solíamos venir a la feria todos los años, pero antes de la guerra. Entonces era diferente, ahora ya no nos molestamos en venir. Sin embargo, todavía viene mucha gente. Es probable que alguien conociera a la chica y descubriera dónde dormía. Va a costar mucho trabajo comprobar sus movimientos durante la tarde y la noche de ayer. —Su tono dejaba traslucir que se alegraba de no tener que averiguarlo él.

Dalgliesh no quiso hacer conjeturas anticipadas, pero los hechos que había evaluado hasta el momento no apoyaban la tesis de un intruso casual y desconocido. No había signos de violencia sexual ni de robo. No iba a dejarse llevar por prejuicios en la cuestión de la puerta cerrada, por lo visto todos los Maxie se encontraban en el lugar más apropiado a las siete de la mañana, pero eran tan capaces como cualquiera de bajar por las tuberías o por la escalera.

Se habían llevado el cuerpo, una figura prominente cubierta por una sábana, rígida sobre la camilla, destinada al cuchillo del patólogo y a los tubos de ensayo del analista. Manning se había ido a telefonear a la oficina dejando a Dalgliesh y a Martin dedicados a una paciente inspección de la casa. Al lado de la habitación de Sally había un baño antiguo, con la profunda bañera empotrada en madera de caoba y una pared entera cubierta por un armario para secar la ropa con estantes de listones. Las tres paredes restantes estaban empapeladas con un elegante motivo floral descolorido por el tiempo, y en el suelo había una moqueta antigua pero todavía en buen estado. En aquel reducto no había ningún lugar donde esconderse. Desde el descansillo de fuera, las escaleras alfombradas conducían al pasillo decorado con paneles de madera que daba a las dependencias de la cocina, por un lado, y al vestíbulo principal, por el otro. Justo al final de estas escaleras se encontraba la imponente puerta trasera. Estaba entreabierta y Dalgliesh y Martin pasaron del fresco ambiente de Martingale al sofocante calor del día. En algún sitio sonaban las campanas de una iglesia llamando a la misa del domingo, el sonido llegaba clara y dulcemente a través de la arboleda, recordando a Martin los domingos campestres de su infancia, y a Dalgliesh, que había mucho que hacer y que la mañana estaba llegando a su fin.

—Echaremos un vistazo en los viejos establos y en el muro del oeste, debajo de la ventana. Después me interesaría mucho ver la cocina y luego haremos los interrogatorios. Tengo la sensación de que la persona que buscamos durmió bajo este mismo techo.

2

Los Maxie, sus dos invitados y Martha Bultitaft esperaban en la sala a que vinieran a interrogarlos, bajo la disimulada vigilancia del sargento, que se había sentado en una pequeña silla junto a la puerta en actitud de completa indiferencia y aparentando mayor comodidad que los mismos dueños de casa. Las personas a su cargo tenían diversas razones para preguntar cuánto tiempo iban a tener que esperar, pero nadie quería hacerlo para no demostrar intranquilidad. Les habían dicho que el inspector jefe Dalgliesh, de Scotland Yard, había llegado y que estaría con ellos en un momento; nadie se atrevió a preguntar cuánto era un momento. Felix y Deborah todavía llevaban puestos sus trajes de montar y los demás se habían vestido apresuradamente. Todos habían comido muy poco y ahora estaban sentados esperando; como hubiese parecido cruel leer un libro, atrevido tocar el piano, poco inteligente hablar del crimen y forzado conversar de cualquier otro tema, permanecían sentados en un silencio casi total. Felix

Hearne y Deborah estaban sentados en el sofá, aunque un poco separados, y de vez en cuando él se inclinaba a decirle algo al oído. Stephen Maxie se había colocado junto a una ventana, de espaldas a los demás. Era una posición que, tal como Felix Hearne había notado con cinismo, le permitía mantener la cara oculta y demostrar su pena taciturna con la cabeza gacha. Al menos cuatro de los presentes hubiesen deseado saber si esa pena era verdadera. Eleanor Maxie estaba sentada en un sillón en actitud tranquila, o bien enmudecida por la pena o sumida en una profunda reflexión. Su cara estaba muy pálida, pero el pánico que reflejaba en la habitación de Sally había desaparecido. Su hija reparó en que era la única que se había preocupado por el vestuario y presentaba un aspecto casi normal ante su familia e invitados. También Martha Bultitaft estaba sentada lejos de los demás, cohibida y apoyada en el borde de la silla, lanzando miradas furiosas al sargento, a quien obviamente consideraba responsable de su vergüenza al tener que estar en la sala con la familia mientras había trabajo que hacer. Ella, que por la mañana había demostrado la mayor inquietud y desesperación, ahora parecía considerar todo este asunto como un insulto personal y reflejaba un hosco resentimiento. Catherine Bowers aparentaba la mayor tranquilidad, había sacado una pequeña libreta de su bolso y escribía en ella de vez en cuando, como si estuviera refrescándose la memoria sobre los acontecimientos de la mañana. No engañaba a nadie con esta actitud de normalidad y eficiencia, pero todos envidiaban su capacidad para interpretarla, todos estaban básicamente solos, perdidos en sus propias cavilaciones. La señora Maxie mantenía la mirada fija en sus manos cruzadas sobre el regazo, pero sus pensamientos estaban con su hijo.

«Se repondrá pronto, los jóvenes siempre lo hacen. Gracias a Dios, Simon nunca se enterará de todo esto. Va a ser difícil cuidarlo sin Sally, aunque no tendría que pensar en eso, pobre criatura. Es probable que haya huellas dactilares en la cerradura —la policía ya debe de haber pensado en eso—, a no ser que llevara guantes, hoy en día todo el mundo sabe que hay que usar guantes. Me pregunto cuántos habrán subido a verla por esa ventana, tendría que haberme dado cuenta, pero ¿cómo? Después de todo, tenía al niño con ella. ¿Qué harán con Jimmy? Su madre, asesinada, y un padre que nunca conocerá. Ella guardaba bien el secreto, podía ser cualquiera, supongo, uno nunca sabe con la gente. ¿Qué sé yo con respecto a Felix? Podría ser peligroso igual que ese inspector jefe. Martha tendría que estar ocupándose de la comida, eso si alguien quiere comer. ¿Dónde comerá la policía? Es probable que solo estén por aquí hoy. La enfermera llegará a las doce, así que tendré que subir con ella a ver a Simon, supongo que me dejarán ir si pido permiso. Deborah está muy nerviosa, todos lo estamos, no tenemos que perder la cabeza.»

«Tendría que odiarla menos ahora que está muerta —pensaba Deborah por su parte—, pero no puedo. Siempre ocasionó problemas, le encantaría vernos ahora, sudando y en la cuerda floja, aunque es probable que pueda hacerlo. No debo ser morbosa. Ojalá pudiéramos hablar de todo esto. Podríamos haber callado lo de Stephen y Sally, si no fuera porque Eppy y la señorita

Liddell estaban presentes. Y Catherine, por supuesto, siempre Catherine, se va a divertir con todo esto. Felix sabe que Sally estaba bajo los efectos de un somnífero. Si así fue, estaba en mi taza. Veamos qué piensan de eso.»

«No pueden demorar mucho más —pensaba Felix— no debo perder la calma, se trata de la policía inglesa, la extremadamente cortés policía inglesa que hace preguntas ateniéndose a las normas legales. Es muy difícil disimular el miedo. Me imagino la cara de Dalgliesh si se lo explico todo: "Perdone, inspector, si parezco aterrorizado ante usted, es una reacción puramente automática, un truco del sistema nervioso, me desagradan los interrogatorios formales, y mucho más las cuidadosamente ensayadas sesiones informales. Tuve alguna experiencia en Francia y me he recuperado por completo, ya lo ve, a excepción de esta pequeña secuela. Suelo perder la calma, es una maldita sensación de pánico. Estoy seguro de que usted comprenderá, Herr inspector. Sus preguntas son tan razonables que es una desgracia que no me fíe de ellas. No tiene que darle demasiada importancia a este problema, es solo un impedimento insignificante. Al fin y al cabo uno solo pasa un breve período de su vida en interrogatorios policiales y a mí no me fue tan mal, incluso me dejaron algunas uñas. Solo estoy intentando explicarle que me resulta difícil contestar algunas preguntas."»

—¿Y un abogado? —preguntó Stephen volviéndose de repente—. ¿No deberíamos llamar a Jephson?

—Matthew Jephson está de viaje por Europa —contestó su madre, levantando la vista de sus manos—. Lionel está en Londres, podríamos llamarlo si tú crees que es necesario. —Su tono era casi de interrogación.

—¡No, mamá! —dijo Deborah impulsivamente—. Lionel Jephson no. Es el sujeto más pomposo y aburrido del mundo. Espera a que nos arresten antes de invitarlo a que venga a embarullarlo todo. Además, no es abogado criminalista. Solo entiende de fideicomisos, declaraciones juradas y documentos. Un caso así produciría una impresión demasiado fuerte sobre su noble espíritu. No nos serviría de nada.

—¿Qué harás tú al respecto, Hearne?

—Me las arreglaré solo, gracias.

—Debemos disculpamos por haberte mezclado en todo esto —dijo Stephen con una artificiosa formalidad—. Será desagradable y tal vez molesto para ti y no sé cuándo te permitirán volver a Londres.

Felix pensó que esta era una disculpa más apropiada para Catherine Bowers, pero Stephen, por lo visto, estaba decidido a ignorar a la chica. ¿Pensaría realmente este joven arrogante que un asesinato era solo un asunto molesto y desagradable?

—No tendré ningún inconveniente en quedarme —dijo mirando a la señora Maxie—, de forma voluntaria o involuntaria, si puedo colaborar en algo.

Catherine iba a declarar esas mismas intenciones cuando el silencioso sargento, volviendo a la vida, acaparó la atención con un solo movimiento. La puerta se abrió y entraron tres policías de paisano. Ya conocían al inspector Manning, que les presentó rápidamente al inspector jefe Adam Dalgliesh y al sargento detective George Martin. Cinco pares de ojos se detuvieron simultáneamente en el intruso más alto, con expresión temerosa, atenta o francamente curiosa.

«Alto, moreno y guapo —pensó Catherine Bowers—; nada que ver con lo que yo esperaba. Lo cierto es que tiene una cara bastante interesante.»

«Un demonio arrogante —dijo para sí Stephen Maxie—, se ha tomado su tiempo antes de venir, supongo que pretenderá ablandarnos, o tal vez haya estado metiendo las narices por toda la casa. Este es el fin de nuestra vida privada.»

«Bueno, aquí tenemos a Adam Dalgliesh —pensó Felix Hearne—, he oído hablar de él. Rudo, poco ortodoxo, trabajando siempre contrarreloj, supongo que será una víctima de sus propias compulsiones. Al menos nos han considerado unos sospechosos dignos de lo mejor.»

«¿Dónde he visto antes esa cara? —se preguntó la señora Maxie—. Ya lo sé, aquel Durero, fue en Múnich, ¿verdad? *El retrato de un hombre desconocido*. ¿Por qué será que uno siempre espera que los policías lleven bombín y gabardina?»

Durante el intercambio de presentaciones y formalidades, Deborah Riscoe lo miró como si lo viera a través de una red de cabellos rojos y dorados.

—Me ha dicho el inspector Manning —dijo por fin con una voz curiosamente profunda, relajada y monótona— que el pequeño despacho contiguo está a mi disposición. Espero que mi presencia en él y entre ustedes no sea necesaria durante demasiado tiempo. Me gustaría entrevistarlos individualmente y en el siguiente orden...

—Vengan a mi despacho a las nueve, nueve y cinco, nueve y diez... —susurró Felix a Deborah.

No sabía si intentaba consolarla a ella o a sí mismo, pero Deborah no le devolvió la sonrisa.

Dalgliesh paseó su mirada rápidamente sobre el grupo.

—Señor Stephen Maxie, señorita Bowers, señora Maxie, señora Riscoe, señor Hearne y señora Bultitaft. Les ruego que esperen aquí; si alguno necesita salir de esta habitación, será acompañado por la mujer policía o el guardia que se encuentran en el pasillo. Se les dispensará de esta estricta vigilancia tan pronto como los hayamos entrevistado a todos. ¿Tiene la bondad de venir conmigo, señor Maxie?

3

—Creo que antes de nada debo informarle de que la señorita Jupp y yo estábamos comprometidos —dijo Stephen Maxie tomando la iniciativa—. Le propuse matrimonio ayer por la noche, no es ningún secreto. Esto no tiene nada que ver con su muerte y no me molestaría en mencionarlo si no fuera porque ella dio la noticia ante las mayores cotillas del pueblo, así que se enterarían de cualquier manera.

Dalgliesh, que ya lo sabía y que no compartía en absoluto la teoría de que no tuviera nada que ver con su muerte, agradeció al señor Maxie su franqueza y le expresó sus más sinceras condolencias por la muerte de su prometida. El joven lo miró directamente a los ojos.

—No creo que esté en posición de aceptar condolencias, ni siquiera puedo sentirme desolado, aunque supongo que lo haré cuando me recobre de esta terrible impresión. Nos comprometimos ayer mismo y ahora ella está muerta. Todavía no lo puedo creer.

—¿Su madre estaba al tanto de su compromiso?

—Sí, toda la familia estaba allí, a excepción de mi padre.

—¿La señora Maxie dio su aprobación?

—¿No sería mejor que se lo preguntara a ella?

—Tal vez lo haga. ¿Cuáles eran sus relaciones con la señorita Jupp antes de su propuesta de matrimonio, doctor Maxie?

—Si me está preguntando si éramos amantes, la respuesta es «no». Yo le tenía pena, la admiraba y me sentía atraído por ella. No sé lo que ella pensaba de mí.

—¿Aun así ella aceptó su propuesta de matrimonio?

—No exactamente. Se lo contó a mi madre y a sus invitados, así que yo supuse que se proponía aceptar, de lo contrario no hubiese tenido sentido que lo hiciera público.

A Dalgliesh se le ocurrían varias razones para que la joven lo hiciera público, pero no se proponía discutirlas. En su lugar, pidió al testigo que relatara su propia versión de los hechos desde el momento en que las desaparecidas tabletas de Sommeil fueron traídas a la casa.

—¿Así que usted cree que la drogaron, inspector? Yo le hablé a Manning de las tabletas cuando llegó. Esta mañana a primera hora estaban en el botiquín de mi padre, la señorita Bowers las vio cuando fue a buscar una aspirina. Ahora no están allí, solo hay un tubo precintado sin abrir. El otro ha desaparecido.

—Sin duda lo encontraremos, doctor Maxie. La autopsia nos dirá si la señorita Jupp estaba o no drogada, y en caso afirmativo, qué cantidad de droga tomó. Es obvio que había algo más que cacao en la taza que encontramos junto a su cama. Es probable, por supuesto, que ella misma lo haya puesto allí.

—Si no lo hizo ella, inspector, ¿quién pudo haber sido? Es probable que la droga no estuviera destinada a ella, la taza que había junto a la cama era de mi hermana. Cada uno de nosotros tiene una, y son todas diferentes. Si el Sommeil era para Sally, alguien debe de haberlo puesto cuando ya se había llevado la taza a su habitación.

—Si las tazas son tan distintas, es extraño que Sally Jupp la cogiera equivocadamente. Fue un error muy poco probable, ¿verdad?

—Tal vez no fuera un error —dijo Stephen secamente.

Dalgliesh no le pidió que se explicara, sino que escuchó en silencio el relato de la visita de Sally al hospital el jueves anterior, los acontecimientos de la feria de la iglesia, el súbito impulso que lo había inducido a proponerle matrimonio y el descubrimiento del cuerpo de su novia. Su versión era objetiva, concisa y casi desprovista de sentimentalismos. Cuando llegó a la escena en la habitación de Sally, su tono era desapasionado e indiferente. O bien tenía un control de sí mismo superior al que le convenía, o había ensayado esta entrevista y se había preparado de antemano para evitar la traición del miedo o el remordimiento.

—Fui a buscar la escalera con Felix Hearne. Él ya estaba vestido, pero yo todavía llevaba bata y perdí una de mis zapatillas frente a la ventana de Sally, a la salida de la casa, así que él llegó primero y trajo la escalera. Siempre está allí. Cuando yo llegué, Hearne la estaba cargando y me preguntó hacia dónde la llevaba. Le señalé la habitación de Sally y llevamos la escalera entre los dos, a pesar de que es bastante liviana. Cualquiera podría cargar con ella, aunque no estoy seguro en el caso de una mujer. La apoyamos contra la pared, Hearne subió primero mientras yo la sostenía, pero le seguí de inmediato. La ventana estaba abierta y las cortinas echadas. Como usted habrá podido observar, la cama está en ángulo recto con la ventana, con la cabecera en dirección a ella. Debajo hay una amplia repisa donde aparentemente Sally tenía una colección de pequeños animales de cristal, me fijé en que estaban desparramados y casi todos rotos. Hearne fue hasta la puerta y quitó el cerrojo. Yo me quedé mirando a Sally, las mantas le llegaban hasta la barbilla, pero me di cuenta enseguida de que estaba muerta. Para entonces el resto de la familia se encontraba alrededor de la cama, y cuando bajé las mantas, vimos lo que había ocurrido. Estaba boca arriba —no la tocamos para nada—, y parecía en paz. Pero usted ya sabe cómo estaba, usted la vio.

—Yo sé lo que vi —dijo Dalgliesh—, ahora le estoy preguntando lo que vio usted.

El joven lo miró con curiosidad y cerró los ojos un instante antes de contestar.

—Había un hilo de sangre en la comisura de su boca —dijo en un tono monótono e inexpresivo, como si repitiera una lección aprendida de memoria— y sus ojos estaban casi cerrados. Había una señal bastante clara de un dedo pulgar bajo su mandíbula inferior, del lado derecho y encima de la protuberancia de la tiroides, y una señal menos clara de dedos en la parte izquierda, a lo largo del cartílago de la tiroides. Fue un caso evidente de estrangulación manual con la mano derecha y desde la parte delantera. Se debe de haber necesitado bastante fuerza, y pienso que la muerte se produjo por inhibición vagal y muy rápidamente. Había muy pocos de los clásicos signos de asfixia, pero sin duda obtendrán datos más precisos con la autopsia.

—Creo que la autopsia corroborará sus propias conclusiones. ¿Tiene alguna idea de la hora de la muerte?

—Había señales de *rigor mortis* en los músculos del cuello y la mandíbula, pero desconozco si habían llegado más allá. Le estoy describiendo los hechos que observé de una forma casi subconsciente, bajo estas circunstancias no puede usted esperar un informe *post mortem* detallado.

Martin, con la cabeza inclinada sobre su libreta, notó los primeros síntomas inequívocos de histeria en la voz del joven.

«Pobre diablo —pensó—, el viejo puede llegar a ser bastante despiadado. Sin embargo, hasta ahora se mantuvo sereno, tal vez demasiado para un joven que acaba de encontrar el cadáver de su novia, si es que ella era su novia.»

—Recibiré un detallado informe *post mortem* en su momento —dijo Dalgliesh con calma—. Sin embargo, me interesa su opinión sobre la hora de la muerte.

—Fue una noche bastante calurosa, a pesar de la lluvia. Yo diría que no menos de cinco horas antes y no más de ocho.

—¿Mató usted a Sally Jupp, doctor?

—No.

—¿Sabe quién lo hizo?

—No.

—¿Cuáles fueron sus movimientos desde que acabó de cenar el sábado por la noche hasta que la señorita Bowers lo llamó esta mañana con la noticia de que la puerta de Sally Jupp estaba cerrada?

—Tomamos café en la sala. A eso de las nueve, mi madre sugirió que contáramos el dinero. Estaba en la caja de seguridad del despacho. Pensé que se sentirían más cómodos sin mi presencia, y como me encontraba un poco nervioso, salí a dar un paseo. Le dije a mi madre que tal vez volviera tarde y que me dejara abierta la puerta trasera. Cuando me fui no tenía idea de adónde iría, pero apenas salí se me ocurrió visitar a Sam Bocock. Vive solo en una casa contigua al campo de la familia, no sé a qué hora lo dejé, pero es probable que él lo recuerde. Creo que eran algo más de las once. Volví solo, entré a la casa por la puerta trasera, la cerré y me fui a la cama. Eso es todo.

—¿Vino directamente a casa?

—Sí... —El titubeo casi imperceptible no se le escapó a Dalgliesh.

—Eso significa que debió de haber llegado a casa... ¿a qué hora?

—Hay una caminata de unos cinco minutos desde la casa de Bocock. Supongo que me habré acostado a eso de las once y media.

—Es una pena que no pueda ser más preciso con las horas, doctor Maxie. Y resulta bastante sorprendente, ya que usted tiene un pequeño reloj con esfera luminosa sobre su mesilla de noche.

—Lo tengo, pero eso no significa que me fije en la hora en que me acuesto o me levanto.

—Usted estuvo unas dos horas con el señor Bocock, ¿de qué hablaron?

—De caballos y de música principalmente. Tiene un tocadiscos bastante bueno y escuchamos un disco nuevo, Klemperer dirigiendo la *Heroica*, para ser exacto.

—¿Tiene usted la costumbre de visitar al señor Bocock y pasar la velada con él?

—¿Costumbre? Bocock era el mozo de cuadra de mi abuelo y es mi amigo. ¿No visita usted a sus amigos cuando le apetece, inspector, o no tiene usted ninguno?

Era el primer acceso de cólera. La cara de Dalgliesh no dejaba traslucir ninguna emoción, ni siquiera satisfacción. Le pasó un pequeño envoltorio de papel por encima de la mesa, en él había tres diminutos fragmentos de cristal.

—Los encontramos fuera de la casa, frente a la ventana de Sally Jupp, donde usted dice que suele guardarse la escalera. ¿Sabe usted qué son?

Stephen Maxie se inclinó hacia delante y examinó los fragmentos sin demostrar mucho interés.

—Es evidente que se trata de astillas de cristal, no puedo decirle nada más al respecto. Supongo que podrían ser parte de un reloj de pulsera roto.

—¿O parte de la colección de animales de cristal de la señorita Jupp?

—Posiblemente.

—Veo que lleva usted una tirita en su mano derecha, ¿qué le pasó?

—Anoche, cuando volvía a casa, me hice un pequeño corte; debo de haberme raspado con la corteza de un árbol. Al menos, eso creo. No fui consciente de cuándo pasó y solo noté la sangre cuando regresaba a mi habitación. Me puse esta tirita antes de irme a dormir y en condiciones normales ya me la hubiera quitado. El corte no era importante, pero tengo que cuidar mis manos.

—¿Puedo verlo, por favor?

Maxie se acercó y puso la mano, con la palma hacia abajo, sobre la mesa. Dalgliesh notó que no temblaba, levantó un extremo de la tirita y la sacó. Ambos examinaron el nudillo blanquecino. Maxie no daba muestras de ansiedad, sino que inspeccionaba su mano con la expresión de un experto que miraba el corte por condescendencia, sin considerarlo digno de su atención. Cogió la tirita, la dobló con cuidado y la arrojó con tino en la papelera.

—A mí me parece un corte —dijo Dalgliesh—, aunque por supuesto podría ser el rasguño de una uña.

—Podría serlo, por supuesto —asintió el sospechoso con calma—, pero si lo fuera, ¿no esperaría usted encontrar sangre y piel en la uña que hizo el rasguño? Lamento no recordar cómo ocurrió. Es cierto que parece un corte, pero es ridículamente pequeño, dentro de un par de días no se notará. ¿Está seguro de que no quiere tomarle una foto?

—No, gracias —respondió Dalgliesh—, ya tuvimos algo bastante más serio que fotografiar arriba.

Le causó una considerable satisfacción observar el efecto de sus palabras. Mientras él estuviera a cargo de este caso, ninguno de los sospechosos debía pensar que podían encerrarse en sus mundos privados de cinismo o indiferencia, ajenos al horrible crimen que se había cometido arriba. Se detuvo un momento antes de continuar el interrogatorio sin remordimientos.

—Quiero que todo lo referente a la puerta trasera quede completamente claro, ya que esta conduce directamente a las escaleras que suben a la habitación de Sally. Por lo tanto, puede decirse que la joven ocupaba una habitación que tenía su propia entrada. Por la noche, una vez cerradas las dependencias de la cocina, ella podía dejar entrar a cualquier visitante sin correr el riesgo de que la descubrieran. Si la puerta quedaba abierta, cualquiera podía subir a su habitación con relativa facilidad. Ahora usted dice que la puerta trasera quedó sin cerrojo desde las nueve, cuando usted terminó de cenar, hasta poco después de las once de la noche, hora en que regresó de la casa del señor Bocock. ¿Es cierto que en ese período de tiempo cualquiera puede haber entrado a la casa por la puerta trasera?

—Sí, supongo que sí.

—Me imagino que usted sabrá con certeza si eso es posible o no, señor Maxie.

—Sí, lo es. Como usted habrá notado, la puerta tiene dos pesados cerrojos interiores y una cerradura embutida. Hace años que no usamos la cerradura, me imagino que habrá llaves en algún lado, mi madre lo sabrá. Normalmente dejamos la puerta cerrada durante el día y echamos los cerrojos por la noche. En invierno solemos dejar los cerrojos echados, ya que esa puerta casi no se usa, hay otra para acceder a las dependencias de cocina. Somos bastante negligentes en lo referente a cerrar las puertas, pero aquí nunca había pasado nada. Incluso si cerráramos todas las puertas, la casa no estaría a salvo de intrusos, ya que cualquiera podría entrar por las puertaventanas de la sala. Estas también se cierran, pero podrían romper los cristales con facilidad. Nunca nos hemos preocupado demasiado por la seguridad.

—Y además de la puerta había una escalera convenientemente guardada en los antiguos establos.

—En algún sitio hay que guardarla; no solemos tener las escaleras bajo llave por si a alguien se le ocurre entrar por las ventanas.

—Aún no tenemos pruebas de que alguien lo haya hecho. Sigo interesado en la puerta. ¿Juraría usted que se encontraba sin cerrojo cuando regresó de la casa del señor Bocock?

—Por supuesto, de lo contrario yo no hubiese podido entrar.

—¿Es usted consciente —preguntó Dalgliesh rápidamente— de la importancia de la hora en que usted echó el cerrojo a la puerta?

—Por supuesto.

—Voy a volver a preguntarle a qué hora la cerró y le pido que piense cuidadosamente antes de contestar.

—Eran exactamente las doce y treinta y tres minutos según mi reloj —dijo Stephen Maxie con tranquilidad y mirándole a los ojos—. No podía dormir y a las doce y media me di cuenta de que no había echado el cerrojo, así que me levanté y lo hice. No vi a nadie ni escuché nada y volví directamente a mi habitación. Supongo que fue un acto de negligencia por mi parte, pero si existe alguna ley que prohíba olvidarse de echar el cerrojo me gustaría conocerla.

—Así que usted cerró la puerta trasera a las doce y treinta y tres.

—Sí —contestó Stephen tranquilamente—, treinta y tres minutos después de medianoche.

4

En Catherine Bowers, Dalgliesh encontró la testigo ideal de un policía, serena, concienzuda y confiada. Había entrado a la habitación demostrando un gran autocontrol, sin signos evidentes de nerviosismo o pesar. A Dalgliesh no le gustó, sabía que era propenso a ese tipo de antipatías personales y hacía mucho tiempo que había aprendido a disimularlas y evaluarlas. Pero había acertado al considerarla una buena observadora, ya que la señorita Bowers había reparado con presteza en las reacciones de la gente, así como en la sucesión de los hechos. Gracias a ella Dalgliesh se enteró de la terrible impresión que había causado en los Maxie el anuncio de Sally, de la actitud jovial y triunfante con que la joven les había dado la noticia y del curioso efecto que sus observaciones sobre la señorita Liddell habían tenido en dicha dama. La señorita Bowers tampoco pretendía ocultar sus propios sentimientos.

—Naturalmente, el anuncio de Sally Jupp nos causó una terrible impresión, aunque puedo imaginar lo que sucedió. No existe un hombre más considerado que el doctor Maxie, tiene demasiada conciencia social, no me canso de recordárselo, y la chica se aprovechó de ello. Soy consciente de que él no podía amarla de verdad, nunca me lo dijo y yo hubiese sido la primera en saberlo. Si hubiesen estado realmente enamorados, me hubiese pedido que lo entendiera y que renunciara a él.

—¿Quiere decir que estaban comprometidos? —A Dalgliesh le resultó difícil disimular la sorpresa en su tono de voz; solo necesitaba otra novia para que el caso se volviera fantástico.

—No exactamente comprometidos, inspector. Nada de anillos ni cosas por el estilo. Pero hemos sido amigos íntimos durante tanto tiempo, que casi lo dábamos por sentado... Supongo que podríamos decir que teníamos una especie de acuerdo, a pesar de que no había planes concretos. El doctor Maxie tiene mucho que hacer antes de pensar en el matrimonio, y también está el asunto de la enfermedad de su padre.

—¿O sea que usted no estaba comprometida para casarse?

Frente a una pregunta tan directa, Catherine no tuvo más remedio que admitir la verdad, aunque con una pequeña sonrisa de autocomplacencia que sugería que era solo cuestión de tiempo.

—Cuando llegó a Martingale este fin de semana, ¿vio algo que le pareciera extraño?

—Bueno, llegué el viernes bastante tarde, poco antes de la hora de cenar. El doctor Maxie no llegó hasta muy tarde y el señor Hearne lo hizo el sábado por la mañana, así que solo la señora Maxie, Deborah y yo estuvimos presentes en la cena. Me dio la impresión de que parecían preocupadas, no me gusta tener que decirlo, pero me temo que Sally Jupp era una jovencita algo intrigante. Ella nos sirvió la cena y no me gustó nada su actitud.

Dalgliesh la interrogó sobre aquella «actitud», pero por lo visto se trataba simplemente de un ligero movimiento de cabeza cuando Deborah le había hablado y el hecho de que no llamara «Madame» a la señora Maxie. Pero tampoco subestimó el valor de las apreciaciones de Catherine, es probable que ni la señora Maxie ni su hija fueran totalmente ajenas al peligro que se cernía sobre ellas.

Cambió de táctica y la condujo cuidadosamente hacia los acontecimientos de la mañana del domingo. Les explicó que después de una mala noche se había despertado con dolor de cabeza y había ido a buscar una aspirina. La señora Maxie le había dicho que la cogiera ella misma y entonces había reparado en el pequeño tubo de Sommeil. En un principio confundió las tabletas con aspirinas, pero enseguida advirtió que eran demasiado pequeñas y que tenían otro color. Además, el tubo tenía una etiqueta con el nombre de la droga. No sabía cuántas tabletas había dentro, pero estaba absolutamente segura de que estaban en el botiquín a las siete de la mañana y también de que ya no lo estaban cuando las buscaron después de descubrir el cadáver de Sally Jupp. Todo el Sommeil que encontraron entonces era un paquete precintado y sin abrir. Dalgliesh le pidió que describiera el hallazgo del cadáver y quedó sorprendido del claro panorama que fue capaz de ofrecer.

—Cuando Martha vino a decirle a la señora Maxie que Sally aún no se había levantado, pensamos que se habría vuelto a quedar dormida. Luego Martha volvió con la noticia de que la puerta estaba cerrada por dentro y de que Jimmy estaba llorando, así que fuimos a ver qué ocurría. No cabía duda de que la puerta estaba cerrada y, como usted ya sabe, el doctor Maxie y el señor Hearne entraron por la ventana y uno de ellos quitó el cerrojo. Supongo que debe de haber sido el señor Hearne, pues fue él quien abrió la puerta. Stephen estaba de pie junto a la cama, mirando a Sally, y el señor Hearne dijo: «Creo que está muerta.» Alguien gritó, supongo que fue Martha, pero no me volví a mirar, solo dije: «No puede ser, anoche estaba perfectamente.» Nos acercamos a su cama y Stephen le quitó la sábana de la cara, hasta entonces estaba cuidadosamente doblada a la altura de la barbilla. Pensé que era como si alguien la hubiese arropado para que durmiera cómodamente. Tan pronto como vimos las señales en su cuello, supimos lo que había sucedido. La señora Maxie cerró los ojos un momento, me pareció que se iba a desmayar, así que me acerqué a ella, pero logró mantenerse en pie y se quedó a los pies de la cama, cogida a los barrotes. Temblaba violentamente, tanto que la cama se sacudía con ella, es una cama individual y liviana, como habrá podido observar, y sus temblores hacían que el cuerpo se balanceara hacia arriba y hacia abajo. Stephen dijo con suavidad: «Cubridle el rostro», pero la señora Maxie le recordó que era mejor no tocar nada hasta que llegara la policía. Me pareció que el señor Hearne era el más tranquilo de todos, aunque supongo que se debe a que está acostumbrado a las muertes violentas. Daba la impresión de que sentía más curiosidad que aflicción, se inclinó sobre Sally y levantó uno de sus párpados. Entonces Stephen le dijo: «No te molestes, Hearne, está muerta», y el señor Hearne respondió: «No es eso, me pregunto por qué no intentó defenderse.» Luego metió el meñique en la taza que había sobre su mesa de noche. Estaba medio llena y se había formado una película en la parte superior del chocolate. Cuando Hearne metió el dedo la película se le quedó pegada y se lo limpió en el borde de la taza antes de llevárselo a la boca. Todos lo mirábamos como si fuera a demostrarnos algo maravilloso, incluso me pareció que la señora Maxie tenía una expresión..., bueno, expectante, como un crío en una fiesta. Entonces Stephen preguntó: «Bueno, ¿qué es?»; el señor Hearne se encogió de hombros y contestó: «Eso lo dirá el analista, pero creo que ha sido drogada.» Justo en ese momento, Deborah dio una especie de suspiro y buscó a tientas la salida, tenía una palidez mortal y parecía estar a punto de vomitar. Intenté sostenerla, pero el señor Hearne dijo con frialdad: «Está bien, déjemela a mí», la condujo fuera de la habitación y creo que se metieron en el baño de la criada. No me sorprendí, era de esperar que Deborah se viniera abajo de ese modo. Así fue como Stephen, la señora Maxie y yo nos quedamos solos en la habitación. Le sugerí a la señora Maxie que buscara una llave de la habitación para que pudiera cerrar la puerta y ella respondió: «Claro, supongo que es lo habitual en estos casos. ¿Y no tendríamos que llamar a la policía? Lo mejor será hacerlo desde el supletorio del cuarto de vestir.» Me imagino que querría decir que allí tendría más intimidad. Recuerdo que pensé que si hablábamos desde el cuarto de vestir las criadas no escucharían, olvidando que al pensar en las «criadas» me refería a Sally, y que Sally no volvería a escuchar una conversación jamás.

—¿Quiere usted decir que Sally tenía la costumbre de escuchar las conversaciones de los demás? —la interrumpió el inspector.

—Yo siempre tuve esa impresión, inspector, parecía una joven maliciosa. Nunca demostró ningún agradecimiento por lo que la familia había hecho por ella y odiaba a la señora Riscoe, cualquiera lo hubiese advertido. Supongo que le habrán contado todo lo referente al vestido copiado, ¿verdad?

Dalgliesh demostró interés en este fascinante asunto y ella le gratificó con una descripción gráfica del incidente y de la reacción que había provocado.

—Así que ya puede imaginarse el tipo de chica que era. La señora Riscoe intentó actuar con serenidad, pero yo advertí cómo se sentía. ¡Hubiese matado a Sally! —dijo Catherine Bowers satisfecha de sí misma, tirando de la falda para cubrir sus rodillas con falsa modestia.

O bien era una gran actriz, o era totalmente inconsciente del despropósito que acababa de decir. Dalgliesh siguió el interrogatorio con la sensación de que se enfrentaba a una personalidad más compleja de lo que había creído en un principio.

—¿Podría decirme qué sucedió cuando la señora Maxie, su hijo y usted llegaron al cuarto de vestir?

—A eso iba, inspector. Yo había cogido a Jimmy en brazos, ya que me parecía espantoso que se quedara solo en la habitación con su madre muerta. Cuando entramos, dejó de llorar y creo que nadie se fijó en él por un rato, pero de repente lo vi, se había incorporado en la cuna cogiéndose de los barrotes y estaba balanceándose con los pañales húmedos en los tobillos y una expresión de curiosidad en su cara. Por supuesto, es demasiado pequeño para comprender, gracias a Dios, y supongo que se estaría preguntando qué hacíamos todos alrededor de la cama de su madre. Se había quedado callado y vino conmigo de buena gana, así que me lo llevé al cuarto de vestir. Cuando llegamos allí, el doctor Maxie fue directamente hacia el botiquín y dijo: «Ha desaparecido.» Le pregunté qué quería decir y me contestó que se habían llevado el Sommeil; esa fue la primera vez que escuché hablar de aquello y le aseguré que el tubo estaba allí por la mañana cuando había ido a buscar una aspirina. Mientras hablábamos, la señora Maxie fue a la habitación de su marido, estuvo allí solo un minuto y cuando volvió dijo: «Está bien, está durmiendo. ¿Ya has llamado a la policía?» Stephen se dirigió al teléfono y yo le dije que iba a vestirme, que llevaría a Jimmy conmigo y que luego le daría el desayuno. No me contestó, así que me dirigí a la puerta, pero justo antes de salir me volví. Stephen tenía la mano sobre el auricular del teléfono y de repente su madre la cogió entre las suyas y le dijo: «Espera, hay algo que debo saber», y Stephen le respondió: «No tienes que preguntármelo. Yo no sé nada de esto, te lo juro.» La señora Maxie dio un pequeño suspiro y se llevó la mano a los ojos. Entonces Stephen levantó el auricular y yo salí de la habitación.

Hizo una pausa para mirar a Dalgliesh, como si esperara o propiciara sus comentarios.

—Gracias —dijo él con expresión grave—, continúe, por favor.

—No tengo mucho más que decir, inspector. Llevé a Jimmy conmigo a mi habitación y en el camino cogí un pañal limpio del baño pequeño. La señora Riscoe y el señor Hearne todavía estaban allí. Ella había vomitado y él la ayudaba a refrescarse la cara. No parecieron muy contentos de verme, pero aun así le hablé a Deborah: «Cuando te sientas mejor, creo que deberías ocuparte de tu madre. Yo estoy cuidando de Jimmy.» Ninguno de los dos me contestó. Encontré los pañales entre la ropa tendida, fui a mi habitación y cambié a Jimmy. Luego lo dejé jugando sobre mi cama mientras me vestía, unos diez minutos. Lo llevé a la cocina y le di un huevo pasado por agua, pan con mantequilla y leche tibia; el niño se comportó perfectamente todo el tiempo. Martha estaba en la cocina preparando el desayuno, pero no hablamos. Me sorprendió encontrar al señor Hearne allí, estaba haciendo café. Supongo que la señora Riscoe se habría quedado con su madre. El señor Hearne tampoco estaba muy comunicativo, supongo que estaría molesto por lo que le dije a la señora Riscoe; como ustedes habrán notado, es incapaz de aceptar cualquier crítica sobre ella. Bueno, como no parecían tener ganas de discutir sobre las medidas más apropiadas a tomar, decidí ocuparme de todo yo misma, fui al vestíbulo con Jimmy y telefoneé a la señorita Liddell. Le conté lo sucedido y le pedí que se llevara al bebé hasta tanto se hubieran aclarado las cosas. Unos quince minutos más tarde llegó en un taxi y, para entonces, ya habían llegado el doctor Epps y la policía. El resto ya lo conoce.

—Ha sido un informe muy útil y detallado, señorita Bowers. Usted tiene la ventaja de ser una observadora entrenada, aunque no todos los observadores entrenados son capaces de presentar los hechos en una secuencia lógica. No la retendré mucho más, solo quiero volver a la noche. Hasta ahora ha descrito con mucha claridad los acontecimientos de última hora de la tarde y de esta mañana, los que ahora quiero conocer son los que se desarrollaron después de las diez de la noche. A esa hora creo que usted se encontraba en el despacho con la señora Maxie, el doctor Epps y la señorita Liddell. ¿Podría continuar desde allí?

Por primera vez, a Dalgliesh le pareció notar un indicio de duda en la respuesta de la sospechosa. Hasta ahora había respondido a su interrogatorio con una total fluidez que él creyó demasiado espontánea para ser fingida. Estaba seguro de que, hasta ahora, la entrevista no había resultado desagradable para Catherine Bowers. Hubiese sido difícil conciliar apreciaciones tan desinhibidas con una conciencia culpable. Ahora, sin embargo, advirtió un súbito repliegue de su confianza, una ligera tensión ante el inesperado cambio de tema. Confirmó que la señorita Liddell y el doctor Epps se habían retirado alrededor de las diez y media, la señora Maxie los había acompañado a la puerta y luego había regresado con Catherine. Después habían ordenado los papeles y guardado el dinero en la caja fuerte. La señora Maxie no le había comentado que hubiera visto a Sally y ninguna de las dos había hablado de ella. Después de guardar el dinero, habían ido a la cocina. Martha ya se había retirado a dormir, pero había dejado un perol con leche encima de la cocina y una bandeja de plata con tazas sobre la mesa. Catherine había notado que la taza de la señora Riscoe no estaba allí y se asombró de que ella y el señor Hearne hubiesen regresado del jardín sin que nadie los viera. Por supuesto, nunca se le ocurrió pensar que Sally podía haberse llevado su taza, a pesar de que era el tipo de cosa que la joven era capaz de hacer. La taza del doctor Maxie estaba allí junto a un vaso con soporte que pertenecía a la señora Maxie y dos tazas grandes con platillos para los invitados. Sobre la mesa había un azucarero y potes de preparados para la leche, pero no había cacao. La señora Maxie y Catherine habían cogido sus tazas y las habían llevado al cuarto de vestir del señor Maxie, donde su esposa pensaba pasar la noche. Catherine le había ayudado a hacer la cama del inválido y luego se había quedado a beber su Ovaltine ante el fuego de la habitación. Se había ofrecido a quedarse atendiendo al señor Maxie, pero su esposa no había querido que lo hiciera. Después de aproximadamente media hora, Catherine se había retirado a su habitación, que estaba en el extremo opuesto a la de Sally, sin encontrar a nadie en el camino. Después de desvestirse y con la bata puesta, había ido al baño, volviendo a su habitación alrededor de las once y cuarto. Mientras cerraba la puerta, le había parecido oír a la señora Riscoe y al señor Hearne subiendo las escaleras, pero no podía asegurarlo. En todo ese tiempo no había visto ni oído nada que pudiera relacionarse con Sally.

Aquí Catherine hizo una pausa y Dalgliesh esperó pacientemente, aunque con interés creciente. El sargento Martin, sentado en un rincón, pasó una hoja de su libreta con silenciosa destreza y dirigió una mirada rápida y furtiva a su jefe. Si no se equivocaba, al viejo se le habían dormido los pulgares.

—Continúe, señorita Bowers —dijo Dalgliesh implacable.

—Me temo que esto pueda parecerle extraño —siguió valientemente la testigo—, pero en su momento lo consideré muy natural. Como se imaginará, la escena en el comedor me había causado una fuerte impresión, no podía creer que Stephen y esta joven estuvieran prometidos. Después de todo, había sido ella y no él la que había dado la noticia y estoy convencida de que en ningún momento él le propuso matrimonio. La cena había sido horrible, como podrá imaginarse, aunque después todo el mundo se comportó como si no hubiera ocurrido nada. Por supuesto, los Maxie nunca dejan traslucir sus sentimientos, pero la señora Riscoe salió al jardín con el señor Hearne y supongo que habrán tenido una larga conversación sobre esto y sobre lo que podía hacerse. Sin embargo, nadie me dijo nada a mí, a pesar de que, en cierta forma, yo era la más afectada. Pensé que la señora Maxie lo discutiría conmigo después de que los otros dos invitados se retiraran, pero no fue así. Cuando llegué a mi habitación, me di cuenta de que si yo no hacía algo, nadie lo haría. No podía quedarme allí toda la noche con esa incertidumbre, tenía que saber la verdad, y lo más natural era preguntarle a Sally. Pensé que si ella y yo teníamos una conversación en privado, podríamos encontrar una solución. Sabía que era tarde, pero parecía mi única oportunidad. Estuve echada en la oscuridad un rato, pero cuando por fin me decidí, encendí la lámpara de la mesilla de noche y miré la hora. Faltaban tres minutos para medianoche, aunque, en mi estado de ánimo, no me pareció que fuera demasiado tarde. Me puse la bata, cogí mi pequeña linterna de bolsillo y me dirigí a la habitación de Sally. La puerta estaba cerrada, pero vi la luz encendida a través del agujero de la cerradura. Golpeé la puerta y la llamé en voz baja. La puerta es muy pesada, como usted sabe, pero debió de oírme porque puso el cerrojo y la luz de la cerradura desapareció, seguramente oculta tras su cuerpo. Llamé una vez más pero era obvio que no quería dejarme entrar, así que di media vuelta y volví a mi habitación. En el camino pensé que tenía que ver a Stephen, no podía soportar la idea de volver a la cama con esa terrible duda, pensé que seguramente querría franquearse conmigo. La luz estaba apagada, así que llamé suavemente y entré, pensé que con solo verlo me sentiría mejor.

—¿Y fue así?

Esta vez el aire de confianza y serenidad desapareció por completo. Aquellos ojos tan poco atractivos no pudieron ocultar una súbita expresión de dolor.

—No estaba allí, inspector. La cama estaba preparada, pero él no estaba allí. —Hizo un repentino esfuerzo para recuperar su anterior compostura y le ofreció una sonrisa casi patética por lo artificial—. Por supuesto, ahora sé que Stephen salió a ver a Bocock, pero en aquel momento me llevé una gran decepción.

—Me lo imagino —dijo Dalgliesh seriamente.

5

La señora Maxie se sentó en silencio y con compostura, ofreció a Dalgliesh todo lo que necesitara y le dijo que solo esperaba que la investigación se llevara a cabo sin molestar a su marido, que estaba enfermo de gravedad e incapacitado para advertir lo que ocurría. Mirándola a través de la mesa, Dalgliesh veía a Deborah treinta años más tarde. Sus manos fuertes y hábiles, cubiertas de joyas, descansaban sobre el regazo; incluso a la distancia, advirtió que eran muy distintas a las de su hijo. Con creciente interés, notó que las uñas, igual que las del cirujano, eran muy cortas. Dalgliesh no percibió ningún síntoma de nerviosismo, por el contrario, tenía una actitud de pacífica aceptación ante el inevitable interrogatorio. No era, pensó, que intentara simular valentía, se necesitaba algo aún más grave que un asesinato para perturbar esta legítima serenidad, basada en una especie de inherente estabilidad. Contestaba a las preguntas con deliberada solicitud, como si quisiera asignar su propio valor a cada palabra, aunque no tenía nada nuevo que decir. Corroboró el relato de Catherine Bowers con respecto al hallazgo del cadáver, y su informe sobre el día anterior coincidía con los de los demás. Después de que el doctor Epps y la señorita Liddell se retiraran, alrededor de las diez y media, había cerrado las puertas, con excepción de la puertaventana de la sala y la puerta trasera. Junto con la señorita Bowers habían ido a recoger las tazas de leche a la cocina, donde solo quedaba la de su hijo, y habían subido a sus habitaciones. Había pasado la noche durmiendo a ratos y vigilando a su marido y no había visto ni oído nada inusual. Nadie había ido a verla hasta la mañana siguiente, en que la señorita Bowers había ido a pedirle una aspirina. No conocía la existencia de las tabletas halladas en la cama de su marido y encontraba esa historia muy difícil de creer. Según ella era imposible que hubiese escondido algo en el colchón sin que la señora Bultitaft se enterara. Su hijo no le había dicho nada de este incidente, se había limitado a comunicarle que había cambiado las tabletas por un jarabe. Esto no le había sorprendido, pensó que estaba probando un nuevo medicamento y sabía que no le prescribiría nada sin el previo consentimiento del doctor Epps.

Solo cuando Dalgliesh mencionó el tema del compromiso de su hijo, la señora Maxie pareció perder su compostura, pero incluso entonces su voz reflejaba irritación y no miedo. Dalgliesh tuvo la sensación de que, en este caso, las pequeñas disculpas que solían preceder a las preguntas embarazosas estarían fuera de lugar y de que podrían causar más recelo que las preguntas mismas.

—¿Cuál era su actitud, señora —preguntó sin ambages—, con respecto al compromiso de la señorita Jupp con su hijo?

—Sin duda no duró lo suficiente para llamarlo así. Me sorprende que me lo pregunte, inspector, usted sabe que yo estaba totalmente en desacuerdo.

«Eso sí que es franqueza —pensó Dalgliesh—, aunque, ¿qué otra cosa podía decir? No le creeríamos si dijera que lo aceptaba.»

—¿A pesar de que el afecto que sentía por su hijo podía ser genuino?

—Puedo concederle el beneficio de la duda y considerar que lo era, pero ¿cuál sería la diferencia? Hubiese seguido en desacuerdo. No tenían nada en común y mi hijo hubiese tenido que hacerse cargo del hijo de otro hombre. Una cosa así hubiese arruinado su carrera y en el plazo de un año se hubiesen odiado mutuamente. Los amores del príncipe con la criada casi nunca funcionan, ¿por qué habrían de hacerlo? A ninguna joven sensible le gusta pensar que la tratan con condescendencia, y Sally era muy sensible, aunque se empeñara en ocultarlo. Además, no veo cómo se las hubiesen arreglado para casarse, Stephen tiene muy poco dinero propio. Por supuesto que no aprobaba ese supuesto compromiso, ¿desearía usted una boda así para su hijo?

Por un segundo Dalgliesh llegó a pensar que ella lo sabía. Aunque era un lugar común, un argumento bastante superficial que cualquier madre podía haber usado en estas circunstancias, y ella no podía saberlo de ningún modo. Se preguntó qué diría si él contestara: «No tengo ningún hijo. Mi único hijo y su madre murieron tres horas después de que él naciera. No tengo ningún hijo a quien casar, ni adecuada ni inadecuadamente.» Imaginó el petulante gesto de disgusto de ella ante su osadía de avergonzarla en un momento así con su propia pena, tan íntima, tan antigua y tan ajena a la cuestión que estaban tratando.

—No, yo tampoco la desearía. Siento haberle robado tanto tiempo con un asunto privado, pero me imagino que comprenderá su importancia.

—Naturalmente. Desde su punto de vista, constituye un motivo para varias personas, incluso para mí. Pero uno no mata para evitar un escándalo social. Admito que estaba dispuesta a hacer todo lo posible para evitar que se casaran y que pensaba hablar con Stephen al día siguiente. Estoy convencida de que podíamos hacer algo para ayudar a Sally, sin que fuera necesario integrarla en la familia. Tiene que haber un límite para las expectativas de ese tipo de gente.

La súbita amargura de la última frase sacudió incluso al sargento Martin, sacándolo del rutinario automatismo de sus notas. Pero si la señora Maxie advirtió que había dicho demasiado, no empeoró la situación agregando nada más. Dalgliesh la observó detenidamente y pensó que parecía salida de un anuncio en acuarela de agua de colonia o jabón. Incluso el jarrón de flores que había sobre la mesa realzaba su calma elegancia, como si la mano experta de un fotógrafo publicitario lo hubiese colocado allí. «Retrato de una dama inglesa en su casa», pensó, y se preguntó qué pensaría de ella el inspector jefe y, llegado el caso, qué pensaría el jurado. Incluso su mente, acostumbrada a descubrir debilidades en los lugares más extraños y dignos, no podía relacionar a la señora Maxie con un asesinato. Pero sus últimas palabras habían sido reveladoras.

Por el momento, decidió dejar de lado el asunto del matrimonio y concentrarse en otros aspectos de la investigación, volviendo al tema de las bebidas calientes de la noche anterior. No había confusión posible sobre los propietarios de las distintas tazas, la azul de porcelana que habían encontrado junto a la cama de Sally pertenecía a Deborah Riscoe. La leche estaba encima de la cocina, un artefacto de leña cuyos quemadores estaban cubiertos por tapas pesadas. El perol con la leche había quedado encima de una de estas tapas, donde no había peligro de que se derramara. Si alguien quería calentar la leche, solo tenía que ponerla encima de uno de los quemadores y, más tarde, volver a dejarla sobre la tapa. Sobre la bandeja estaban únicamente las tazas de los invitados y de la familia. La señora Maxie no sabía qué bebían Sally y la señora Bultitaft por la noche, pero lo cierto es que ningún miembro de la familia acostumbraba tomar cacao, no les gustaba el chocolate.

—La cuestión podría resumirse así —dijo Dalgliesh—. Si, como ahora creo, la autopsia indica que la señorita Jupp estaba drogada y el análisis de la taza de cacao revela que la droga se encontraba allí, nos encontramos con dos posibilidades: que haya bebido la droga ella misma, tal vez simplemente para descansar después de un día agotador, o que alguien se la haya puesto por una razón que aún debemos descubrir, pero que no resulta demasiado difícil de adivinar. La señorita Jupp, por lo que sabemos, era una joven saludable, y si este crimen fue premeditado, el asesino, o la asesina, debe de haber ideado la forma de entrar en la habitación sin que ella alertara a los demás. En tal caso, drogada era lo más indicado, y eso implicaría que el asesino conoce los distintos tipos de bebida que se preparan en Martingale por la noche y el lugar donde se guardan los medicamentos. ¿Hay alguien de su casa o entre los invitados que conozca tan bien la rutina de la familia?

—En tal caso no hubiese confundido la taza de porcelana de Deborah. ¿Cree usted, inspector, que esa droga estaba destinada a Sally?

—No estoy seguro, pero sí estoy convencido de que el asesino no confundió el cuello de la señorita Jupp con el de su hija. Supongamos, por el momento, que la droga estaba destinada a la señorita Jupp. Podía encontrarse en el perol de leche, en la taza de porcelana, antes o después de preparar la bebida, en el pote de cacao o en el azúcar. Usted y la señorita Bowers sacaron leche del mismo perol y la endulzaron con el azúcar que había sobre la mesa sin notar los efectos de la droga. Tampoco creo que la pusieran en la taza vacía, tiene un color pardusco que se hubiese distinguido claramente en la porcelana azul. Así que quedan dos posibilidades: o la pusieron en el polvo del cacao o la disolvieron en la bebida caliente, después de que la señorita Jupp la preparara, pero antes de que la bebiera.

—No creo que esto último sea posible, inspector. La señora Bultitaft siempre calienta la leche a las diez, y a eso de las diez y veinticinco vimos a Sally llevando la taza a su habitación.

—¿A quién se refiere cuando dice «vimos»?

—Al doctor Epps, la señorita Liddell y yo. Acompañé a la señorita Liddell arriba a coger su abrigo, y cuando volvíamos, se nos unió el doctor Epps, que salía del despacho. Entonces vimos pasar a Sally, que venía de la cocina con la taza de porcelana azul sobre el platillo. Llevaba pijama y bata, los tres la vimos, pero ninguno dijo nada. La señorita Liddell y el doctor Epps se fueron enseguida.

—¿Acostumbraba la señorita Jupp utilizar esa escalera?

—No, la escalera de atrás conduce directamente de la cocina a su habitación. Creo que intentaba hacer algún tipo de escena.

—¿Aunque no podía estar segura de que iba a encontrar a alguien en el vestíbulo?

—No, supongo que no había forma de saberlo.

—Usted notó que la señorita Jupp llevaba la taza de su hija. ¿Se lo comentó a alguno de sus invitados o riñó a Sally por ello?

La señora Maxie le dispensó una ligera sonrisa y, por segunda vez, se puso a la defensiva.

—¡Qué ideas tan anticuadas tiene usted, inspector! ¿Piensa que iba a arrebatarle la taza de las manos ante el desconcierto de mis invitados y la satisfacción de la propia Sally? ¡Qué mundo tan excitante y agotador debe de ser el suyo!

Dalgliesh continuó con su cuestionario, ignorando la sutil ironía, aunque era interesante descubrir que la testigo era capaz de alterarse por algo.

—¿Qué pasó después de que se fueran la señorita Liddell y el doctor Epps?

—Volví con la señorita Bowers, que estaba en el despacho, ordenamos algunos papeles y guardamos el dinero en la caja de seguridad. Luego fuimos a la cocina y nos preparamos las bebidas calientes, yo bebí leche y la señorita Bowers, Ovaltine. A ella le gusta muy dulce, así que se puso azúcar del bol que había sobre la mesa. Nos llevamos las tazas al cuarto de vestir contiguo a la habitación de mi marido, donde paso las noches cuando es mi turno de atenderlo. La señorita Bowers me ayudó a arreglarle la cama y se quedó conmigo unos veinte minutos, luego me dio las buenas noches y se fue.

—¿Ya se había bebido el Ovaltine?

—Sí, estaba demasiado caliente como para beberlo deprisa, pero se quedó un rato conmigo y lo bebió antes de irse. —¿En algún momento se acercó al botiquín?

—No, ninguna de las dos lo hizo. Mi hijo ya le había dado la medicina a su padre y este estaba dormido, no podíamos hacer nada por él además de arreglarle la cama. Me alegré de la ayuda de la señorita Bowers, ella es una enfermera experimentada y juntas logramos hacer la cama sin molestar a mi marido.

—¿Cuáles eran las relaciones de la señorita Bowers con su hijo?

—Por lo que sé, la señorita Bowers es amiga de mis dos hijos. Esa pregunta sería mejor hacérsela a ellos tres.

—¿Su hijo y ella estaban prometidos?

—No sé nada de sus asuntos personales, pero no lo considero probable.

—Gracias —dijo Dalgliesh—, ahora veré a la señora Riscoe, si es usted tan amable de invitarla a pasar.

Se levantó a abrirle la puerta a la señora Maxie, pero ella no se movió de su sitio.

—Yo creo que Sally tomó las tabletas por propia voluntad —dijo—, no hay ninguna otra alternativa razonable, pero si fue otra persona la que lo hizo, estoy de acuerdo con usted en que debe de haberlas puesto en el cacao en polvo. Perdone, pero ¿no sería posible determinar este punto analizando el pote de cacao?

—Sería posible —contestó Dalgliesh con seriedad—, si no fuera porque encontramos el pote vacío y lavado en la basura. El papel interior del pote ha desaparecido, seguramente lo quemaron en el fuego de la cocina. Alguien tomó precauciones por partida doble.

—Una mujer fría —dijo el sargento Martin después de que la señora Maxie se retirara—. Se sentó allí como un candidato liberal a la espera del recuento de votos —agregó con desacostumbrado humor.

—Sí —asintió Dalgliesh secamente—, pero con mucha fe en la organización de su partido. Bueno, escuchemos qué tienen que decirnos los demás.

6

Felix pensó que se trataba de una habitación muy distinta a la de la última vez, aunque también estaba tranquila y silenciosa. Entonces había cuadros y un gran escritorio de caoba, no muy distinto al que ahora lo separaba de Dalgliesh. También había habido flores, un pequeño ramillete en un cuenco no más grande que una taza de té. Aquella habitación le había causado una impresión de bienestar y comodidad, incluso el hombre que estaba detrás de la mesa con sus manos regordetas y blancas y los ojos sonriéndole detrás de las gruesas gafas. La habitación no había cambiado de aspecto. Era sorprendente la cantidad de procedimientos para arrancar la verdad que no implicaban derramamiento de sangre, no producían desorden y no requerían grandes aparatos. Dejó a un lado sus recuerdos e intentó concentrarse en la figura que tenía delante. Sus manos eran más delgadas, sus ojos, oscuros y menos amables. Solo había otra persona en la habitación, y también era un policía inglés. Estaba en Martingale, Inglaterra.

Hasta ahora no había ido tan mal, Deborah había estado fuera una media hora y al volver se había sentado en silencio y sin mirarlo. Entonces él, también en silencio, había seguido al policía uniformado que lo conduciría al despacho. Se alegraba de haber resistido la tentación de tomar una copa antes del interrogatorio y de haber rechazado ·el cigarrillo que le ofreció Dalgliesh. ¡Era un viejo truco! ¡No iban a hacerle caer! No tenía intenciones de obsequiarles con su nerviosismo; si lograba mantenerse sereno, todo iría bien.

—Gracias, hasta ahí está claro —dijo el hombre paciente que se sentaba al otro lado de la mesa mientras revisaba sus notas—. Ahora, ¿podríamos volver un poco más atrás? Después del café, usted y la señora Riscoe fueron a ayudar a lavar los platos. A eso de las nueve y media ambos regresaron a esta habitación, donde la señora Maxie, la señorita Liddell, la señorita Bowers y el doctor Epps se hallaban contando el dinero de la feria. Usted les dijo que iba a salir con la señora Riscoe y se despidió de la señorita Liddell y del doctor Epps, que probablemente habrían abandonado Martingale antes de su regreso. La señora Maxie les dijo que dejaría abierta una de las puertaventanas del salón y les pidió que la cerraran después de entrar. ¿Cree que todos los presentes escucharon este acuerdo entre ustedes?

—Seguramente. Sin embargo, nadie hizo ningún comentario, y como estaban contando el dinero, dudo de que se hayan fijado mucho en ello.

—Me parece sorprendente que les dejaran abierta la puertaventana estando también abierta la puerta trasera. ¿No es un Stubbs ese cuadro que está colgado en la pared detrás de usted? En esta casa hay muchos objetos valiosos que podrían robar con facilidad.

—¡Un policía culto! —dijo Felix sin volver la cabeza—. Creí que solo existían en las novelas policíacas. ¡Felicitaciones! Pero los Maxie no publicitan sus posesiones y en este pueblo no hay peligro. La gente ha estado entrando y saliendo de esta casa con total libertad durante los últimos trescientos años. Aquí la única puerta que suele cerrarse es la delantera, que Stephen Maxie o su hermana traban con una barra y con el cerrojo cada noche, como si este ritual tuviera algún significado esotérico. Aparte de eso, no son demasiado cuidadosos; en esto, como en tantas cosas, parecen confiar en nuestra maravillosa policía.

—Bien, usted salió al jardín con la señora Riscoe a eso de las nueve y media y dieron un paseo. ¿De qué hablaron, señor Hearne?

—Le pedí a la señora Riscoe que se casara conmigo. Tengo que ir a Canadá dentro de dos meses y pensé que sería agradable combinar los negocios con un viaje de luna de miel.

—¿Y la señora Riscoe aceptó?

—Su interés es conmovedor, inspector, pero me temo que voy a decepcionarle. Por inexplicable que parezca, la señora Riscoe no pareció entusiasmarse con la idea.

Le embargó la emoción al recordarlo. La oscuridad, el empalagoso aroma de las rosas y los besos presurosos expresaban una necesidad imperiosa de Deborah, más que pasión. Y luego la afectada despreocupación de su voz: «¿Matrimonio, Felix? ¿No crees que hoy hemos hablado lo suficiente sobre matrimonio en esta familia? ¡Dios, cómo me gustaría que se muriera!» Entonces había descubierto que se había equivocado al proponérselo tan pronto, el momento y el lugar no eran los más apropiados. ¿Tal vez sus palabras tampoco hubiesen sido las apropiadas? ¿Qué era exactamente lo que ella deseaba? La voz de Dalgliesh le devolvió al presente.

—¿Cuánto tiempo estuvieron en el jardín, señor?

—Sería galante simular que para mí el tiempo había dejado de existir, pero en consideración a su investigación le diré que entré en la casa a través de la puertaventana de la sala a las diez y cuarenta y cinco. El reloj que hay encima de la chimenea dio las once menos cuarto en el mismo instante en que yo cerraba la puerta.

—Ese reloj está cinco minutos adelantado, señor, pero le ruego que continúe.

—Entonces habremos regresado a las diez y cuarenta, yo no miré mi reloj. La señora Riscoe me ofreció un whisky pero lo rechacé, tampoco quise nada caliente y ella fue a la cocina a buscar su taza. Volvió unos minutos más tarde y dijo que había cambiado de idea, también dijo que su hermano aún no había regresado. Charlamos un rato y quedamos en salir a cabalgar juntos a la mañana siguiente, a las siete. Luego nos fuimos a dormir, yo pasé una buena noche y supongo que la señora Riscoe también. Estaba vestido esperándola en el vestíbulo cuando Stephen Maxie vino a buscarme, quería que le ayudara con la escalera. El resto ya lo saben.

—¿Mató usted a Sally Jupp, señor Hearne?

—No, según creo.

—¿Qué quiere decir?

—Solo que pude haberlo hecho en un estado de amnesia, aunque no es muy probable.

—Creo que puedo descartar esa posibilidad, la señorita Jupp fue asesinada por un hombre o una mujer que sabía muy bien lo que hacía. ¿Tiene idea de quién?

—¿Espera que tome en serio esa pregunta?

—Espero que tome todas mis preguntas en serio. Esa joven madre fue asesinada y pretendo averiguar quién lo hizo sin perder demasiado tiempo ni hacérselo perder a los demás, así que le agradecería que colaborase conmigo.

—No tengo idea de quién la mató, y si la tuviera, dudo que debiera decírselo. No comparto su evidente pasión por la justicia en abstracto. Sin embargo, estoy dispuesto a cooperar señalando algunos hechos que usted puede haber pasado por alto en su entusiasmo por los largos interrogatorios a los sospechosos. Alguien entró por la ventana de la habitación de la joven, los animalitos de cristal que ella tenía en la repisa estaban desparramados por todas partes. La ventana estaba abierta y su pelo, húmedo. Anoche llovió desde las doce y media hasta las tres, así que deduzco que la mataron antes de las doce y media, de lo contrario hubiese cerrado la ventana. El bebé no se despertó hasta la hora habitual, por lo tanto el asesino debe de haber hecho poco ruido. No creo que hubiera lucha, más bien pienso que Sally dejó entrar al asesino por la ventana y es probable que este haya usado la escalera, ya que seguramente ella sabría dónde se guardaba. Es probable que tuvieran una cita, no sé para qué, no la conocí mucho, pero no parecía una chica promiscua. Es probable que el hombre estuviera enamorado de ella, y cuando le dijo que iba a casarse con Stephen Maxie, la matara en un súbito arranque de ira o celos. No creo que fuera un crimen premeditado. Sally había cerrado la puerta para defender su intimidad y el hombre entró por la ventana sin abrir la puerta. Tal vez ni siquiera se haya enterado de que la puerta estaba cerrada, de lo contrario la hubiera abierto para salir por allí con cuidado. Esa puerta cerrada debe de parecerle toda una contrariedad, inspector, ni siquiera alguien como usted puede imaginarse a un miembro de la familia trepando por la escalera para entrar o salir de su propia casa. Imagino lo interesado que estará en el asunto del compromiso Maxie-Jupp, pero permítame recordarle que si tuviéramos que cometer un asesinato para deshacer los compromisos inoportunos, la tasa de mortalidad entre las mujeres sería muy alta.

Incluso mientras lo decía, Felix advirtió que estaba cometiendo un error. El temor lo había inducido a hablar con ira y locuacidad. El sargento lo miraba con la expresión resignada y compasiva de alguien que ha visto ponerse en ridículo a demasiados hombres como para asombrarse, pero que, aun así, preferiría que no lo hicieran.

—Creí que había pasado una buena noche —dijo Dalgliesh—; sin embargo, sabe que llovió desde las doce y media hasta las tres.

—Eso es una buena noche para mí.

—¿Quiere decir que sufre de insomnio? ¿Y qué toma para combatirlo?

—Whisky, aunque rara vez fuera de casa.

—Antes nos describió el hallazgo del cadáver y dijo que después usted y la señora Riscoe pasaron al baño contiguo, mientras el doctor Maxie telefoneaba a la policía. Momentos después, la señora Riscoe fue a ver a su madre. ¿Qué hizo usted entonces?

—Pensé que debía ir a ver si la señora Bultitaft se encontraba bien. Imaginé que nadie tendría ganas de desayunar, pero era obvio que íbamos a necesitar bastante café y que no sería mala idea hacer unos sándwiches. Martha estaba aturdida y repetía que Sally se había suicidado. Le indiqué, lo más suavemente posible, que eso era físicamente imposible y eso pareció asustarla más, me dirigió una larga mirada, como si no me reconociera, y prorrumpió en fuertes sollozos. Cuando por fin logré calmarla, entró la señorita Bowers con el niño y se ocupó eficientemente de su desayuno. Martha acabó de recuperarse e hicimos café y el desayuno del señor Maxie. Luego llegó la policía y nos dijeron que esperáramos en la sala.

—¿Fue el llanto de la señora Bultitaft su primera demostración de pesar?

—¿Pesar?—La pausa fue casi imperceptible—. Era obvio que estaba impresionada, como todos los demás.

—Gracias, señor, ha sido muy amable. Pasaremos su informe a máquina y, si está de acuerdo con él, le pediremos que lo firme. Si tuviera algo más que decirme, tendrá oportunidad de hacerlo. Estaré por aquí un tiempo. ¿Podría pedirle a la señora Bultitaft que pase a verme, por favor?

Era una orden, no una pregunta. Al llegar a la puerta, Felix oyó su voz suave hablándole otra vez.

—Supongo que no se sorprenderá si le digo que su informe y el de la señora Riscoe coinciden prácticamente en todo, con excepción de un detalle. La señora Riscoe dice que usted pasó casi toda la noche con ella en su habitación; en realidad, dice que durmieron juntos.

Felix se detuvo un momento de cara a la puerta, después se volvió y miró al inspector.

—Un gesto encantador de parte de la señora Riscoe, pero me pone las cosas un poco difíciles, ¿no cree? Me temo que tendrá que sacar sus propias conclusiones, inspector, acerca de cuál de los dos mintió.

—Gracias —dijo Dalgliesh—, ya lo he hecho.

7

A lo largo de su vida, Dalgliesh había conocido gran cantidad de Marthas y nunca pensó que fueran personas complicadas. Se preocupan del bienestar del cuerpo, de la comida, de las interminables tareas domésticas que alguien debe llevar a cabo para que la vida intelectual cobre verdadero sentido. Sus modestas aspiraciones sentimentales se cumplen en el servicio. Son leales, trabajadoras, sinceras y excelentes testigos, ya que adolecen de la imaginación y la práctica necesarias para mentir. Podían llegar a ser una molestia si decidían proteger a aquellos que se habían ganado su lealtad, aunque este era un peligro fácil de predecir. No esperaba tener ninguna dificultad con Martha, a pesar de que descubrió con irritación que alguien la había aleccionado. Se comportaba correctamente y con respeto, pero había que hacer grandes esfuerzos para sacarle alguna información. Alguien había tomado la precaución de prepararla antes del interrogatorio, y no era difícil imaginar quién. Dalgliesh siguió presionándola pacientemente.

—Así que usted hace la comida y ayuda a atender al señor Maxie. Debe de ser mucho trabajo. ¿Fue usted quien sugirió a la señora Maxie que contratara a Sally Jupp?

—No.

—¿Sabe quién lo hizo?

Martha permaneció callada varios segundos, como preguntándose si al contestar cometería una indiscreción.

—Es probable que haya sido la señorita Liddell o que se le haya ocurrido a la señora, no lo sé.

—Pero me imagino que la señora Maxie le habrá comentado algo antes de contratar a la chica.

—Me dijo que vendría Sally, la elección le correspondía a ella.

Dalgliesh comenzó a sentirse molesto ante tanto servilismo, pero su voz no varió de tono. Nunca había perdido la calma con un testigo.

—¿La señora Maxie había empleado a una madre soltera en alguna otra ocasión?

—Hace un tiempo, eso hubiese sido inconcebible. Antes, todas nuestras criadas tenían excelentes referencias.

—Por lo tanto esta era una situación nueva, ¿cree que fue un éxito? Usted compartía el trabajo con Sally, ¿qué clase de persona era ella?

Martha no contestó.

—¿Estaba usted satisfecha con su trabajo?

—Estaba bastante satisfecha, al menos al comienzo.

—¿Qué le hizo cambiar de opinión? ¿Que acostumbrara quedarse dormida?

—Hay cosas peores que quedarse dormida.

—¿Por ejemplo?

—Empezaba a ponerse impertinente.

—Eso debe de haberle resultado exasperante. ¿Cuál cree que fue el motivo para que se volviera impertinente?

—Las jóvenes son así, al comienzo parecen muy tranquilas pero luego empiezan a comportarse como si fueran las señoras de la casa.

—¿Tal vez Sally Jupp creyera que llegaría a ser realmente la señora de la casa?

—Si lo creía, estaba loca.

—Pero el señor Maxie le propuso matrimonio el sábado por la noche.

—No sé nada de eso, pero el señor Maxie nunca se hubiera casado con Sally Jupp.

—Alguien se aseguró de que no lo hiciera, ¿verdad? ¿Tiene idea de quién?

Martha no contestó. En realidad no había nada que decir; si Sally había sido asesinada por esa razón, el círculo de sospechosos no era demasiado grande. Dalgliesh la obligó a describir, con tediosa meticulosidad, los acontecimientos de la tarde y la noche del sábado. No tenía mucho que decir sobre la feria, ya que al parecer no había participado en ella y solo había salido un momento al jardín antes de darle la cena y arreglarle la cama al señor Maxie. Cuando volvió a la cocina, Sally ya debía de haberle dado la cena a Jimmy y lo habría llevado arriba para el baño porque el cochecito estaba en el fregadero y la taza y el plato del niño, en el sumidero. La joven no estaba allí y Martha no había perdido el tiempo buscándola. La familia se había servido sola la cena fría y la señora Maxie no la había llamado. Después la señora Riscoe y el señor Hearne habían entrado a la cocina a ayudarla a lavar los platos. No preguntaron si Sally había vuelto, nadie había hablado de ella. El señor Hearne charlaba y bromeaba con la señora Riscoe mientras lavaban los platos, era un caballero muy divertido. No le habían ayudado con las bebidas calientes, ella se había ocupado de eso más tarde. El pote de cacao estaba en el armario junto con otras provisiones y ni la señora Riscoe ni el señor Hearne se habían acercado a él, lo sabía porque había estado con ellos en la cocina todo el tiempo.

Después de que se fueran, Martha había visto la televisión durante media hora. No, no estaba preocupada por Sally, la joven volvería cuando tuviera ganas. A las diez menos cinco Martha había puesto un perol con leche en la cocina de leña, para que se fuera calentando lentamente. Hacía esto casi todas las noches, así podía irse a dormir pronto. Había puesto las tazas de la familia sobre una bandeja, además de dos tazas grandes con platillos por si a algún invitado le apetecía beber algo caliente antes de acostarse. Sally sabía perfectamente que la taza de porcelana azul era de la señora Riscoe, todos lo sabían en Martingale. Después de calentar la leche, Martha se había ido a dormir. Antes de las diez y media ya estaba en la cama y no había oído ni visto nada inusual. Por la mañana había ido a despertar a Sally y había encontrado la puerta cerrada, así que había ido a avisar a la señora. Lo demás él ya lo sabía.

A Dalgliesh le llevó cuarenta y cinco minutos arrancarle a Martha esta información intrascendente, pero no mostró signos de impaciencia. Por fin llegaban al tema del hallazgo del cadáver. Sería interesante descubrir si la versión de Martha coincidía con la de Catherine Bowers, ya que, si así fuera, al menos una de sus hipótesis podía resultar correcta. Las versiones coincidieron. Dalgliesh siguió interrogándola pacientemente, esta vez sobre las desaparecidas tabletas de Sommeil, pero aquí ya no tuvo éxito. Martha Bultitaft no creía que Sally hubiera encontrado las tabletas en la cama del señor.

—A Sally le gustaba hacer creer que cuidaba al señor, quizá lo haya hecho alguna noche en que la señora estaba demasiado cansada, pero él no quería que lo atendiera nadie excepto yo. Yo me ocupo de él la mayor parte del tiempo, y si hubiese escondido algo, lo hubiera descubierto.

Fue el discurso más largo que había hecho hasta el momento y a Dalgliesh le pareció que lo había interpretado con convicción.

Para finalizar, la interrogó sobre el pote de cacao y Martha volvió a hablar con serenidad pero sin énfasis. Había encontrado la lata vacía sobre la mesa de la cocina por la mañana, cuando había bajado a hacer el té. Había quemado el papel interior del pote, lo había lavado y lo había arrojado a la basura. ¿Que por qué se había molestado en lavarlo? Porque la señora Maxie odiaba que pusiera cosas pegajosas o grasientas en la basura. La lata de cacao no estaba grasienta, pero eso no venía al caso. En Martingale se lavaban todas las latas vacías. ¿Y por qué había quemado el papel? Bueno, no podía lavar el pote si no quitaba antes el papel,

¿verdad? La lata estaba vacía y por eso la había lavado y la había arrojado a la basura. Su tono indicaba que cualquier persona razonable hubiera hecho lo mismo.

A Dalgliesh no se le ocurría la forma de rebatir esta historia con éxito. Odiaría tener que interrogar a la señora Maxie acerca de la costumbre de lavar las latas antes de tirarlas, pero una vez más sospechó que Martha había sido aleccionada y creyó distinguir la punta de la madeja. La infinita paciencia de la última hora había valido la pena.

CAPÍTULO CINCO

1

El Refugio St. Mary estaba a aproximadamente un kilómetro y medio del pueblo; era un feo edificio de ladrillos con innumerables gabletes y torrecillas, separado de la calle por un discreto escudo de arbustos de laurel. El camino de grava conducía a la puerta principal, cuyo antiguo llamador brillaba reluciente. Las cortinas de red que cubrían las ventanas estaban inmaculadamente blancas. A un lado de la casa, unos pequeños escalones de piedra conducían al jardín cuadrangular, donde había varios cochecitos de bebé apiñados. Les abrió la puerta una criada con toca y delantal, probablemente una de las jóvenes madres, pensó Dalgliesh, y los condujo a una pequeña habitación a la izquierda del vestíbulo. No sabía bien qué hacer y le costaba entender el nombre de Dalgliesh a pesar de que se lo había repetido dos veces. Mientras se demoraba vacilante en el portal, sus grandes ojos lo miraban inquisitivos a través de unas gafas con montura metálica.

—No importa —dijo Dalgliesh amablemente—,

dígale a la señorita Liddell que han venido a verla dos policías por el asunto de Martingale. Ella comprenderá.

—Por favor, tengo que dar el nombre, me estoy entrenando para doncella. —Se quedó en su sitio nerviosa y obcecada, atemorizada ante las posibles críticas de la señorita Liddell y, a la vez, cohibida por encontrarse a solas con dos hombres desconocidos que para colmo eran policías.

—Entonces dele esto —le ofreció su tarjeta—, será aún más apropiado y correcto. Y no se preocupe, será una excelente doncella. Ya sabe que hoy en día las buenas doncellas valen más que el oro.

—No con la carga de un hijo ilegítimo —dijo el sargento Martin mientras la delgada figura desaparecía por la puerta susurrando algo así como «gracias».

—Es curioso ver a una jovencita tan poco agraciada aquí, señor. Actuaba como si se encontrara un poco perdida, supongo que alguien se habrá aprovechado de ella.

—Es el tipo de persona de la que se aprovecharán toda la vida.

—Además estaba muy asustada, ¿verdad? ¿Cree que la señorita Liddell tratará bien a estas chicas?

—Supongo que muy bien, en la medida de sus posibilidades. Es fácil volverse sentimental con este tipo de trabajo, pero tiene que tratar con gente muy dispar. Lo que se necesita aquí son grandes dosis de esperanza, fe y caridad. En otras palabras, se necesita un santo, y no podemos esperar que la señorita Liddell llegue a tanto.

—Sí, señor —dijo el sargento Martin, pensando que

en realidad hubiese sido más apropiado decir: «No, señor.»

Inconsciente de haber dicho algo muy poco ortodoxo, Dalgliesh recorrió lentamente la habitación. Era un lugar poco confortable, pero sin ostentaciones, y según le pareció a Dalgliesh, amueblado con muchas de las posesiones de la señorita Liddell. La madera relucía de tanto pulirla, daba la impresión de que la espineta y la mesa de palo de rosa quemarían a causa de la energía y el tesón con que las habían limpiado. El gran ventanal que daba al jardín estaba cubierto por una cortina de cretona con motivos florales que en aquel momento protegía la habitación del sol. Aunque desgastada por el tiempo, la alfombra no correspondía al tipo de enseres que proveían los organismos oficiales, por más solidarios y bien intencionados que estos fueran. La habitación se identificaba tanto con la señorita Liddell que parecía parte de su propia casa. Las paredes estaban repletas de fotografías de bebés, bebés desnudos sobre una alfombra con las cabezas levantadas hacia la cámara en una posición de absurda indefensión, bebés sonriendo sin dientes en cochecitos o cunas, bebés arropados con mantillas de lana en brazos de sus madres, incluso uno o dos bebés en brazos de hombres en actitud cohibida. Sin duda estos últimos serían los afortunados, los que por fin habían conseguido un padre oficial. Encima de la pequeña mesa de caoba, un grabado mostraba a una mujer hilando en una rueca y en el marco había una placa con una inscripción: «Otorgado por el Comité de Buenas Costumbres de Chadfleet y su distrito a la señorita Alice Liddell, por sus veinte años de abnegado servicio como directora del Refugio St. Mary.» Dalgliesh y Martin lo leyeron a la vez.

—No sé si es apropiado llamar refugio a este lugar —dijo el sargento Martin.

Dalgliesh volvió a mirar los muebles, la herencia cuidadosamente conservada de la infancia de la señorita Liddell.

—Lo será, seguramente, para una mujer soltera de la edad de la señorita Liddell que ha hecho de este sitio su hogar durante más de veinte años. Debe trabajar muy duro para que no la saquen de aquí.

El sargento Martin no tuvo oportunidad de contestar porque justo en aquel momento entró la dama en cuestión. La señorita Liddell siempre se encontraba más cómoda al pisar su propio terreno, les estrechó la mano formalmente y pidió disculpas por haberlos hecho esperar. Al mirarla, Dalgliesh dedujo que había ocupado ese tiempo empolvándose la cara y aclarándose la mente. Era obvio que estaba dispuesta a tomar esta visita como un acontecimiento social y los invitó a sentarse con la estudiada amabilidad de una poco experimentada anfitriona. Dalgliesh rechazó la invitación a té, evitando la mirada de reproche de su ayudante, que sudaba copiosamente y pensaba que no había necesidad de excederse en formalidad con los sospechosos y que una buena taza de té en un día caluroso no tenía por qué obstruir la justicia.

—No queremos retenerla mucho tiempo, señorita Liddell. Como ya se imaginará, estoy investigando el asesinato de Sally Jupp. Sé que usted cenó en Martingale anoche y también que participó en la feria por la tarde. Por supuesto, usted conocía a Sally de cuando esta vivía en este refugio y hay una o dos cuestiones que quisiera que me explicara.

La señorita Liddell se sobresaltó al oír su última palabra. Mientras el sargento Martin sacaba su libreta con resignación, Dalgliesh observó que la señorita Liddell se mojaba los labios y contraía las manos de forma casi imperceptible, en actitud alerta.

—Pregunte lo que desee, inspector. Es inspector, ¿verdad? Por supuesto que conocía muy bien a Sally y todo esto me ha causado una terrible impresión, a mí y a todos los demás. Pero me temo que no seré de mucha ayuda ya que no soy muy lista para reparar en detalles o recordarlos. A veces es una verdadera desventaja, pero no todos servimos para detectives, ¿verdad?

Su risa nerviosa era demasiado estridente para ser natural.

«Es obvio que está asustada —pensó el sargento Martin—. Es probable que podamos sacar algo de aquí, a pesar de todo.»

—Podríamos comenzar con la misma Sally Jupp —dijo Dalgliesh con cautela—. Tengo entendido que vivió aquí los últimos cinco meses de su embarazo y volvió después de salir del hospital. Estuvo aquí hasta que empezó a trabajar en Martingale, lo que hizo cuando su hijo tenía cuatro meses. Hasta ese momento ayudaba aquí en las tareas de la casa, me imagino que usted habrá llegado a conocerla muy bien. ¿Le gustaba a usted Sally, señorita Liddell?

—¿Si me gustaba? —La mujer rio con nerviosismo—. ¿No le parece una pregunta graciosa, inspector?

—¿Lo es?, ¿en qué sentido?

Hizo un gran esfuerzo para disimular su vergüenza y meditar sobre la pregunta.

—En realidad, no sé qué decir. Si me hubiese hecho esa pregunta hace una semana, no habría dudado en decir que Sally era una excelente trabajadora y una joven de grandes méritos que estaba haciendo todo lo posible para enmendar su error. Pero ahora, por supuesto, no puedo evitar preguntarme si me había equivocado con ella, si era verdaderamente sincera. —Hablaba con la pena de una persona experimentada que se ha equivocado en un juicio—. Supongo que ya nunca sabremos si era o no sincera.

—Supongo que se estará refiriendo a la sinceridad de su amor hacia Stephen Maxie.

—Las apariencias la traicionaban —dijo meneando la cabeza con tristeza—. Nunca en mi vida había visto algo tan escandaloso, inspector, nunca jamás. Por supuesto, ella no tenía derecho a aceptarlo, fueran cuales fuesen los sentimientos de él. Cuando nos dio la noticia, apoyada contra la ventana, estaba exultante de felicidad. Él, en cambio, estaba muy avergonzado y se puso blanco como la nieve. Fue un momento espantoso para la señora Maxie y siempre me sentiré culpable por lo sucedido, pues yo la había recomendado para que trabajara en Martingale, como usted ya sabe. Ese trabajo parecía una gran oportunidad para ella, pero mire lo que ha sucedido.

—¿Usted cree, entonces, que la muerte de Sally Jupp es consecuencia directa de su compromiso con el señor Maxie?

—Bueno, eso parece, ¿verdad?

—Reconozco que su muerte resultaría muy conveniente para cualquiera que estuviera en contra de esa boda, por ejemplo la familia Maxie.

—Pero eso es ridículo, inspector —dijo la señorita Liddell ruborizándose—. Acaba de decir algo terrible. Por supuesto, usted no conoce a la familia como yo, pero puede creerme si le digo que esa suposición es totalmente disparatada. ¡Yo no sería capaz de sugerir una cosa así! Para mí está todo muy claro: Sally tenía relaciones con un hombre desconocido y cuando él se enteró del compromiso..., bueno, perdió los estribos. La señorita Bowers me dijo que el asesino entró por la ventana. ¿Es así? Pues eso prueba que no fue nadie de la familia.

—Es probable que el asesino haya salido por la ventana, pero no sabemos cómo entró.

—¿No imaginará que la señora Maxie iba a bajar por la ventana? ¡No podría hacerlo!

—Yo no imagino nada, pero había una escalera en el lugar acostumbrado que cualquiera pudo haber usado. Es probable que la hayan dejado preparada, incluso en el caso de que el asesino haya entrado por la ventana.

—Pero aunque apoyara la escalera con cuidado, Sally podía haberlo oído, o podía mirar por la ventana y verlo.

—Tal vez, pero solo si estaba despierta.

—No le entiendo, inspector, parece usted decidido a sospechar de la familia. ¡Si supiera todo lo que han hecho por esa chica!

—Me gustaría que me lo contara, y no me malinterprete, yo sospecho de todos los que conocían a la señorita Jupp que no tengan coartada en la hora del asesinato. Esa es la razón por la cual me encuentro aquí.

—Bueno, supongo que ya conocerá todos mis movimientos, no tengo por qué ocultarlos. El doctor Epps me trajo a casa en su coche, salimos de Martingale a eso de las diez y media. Estuve escribiendo un rato en esta habitación y luego salí al jardín a dar un paseo. Me fui a la cama a eso de las once, lo cual es bastante tarde para mí, y me enteré de todo este horrible asunto por la mañana, cuando estaba acabando de desayunar. La señorita Bowers telefoneó y me pidió que trajera al niño de vuelta aquí hasta tanto se supiera qué iba a pasar con él. Naturalmente, dejé a mi ayudante, la señorita Pollack, a cargo de las chicas y fui hacia allí de inmediato. Telefoneé a George Hopgood para que viniera a buscarme con su taxi.

—Hace un momento usted dijo que pensaba que la noticia del compromiso de Sally Jupp con el señor Maxie era la causa de este asesinato. ¿Se conocía la noticia fuera de la casa? Según tengo entendido el señor Maxie recién le propuso matrimonio el sábado por la noche, así que no pudo haberse enterado nadie que no estuviera en Martingale en aquel momento.

—Es probable que el señor Maxie le haya propuesto matrimonio el sábado, pero no hay duda de que la joven estaba dispuesta a atraparlo desde mucho antes. Había sucedido algo, estoy segura. Vi a Sally en la feria y estuvo sonrojada de excitación toda la tarde. ¿Y le contaron cómo copió el vestido de la señora Riscoe?

—No estará sugiriendo que ese puede ser otro motivo.

—Es una muestra clara de cómo funcionaba su mente. No hay duda de que Sally se buscó lo que le sucedió. Lamento muchísimo que los Maxie se vean complicados en todos estos problemas por culpa de ella.

—Dice usted que se fue a la cama a eso de las once, después de dar un paseo por el jardín. ¿Hay alguien que pueda confirmar este hecho?

—Que yo sepa, no me vio nadie, inspector; la señorita Pollack y las chicas se van a la cama a las diez y, como es obvio, yo tengo mi propia llave. No acostumbro salir al jardín, pero estaba nerviosa, no podía evitar pensar en Sally y en el doctor Maxie, y sabía que si me iba a la cama temprano, no podría conciliar el sueño.

—Gracias, solo quiero hacerle dos preguntas más. ¿Dónde guarda sus papeles privados en esta casa? Me refiero a documentos relativos a la administración de esta casa, o las cartas del comité, por ejemplo.

—En este cajón —dijo la señorita Liddell señalando el escritorio de palo de rosa—. Por supuesto, lo cierro con llave, aunque solo las chicas de confianza se ocupan de limpiar esta habitación. La llave se guarda en este pequeño compartimiento de la parte superior. —Mientras hablaba, levantó la tapa del escritorio para indicarles el lugar exacto.

Dalgliesh pensó que a ninguna criada, a excepción de la más tonta o poco curiosa, se le escaparía el escondite de la llave si se molestaba en mirar. Era obvio que la señorita Liddell estaba acostumbrada a tratar con jóvenes que profesaban un respeto demasiado temeroso a los papeles o documentos oficiales para atreverse a tocarlos. Pero Sally Jupp, según creía, no era ni tonta ni poco curiosa. Se lo sugirió a la señorita Liddell y, como esperaba, la mera idea de los entrometidos dedos de Sally y de sus ojos irónicos revisando los papeles la irritó aún más que sus anteriores preguntas sobre los Maxie.

—¿Quiere usted decir que Sally pudo haber estado husmeando entre mis papeles? Antes nunca lo hubiese creído, pero ahora que lo dice, puede ser que tenga razón. ¡Oh, sí! Ya lo veo, ese era el motivo de que le gustara trabajar aquí. Toda su docilidad, su amabilidad, era todo teatro. ¡Y pensar que yo confiaba en ella! Realmente creía que yo le importaba, que reconocía que estaba ayudándola. Ella me hacía confidencias, ¿sabe? Pero supongo que eran todo mentiras, debe de haber estado riéndose de mí todo el tiempo. Quizás usted crea que soy una tonta. Bien, es posible, pero no he hecho nada de lo cual pudiera avergonzarme, ¡nada! Sin duda le habrán contado todo lo referente a la escena en el comedor de los Maxie, pero ella no me asustaba. Es cierto que aquí hubo pequeñas dificultades en el pasado, yo no soy muy buena para los números y las cuentas, nunca dije que lo fuera, pero no he hecho nada malo. Puede preguntarle a cualquier miembro del comité. Sally Jupp podía husmear cuanto quisiera, ya ve de qué le ha servido.

Estaba temblando de ira y no hizo ningún intento por disimular la satisfacción que se escondía tras las últimas palabras. Pero Dalgliesh no estaba preparado para el efecto que causaría su última pregunta.

—Uno de mis hombres ha ido a ver a los Proctor, los parientes más cercanos de Sally. Como es natural, pensábamos que estarían en condiciones de darnos alguna información sobre su vida que pudiera sernos de utilidad. La hija más joven estaba en casa y se ofreció a hablar con nosotros. ¿Puede usted decirnos, señorita Liddell, por qué telefoneó al señor Proctor el sábado por la mañana, el día de la feria? La niña dice que ella atendió el teléfono.

La transformación de su rostro, de amargo resentimiento a absoluta sorpresa, fue casi hilarante. La señorita Liddell lo miró literalmente boquiabierta.

—¿Yo? ¿Que telefoneé al señor Proctor? ¡No sé de qué está hablando! No he estado en contacto con los Proctor desde que Sally se fue a Martingale, nunca se interesaron por ella. ¿Para qué iba a telefonear al señor Proctor?

—Eso es lo que me gustaría saber —dijo Dalgliesh.

—¡Pero es ridículo! Si hubiese telefoneado al señor Proctor no tendría por qué ocultarlo, pero no lo hice. La niña debe de estar mintiendo.

—Sin duda, alguien está mintiendo.

—Pues no seré yo —contestó la señorita Liddell con firmeza aunque sin precisión gramatical.

Al menos en lo referente a este punto, Dalgliesh estaba dispuesto a creerle.

—¿Comentó usted algo sobre lo ocurrido en Martingale cuando volvió a casa, señorita Liddell? —preguntó informalmente Dalgliesh mientras ella los acompañaba a la puerta—. Si su ayudante estaba levantada, hubiese sido lo más natural que le hablara del compromiso de Sally.

—Bueno —titubeó la señorita Liddell, a la defensiva—, la noticia acabaría haciéndose pública, ¿verdad? Quiero decir que los Maxie no iban a mantenerlo en secreto, ¿no cree? Lo cierto es que lo comenté con la señorita Pollack y la señora Pullen, que había venido a devolver unas cucharillas que le habíamos prestado para el té de la feria. Cuando volví de Martingale ella aún estaba aquí, así que se enteró. Pero, ¿no estará sugiriendo que eso haya tenido algo que ver con la muerte de Sally?

Dalgliesh respondió sin comprometerse. No estaba tan seguro.

2

A la hora de comer, la actividad diaria de Martingale parecía disminuir. Dalgliesh y el sargento todavía estaban trabajando en el despacho, de donde Martin salía ocasionalmente a hablar con el oficial que vigilaba frente a la puerta. Los coches de policía seguían llegando misteriosamente, dejaban a sus pasajeros que vestían uniforme o gabardina, y después de una breve espera, se los llevaban de nuevo. Los Maxie y sus invitados observaban estas idas y venidas desde las ventanas, pero no habían mandado llamar a nadie desde última hora de la tarde. Parecía que se habían acabado los interrogatorios y que tendrían ocasión de cenar sin que les molestaran. De repente la casa había quedado muy tranquila y cuando Martha, nerviosa y sin ganas, hizo sonar el gong a las siete y media, resonó como una vulgar intrusión en medio de aquel silencioso pesar, demasiado estridente para los nervios alterados de la familia. Incluso la comida se desarrolló casi en silencio. El fantasma de Sally iba de la puerta al aparador, y cuando la señora Maxie tocaba la campanilla y aparecía Martha, nadie se atrevía a alzar la vista. Las preocupaciones de Martha se vieron reflejadas en la frugalidad de la comida, había poca cosa para tentar el apetito, pero de cualquier modo nadie tenía hambre. Más tarde todos pasaron a la sala, como inducidos por una fuerza común, y se sintieron aliviados cuando vieron llegar al pastor y Stephen salió a recibirlo. ¡Al fin un representante del mundo exterior! Nadie podría acusar al pastor del asesinato de Sally Jupp y sin duda habría venido a ofrecer asesoramiento espiritual y consuelo. Pero lo único que hubiese significado un consuelo para los Maxie era que les dijeran que en realidad Sally no estaba muerta, que habían estado viviendo una breve pesadilla de la que ahora podían despertar, algo cansados y angustiados por la falta de sueño, pero felices ante el glorioso descubrimiento de que nada de aquello había sido realidad. A pesar de que eso era imposible, resultaba reconfortante hablar con alguien que estaba más allá de toda sospecha y que podría conceder a aquel día un viso de normalidad. Se percataron de que habían estado hablando en susurros y la llamada de Stephen al pastor los sobresaltó como si se tratara de un grito. Poco después el reverendo Flinks estaba con ellos, y mientras entraba a la sala seguido de Stephen, cuatro pares de ojos lo miraron curiosos, ansiosos por conocer el veredicto del mundo exterior.

—¡Pobrecilla! —dijo él—. ¡Pobre pequeña! ¡Estaba tan feliz anoche mismo!

—Entonces, ¿usted habló con ella después de la feria? —Stephen no consiguió disimular la ansiedad de su voz.

—No, después de la feria no. Me hago un lío con los horarios, ¡qué tonto soy! Ahora que lo dices, ayer no hablé con ella en todo el día, aunque por supuesto la vi en el jardín. ¡Llevaba un vestido blanco tan bonito! Hablé con ella el jueves por la tarde, nos encontramos en la calle y le pregunté por Jimmy. Creo que fue el jueves, sí, debe de haber sido el jueves porque el viernes me quedé toda la tarde en casa. Fue la última vez que hablé con ella. ¡Estaba tan feliz! Me contó que pensaba casarse y que Jimmy iba a tener un padre. Aunque supongo que ustedes ya estarán enterados, para mí fue una verdadera sorpresa, pero me alegré por ella, por supuesto. Y ahora esto. ¿La policía tiene alguna novedad?

Miró alrededor con expresión interrogante, inconsciente del efecto que habían causado sus palabras.

—Es probable que usted sepa, pastor, que le pedí a Sally que se casara conmigo —dijo Stephen después de un instante de silencio—, pero Sally no puede habérselo contado el jueves porque entonces aún no lo sabía. No le hablé de matrimonio hasta el sábado a las ocho menos veinte de la tarde.

Catherine Bowers dejó escapar una breve risita y luego giró la cabeza, cohibida porque Deborah se había vuelto a mirarla.

—Sé que suelo confundir los días —dijo Hinks frunciendo las cejas con preocupación, aunque con voz firme—, pero estoy seguro de que nos encontramos el jueves. Salía de la iglesia y Sally pasaba empujando el carrito de Jimmy. No puedo haberme confundido con respecto a la conversación, no recuerdo las palabras exactas, pero sí el contenido general. Sally dijo que Jimmy pronto tendría un padre, me pidió que no se lo dijera a nadie y le contesté que no lo haría, pero que me alegraba mucho por ella. Le pregunté si yo conocía al novio, pero se rio y me contestó que sería una sorpresa. Estaba muy entusiasmada y feliz, solo estuvimos juntos un momento ya que yo entré en la vicaría y supongo que ella vendría hacia aquí. ¿Es esto importante?

—Para el inspector Dalgliesh seguramente sí —dijo Deborah cansadamente—. Supongo que debería ir y decírselo. De cualquier modo, no tendrá otro remedio, ese hombre tiene una sorprendente facilidad para arrancarle a la gente las verdades más embarazosas.

Hinks parecía preocupado, pero no tuvo necesidad de responder a Deborah porque, después de un rápido golpecillo en la puerta, apareció Dalgliesh. Se acercó a Stephen y le mostró un pequeño tubo, cubierto de barro y envuelto en un pañuelo blanco.

—¿Reconoce esto? —le preguntó.

Stephen se aproximó y miró el tubo un momento, pero no intentó tocarlo.

—Sí, es el tubo de Sommeil del botiquín de papá.

—Contiene siete tabletas de quince miligramos. ¿Afirma usted que faltan tres porque puso diez en el tubo?

—Claro que sí, ya se lo dije. Había diez tabletas de quince miligramos.

—Gracias —dijo Dalgliesh volviéndose nuevamente hacia la puerta.

—¿Nos permite preguntarle cuál es el tubo que encontró? —preguntó Deborah justo cuando la mano de Dalgliesh cogió la manija de la puerta.

Dalgliesh la miró como si la pregunta mereciera considerarse seriamente.

—¿Por qué no? Es probable que al menos uno de ustedes desee saberlo de verdad. La encontró uno de mis hombres y estaba enterrada en la parte del jardín utilizada para la búsqueda del tesoro. Como todos ustedes saben, en ese lugar el césped fue cortado de raíz, incluso hay varios terrones de tierra esparcidos por la superficie. Alguien colocó el tubo en uno de los agujeros y lo tapó con tierra. El responsable de esta hazaña fue tan gentil que señaló el lugar con una de las clavijas de madera grabadas con los nombres de los participantes del juego. Es curioso, señora Riscoe, pero se trata de una clavija que lleva su nombre. Su taza con el cacao adulterado, su clavija señalando el tubo escondido...

—Pero, ¿por qué?, ¿por qué? —preguntó Deborah.

—Si alguno de ustedes desea responder esa pregunta, me encontrará en el despacho durante una o dos horas más. Me imagino que usted debe de ser el señor Hinks —dijo con cortesía—, estaba deseando verle. Si le parece oportuno, tal vez podría concederme unos minutos ahora.

El pastor miró a los Maxie con pena y curiosidad y por un momento pareció que iba a decir algo. Luego, sin pronunciar palabra, siguió a Dalgliesh fuera de la sala.

3

Dalgliesh no consiguió entrevistar al doctor Epps antes de las diez. El médico había estado fuera casi todo el día, ocupado en casos que aunque hubieran sido lo suficientemente urgentes para merecer una visita en domingo, también le habían servido de excusa para posponer el interrogatorio. Si tenía algo que ocultar, le había sobrado tiempo para decidir las tácticas a emplear. No era un claro sospechoso, para empezar era difícil atribuirle un motivo, pero era el médico de los Maxie y un íntimo amigo de la familia. No obstruiría la justicia a sabiendas, pero podía tener ideas poco ortodoxas sobre el significado de la justicia y se escondería detrás del escudo de la discreción profesional para evitar las preguntas comprometedoras. Dalgliesh ya había tenido problemas con este tipo de testigo. Pero sus preocupaciones eran infundadas. El doctor Epps, como si atribuyera un valor profesional a la visita, lo invitó de buena gana al consultorio de ladrillos que había sido equivocadamente adosado a su casa georgiana, y se acomodó en la silla giratoria de su escritorio. Hizo señas a Dalgliesh para que se sentara en la silla de sus pacientes, de estilo Windsor y tan desconcertantemente baja que era difícil sentirse cómodo en ella o tomar la iniciativa. Dalgliesh tuvo la impresión de que el médico iba a formularle una serie de preguntas personales y vergonzosas. De hecho, el doctor Epps había decidido llevar la voz cantante, aunque eso no molestó a Dalgliesh, que sabía reconocer cuándo era conveniente escuchar en silencio. El médico encendió una pipa grande y de forma extraña.

—No voy a ofrecerle un cigarrillo ni tampoco una copa porque sé que ustedes no suelen beber con los sospechosos. —Dirigió una aguda mirada a Dalgliesh para ver su reacción, pero al no obtener respuesta, dio varias chupadas a su pipa y comenzó a hablar—. No voy a hacerle perder el tiempo hablando de cuánto me ha afectado este asunto. Parece increíble, pero lo cierto es que alguien la mató, puso sus manos alrededor del cuello de la joven y la estranguló. Debe de haber sido terrible para la señora Maxie..., y para la chica también, por supuesto, pero como es natural, yo pienso en los vivos. Stephen me llamó alrededor de las siete y media y sin duda la joven ya estaba muerta, lo había estado durante al menos siete horas, por lo que pude apreciar. El forense estará más informado que yo sobre ese particular. La joven no estaba embarazada, yo la atendí por algunas pequeñas dolencias y estoy seguro de ello. Sin duda, será una gran decepción para el pueblo, a la gente le gusta escuchar lo peor, y me imagino que hubiese sido un buen motivo, al menos para alguien en concreto.

—Hablando de motivos —dijo Dalgliesh—, podríamos empezar con el compromiso de Stephen Maxie.

—Pamplinas —dijo el doctor, removiéndose incómodo en la silla—, ese chico es un tonto. No tiene un céntimo aparte de lo que gana como médico, que le aseguro que no es mucho. Por supuesto, le quedará algo cuando su padre muera, pero estas viejas familias viviendo en propiedades que constituyen su único capital..., bueno, es un milagro que no hayan tenido que vender. El gobierno está haciendo todo lo posible para arruinarlos con los impuestos y ese tal Price se llena de cuentas bancarias y engorda gracias a sus gastos libres de impuestos. ¡Me pregunto si nos hemos vuelto todos locos! Aunque todo esto no viene al caso, puedo asegurarle que el señor Maxie no está en condiciones de casarse con nadie por el momento. ¿Y dónde pensaba que iba a vivir Sally? ¿En Martingale con su suegra? Es un loco y necesitaría que le examinaran la cabeza.

—Lo cual deja bien claro —dijo Dalgliesh— que este proyecto de matrimonio hubiese sido calamitoso para los Maxie y por lo tanto habría varias personas interesadas en que no sucediera.

—¿Tanto como para matar a la chica? ¿Para dejar a ese niño sin madre además de sin padre? ¿Qué tipo de personas cree que somos?

Dalgliesh no respondió. Los hechos eran irreversibles, alguien había matado a Sally Jupp, alguien a quien ni siquiera había detenido la presencia del niño dormido. Pero reparó en que el médico era un claro aliado de la familia. «¿Qué tipo de personas cree que somos?», era obvio de parte de quién estaba.

En aquella pequeña habitación estaba oscureciendo y, gruñendo por el mínimo esfuerzo, el médico se estiró hacia el otro extremo de la mesa y encendió una lámpara. Era una lámpara articulada, así que la ajustó con cuidado de modo que un rayo intenso de luz cayera sobre sus manos dejando su rostro a la sombra. Dalgliesh comenzaba a cansarse, pero aún quedaba mucho que hacer antes de que acabara su jornada de trabajo.

—Tengo entendido que el señor Simon Maxie es su paciente —dijo Dalgliesh, entrando de lleno en el tema principal de su visita.

—Por supuesto, siempre lo ha sido. Ya no se puede hacer mucho por él, solo es cuestión de tiempo y atención. Martha se ocupa de él en su mayor parte. Pero sí, es mi paciente, ya está desahuciado, padece una arteriosclerosis avanzada con complicaciones de diversa índole. Si está pensando que trepó por la ventana para matar a la criada, se equivoca. Dudo que conociera su existencia.

—Tengo entendido que usted le ha estado recetando unas tabletas para dormir desde hace aproximadamente un año.

—Ojalá dejara de decir que tiene entendido esto, lo otro o lo de más allá. Sabe perfectamente que lo hice, no es ningún secreto. Aunque no sé qué tienen que ver con todo este asunto. —De repente se irguió—. ¿No me dirá que la joven estaba drogada?

—Aún no tenemos el informe de la autopsia, pero parece muy probable.

—Eso no es nada bueno —dijo el médico, sin simular que no había atendido.

—Digamos que estrecha bastante el círculo de probabilidades, pero también hay otros detalles inquietantes.

Dalgliesh le contó al médico lo de las tabletas desaparecidas, dónde se suponía que Sally las había encontrado, lo que Stephen había hecho con las diez tabletas y el hallazgo del tubo en el terreno de la búsqueda del tesoro. Cuando acabó hubo un momento de silencio, el médico se recostaba contra el respaldo de la silla que al principio a Dalgliesh le había parecido demasiado pequeña para soportar el peso de su dueño fornido y jovial. Cuando por fin habló, su voz sorda y profunda sonó vieja y cansada.

—Stephen no me lo dijo, no tuvo muchas oportunidades con lo de la feria, por supuesto. Tal vez cambiara de idea, o pensara que, de cualquier modo, no había mucho que yo pudiera hacer. Pero yo debí haberme dado cuenta, él no podía pasar por alto un descuido semejante, es su padre, mi paciente. Conozco a Simon Maxie desde hace treinta años, traje a sus hijos al mundo, y uno tiene la obligación de conocer a sus pacientes, saber cuándo necesitan ayuda. Yo me limitaba a dejar la receta semana tras semana, últimamente ni siquiera iba allí muy seguido, no parecía necesario. Me pregunto cómo es posible que Martha no se enterara, ella lo atendía, se encargaba de todo, debía de saber lo de las tabletas; eso, si Sally dijo la verdad.

—Es difícil imaginar que lo inventara todo. Además, tenía las tabletas y supongo que solo pueden conseguirse con receta médica, ¿verdad?

—Sí, no se puede entrar en una farmacia y pedirlas sin más. Debe de ser cierto, en realidad nunca dudé de que lo fuera. Me siento culpable, debí haber advertido lo que estaba sucediendo en Martingale, no solo a Simon Maxie, sino a todos los demás.

«Así que piensa que lo hizo uno de ellos —pensó Dalgliesh—. No está muy seguro del giro que están tornando las cosas y eso no le gusta. No le culpo, es consciente de que este es un crimen cometido por alguien de Martingale. Pero, ¿está seguro?, y si lo está, ¿sabe de quién se trata?»

Lo interrogó acerca de la noche del sábado en Martingale. La versión del doctor Epps sobre la aparición de Sally antes de la cena y la revelación de la proposición de Stephen fue bastante menos dramática que la de Catherine Bowers o la de la señorita Liddell, pero coincidía en lo esencial. Confirmó que ni él ni la señorita Liddell habían abandonado el despacho durante el recuento del dinero y que había visto a Sally Jupp subiendo por la escalera principal cuando él y su anfitriona pasaban por el vestíbulo en dirección a la puerta delantera. Le parecía que Sally estaba vestida con una bata y que llevaba algo, pero no podía recordar qué. Podía haber sido una taza con un platillo, o tal vez una jarra. No había hablado con ella y esta había sido la última vez que la había visto con vida.

Dalgliesh le preguntó a qué otra persona del pueblo le había recetado Sommeil.

—Tendría que mirar mis notas para decírselo con exactitud. Me llevará aproximadamente media hora. No es una prescripción muy frecuente, y solo recuerdo uno o dos pacientes que lo toman, aunque por supuesto puede haber otros. Lo toman sir Reynold Price, la señorita Pollack de St. Mary y el señor Maxie, por supuesto. Pero, ya que lo menciona, ¿qué medicamento está tomando ahora?

—Sigue con el Sommeil. Según tengo entendido, el doctor Maxie le ha recetado su equivalente en solución. Y ahora, doctor, ¿me permitiría intercambiar unas palabras con su ama de llaves antes de irme?

Pasó casi un minuto antes de que el médico diera señales de haberle oído. Luego se levantó de la silla murmurando una disculpa y lo condujo a la casa. Allí Dalgliesh tuvo ocasión de comprobar, con mucho tacto, que la noche anterior el doctor había llegado a casa a las diez y cuarenta y cinco y que lo habían llamado para un parto a las once y diez. No esperaba oír otra cosa, tendría que confirmarlo con la familia de la paciente, pero sin duda estos podrían ofrecer una coartada para el médico hasta las tres y media de la madrugada, hora en que habría dejado a la señora Baines de Nessingford llena de orgullo por el nacimiento de su primer hijo. El doctor Epps había estado ocupado trayendo una vida al mundo casi toda la noche del sábado, y no quitándosela a Sally Jupp.

El doctor murmuró algo acerca de una visita de última hora y acompañó a Dalgliesh hasta la salida, protegiéndose del viento de la noche con un abrigo opulento y voluminoso, al menos dos tallas grande para él. Cuando llegaban al portalón, el médico, que había hundido sus manos en los bolsillos, dio un pequeño respingo de sorpresa y abrió su mano derecha enseñando un pequeño tubo. Estaba casi lleno de tabletas marrones. Los dos hombres lo miraron en silencio un momento.

—Sommeil —dijo por fin el doctor Epps.

Dalgliesh sacó un pañuelo, envolvió el tubo en él y se lo metió en el bolsillo. Notó con interés el instintivo gesto de resistencia del médico.

—Debe de ser de sir Reynold, inspector, nada que ver con la familia. Este era el abrigo de Price —hablaba a la defensiva.

—¿Cuándo adquirió el abrigo, doctor? —preguntó Dalgliesh.

Otra vez hubo una larga pausa, entonces el médico pareció advertir que había cosas que era inútil tratar de ocultar.

—Lo compré el sábado, en la feria de la iglesia. Lo compré por seguir una broma de... la persona que atendía el tenderete.

—¿Y quién era esa persona? —preguntó Dalgliesh implacable.

—La señora Riscoe —contestó el doctor Epps gravemente y sin mirarle a los ojos.

4

El domingo, profano y eterno, había dejado como legado una semana tan dislocada que el lunes amaneció sin color ni individualidad, apenas el proyecto de un día. Había más correspondencia de la habitual, resultado de la eficiencia del teléfono ubicuo y de algunos medios de comunicación provincianos más sutiles y menos científicos. Seguramente la correspondencia del día siguiente sería más abundante todavía, cuando las noticias del crimen de Martingale alcanzaran a aquellos que obtenían su información a través de la prensa. Deborah había encargado media docena de periódicos y su madre se preguntó si lo haría como un gesto de provocación o por verdadera curiosidad.

La policía seguía ocupando el despacho de la casa, aunque habían dicho que más tarde se trasladarían al Moonraker's Arms. La señora Maxie maldecía en secreto tener que cocinar para ellos. La habitación de Sally permanecía cerrada, solo Dalgliesh tenía la llave y no daba ninguna explicación sobre sus frecuentes visitas allí ni sobre lo que había encontrado o deseaba encontrar en el lugar del crimen.

Por la mañana temprano había llegado Lionel Jephson, melindroso, escandalizado e incompetente, y la familia solo esperaba que fastidiara a la policía tanto como a ellos. Tal como Deborah había vaticinado, se encontraba perdido en medio de una situación tan ajena a sus intereses habituales y a su experiencia. Su evidente ansiedad y sus repetidas advertencias sugerían que, o bien albergaba alguna duda acerca de la inocencia de sus clientes, o tenía poca fe en la eficacia de la policía. Todos se sintieron aliviados cuando se fue a la ciudad, poco antes de la comida, a consultar con un colega.

A las doce en punto el teléfono sonó por enésima vez.

—¡Es espantoso, querida amiga! —resonó la voz de Reynold Price del otro lado de la línea—. ¿Qué está haciendo la policía?

—Creo que están intentando averiguar quién era el padre del niño —contestó la señora Maxie.

—¡Por Dios! ¿Y para qué? Deberían concentrarse en averiguar quién la mató.

—Parecen pensar que existe una conexión entre ambas cosas.

—Tienen unas ideas muy estúpidas. Incluso estuvieron aquí, querían saber algo acerca de unas tabletas que me recetó Epps hace varios meses. Es curioso que él lo recordara después de tanto tiempo. ¿Por qué cree que se preocupan por esas pastillas? Es de lo más extraño. «No pensará arrestarme, inspector», le dije. Era obvio que se estaba divirtiendo. —La risa estridente de sir Reynold retumbó ensordecedora en los oídos de la señora Maxie.

—¡Cuántas molestias le habrán causado! —dijo la señora Maxie—. Me temo que este triste incidente está causando un montón de problemas a todo el mundo. ¿Se fueron contentos?

—¿La policía? Mi querida señora, la policía nunca está contenta. Les dije lisa y llanamente que era inútil buscar algo en esta casa, ya que las criadas ordenan todo lo que no está guardado bajo llave. Imagínese, buscaban un tubo de pastillas que tomaba hace meses. ¡Qué estúpida idea! El inspector pensaba que yo iba a acordarme de cuántas tomé exactamente y de qué ocurrió con las otras. ¡Qué pregunta! Le contesté que yo era un hombre ocupado que tenía algo mejor que hacer con su tiempo. También me interrogaron acerca de los pequeños problemas que tuvimos con St. Mary hace un par de años. El inspector parecía muy interesado en ese asunto y quería saber por qué usted había dimitido de su cargo en el comité y todo lo demás.

—Me pregunto cómo se enteraron de eso.

—Supongo que algún tonto está hablando demasiado. Es curioso que la gente no sepa mantener la boca cerrada, especialmente ante la policía. Ese tipo, Dalgliesh, me dijo que era extraño que usted no estuviera en el comité de St. Mary cuando se ocupa de prácticamente todo en el pueblo. Le dije que usted había dimitido hace dos años a causa de unos problemas y, por supuesto, quiso saber a qué problemas me refería. Me preguntó por qué no nos habíamos librado de la señorita Liddell en aquel momento y yo le contesté: «Mi querido amigo, uno no puede poner de patitas en la calle a alguien después de veinticinco años de servicio, sobre todo cuando no ha actuado de forma deshonesta.» Dejé ese punto muy claro, siempre lo he hecho y siempre lo haré. Es probable que haya habido algún descuido o una confusión general con las cuentas, pero no hubo intenciones deshonestas. Le dije que el comité había hablado con ella, con serenidad y mucho tacto, por supuesto, y que le enviamos una carta confirmando las nuevas medidas financieras para que no hubiera malos entendidos. Una carta bastante dura, hay que reconocerlo. Ya sé que, en su momento, usted pensó que debíamos pasar la casa al comité benéfico diocesano o a una de las asociaciones nacionales de madres solteras, en lugar de mantenerla como una organización privada, y así se lo dije al inspector.

—Pensé que era hora de que dejáramos un trabajo tan difícil en manos de gente entrenada y experimentada, sir Reynold. —Mientras hablaba, la señora Maxie maldijo mentalmente la imprudencia que cometía al recordar esta vieja historia.

—A eso me refería, le dije a Dalgliesh: «Es probable que la señora Maxie tuviera razón, no lo niego, pero lady Price estaba encariñada con la casa, casi podríamos decir que la fundó, y por lo tanto yo no estaba de acuerdo en pasarla a otras manos. Hoy en día no quedan muchos de estos sitios pequeños donde lo que de verdad cuenta es el trato personal, aunque también es cierto que la señorita Liddell había liado bastante las cuentas. Demasiadas preocupaciones para ella, y además la contabilidad no es trabajo de mujeres.» Dalgliesh me dio la razón y los dos nos reímos a gusto.

La señora Maxie le creía, aunque la escena, tal como ella la imaginaba, no resultaba agradable. Sin duda la facilidad para comportarse de distinta manera con cada persona era un requisito indispensable para el éxito de un detective. La señora Maxie estaba convencida de que, una vez acabada la espontánea diversión de aquella charla de hombre a hombre, la mente de Dalgliesh habría elaborado una nueva teoría. ¿Pero cómo era posible? Las tazas para las bebidas calientes estaban listas a las diez y después de esa hora la señorita Liddell no había desaparecido ni un instante de su vista. Juntas habían visto a Sally radiante y feliz llevándose la taza de Deborah a la cama. Si las amenazas de Sally eran fundadas, la señorita Liddell podría haber dispuesto de un motivo, pero no había pruebas de que hubiese tenido los medios para hacerlo, y mucho menos la oportunidad. La señora Maxie, a quien nunca le había agradado la señorita Liddell, esperaba que las casi olvidadas humillaciones de dos años atrás siguieran ocultas y que dejaran en paz a Alice Liddell, que no era muy eficiente ni muy inteligente, pero sí básicamente correcta y bien intencionada.

—Por otro lado, le aconsejo que no dé ninguna importancia a los rumores que corren por el pueblo —continuó sir Reynold—. La gente siempre habla, ya sabe, pero todo acabará cuando la policía encuentre al asesino. Esperemos que se den prisa. Mientras tanto, si hay algo que yo pueda hacer por usted, hágamelo saber. Y no olvide cerrar bien las puertas por las noches, usted o Deborah podrían ser la siguiente víctima. Hay algo más. —La voz de sir Reynold cobró un matiz de conspiración y la señora Maxie tuvo que esforzarse para oír—. Es sobre el pequeño, un niño muy guapo según pude apreciar el día de la feria. Esta mañana pensé que podría hacer algo al respecto. Debe de ser terrible perder a la madre y quedarse sin hogar, alguien debería ocuparse de él. ¿Dónde está ahora? ¿Con usted?

—Jimmy volvió a St. Mary, nos pareció lo mejor. Aún es pronto, sin embargo, y no sé si alguien habrá pensado en su situación.

—Ya es hora de que lo hagan, mi querida señora, ya es hora. Tal vez lo den en adopción, así que será mejor ponerse en la lista, ¿verdad? Supongo que la señorita Liddell se ocupará de ello.

La señora Maxie no encontraba una respuesta apropiada. Estaba más al tanto de las leyes de adopción que sir Reynold y dudaba mucho de que este pudiera considerarse como el candidato más adecuado para hacerse cargo del niño. Si Jimmy era ofrecido en adopción, habría muchas demandas debido a su situación. Ella misma había estado pensando en el futuro del niño, y aunque no lo comentó con sir Reynold, le recordó que los parientes de Sally podrían aceptar hacerse cargo del niño, que no podía decidirse nada hasta conocer sus deseos y que incluso era posible que encontraran al padre. Sir Reynold rechazó esta última posibilidad con un chasquido de burla, pero prometió no apresurarse a hacer nada. Luego colgó, no sin antes repetir sus advertencias sobre los maníacos asesinos. La señora Maxie se preguntó cómo alguien podía ser tan estúpido como sir Reynold y a qué se debería ese súbito interés por Jimmy.

Colgó el teléfono con un suspiro y se concentró en la correspondencia del día. Había media docena de cartas de amigos que, obviamente afectados por el escándalo social, expresaban su pesar a la familia Maxie y total confianza en su inocencia a través de invitaciones a cenar. A la señora Maxie estas muestras de apoyo le parecían más divertidas que reconfortantes. Los tres sobres siguientes procedían de extraños y los abrió sin demasiado convencimiento, pensando que quizá sería mejor tirarlos sin abrir, aunque uno nunca sabe, si lo hacía podría destruir alguna información valiosa. Además, demostraría más valor enfrentándose a lo ingrato, y a Eleanor Maxie nunca le había faltado valor. Pero las primeras dos cartas eran menos desagradables de lo que ella temía y una de ellas, incluso, intentaba ser alentadora. Contenía tres tarjetas con petirrojos y flores en intempestiva proximidad y el texto impreso aseguraba que cualquiera que resistiera hasta el final se salvaría. Pedía una contribución para la propagación de estas ideas y sugería que copiara los textos y los distribuyera entre aquellos amigos que tuvieran problemas. La mayoría de los amigos de los Maxie eran muy discretos con respecto a sus problemas, pero aun así sintió un ramalazo de culpa al arrojarlos a la papelera. La carta siguiente iba dentro de un sobre perfumado de color malva y era de una mujer que decía ser médium y se ofrecía, a cambio de unos pequeños honorarios, a organizar una sesión donde invocaría a Sally Jupp para que nombrara a su asesino. La idea de que las revelaciones de Sally pudieran ser aceptables para los Maxie, indicaba que la autora de la carta les concedía el beneficio de la duda. La última carta llevaba el matasellos local y simplemente preguntaba: «¿No estabas contenta con hacerla trabajar hasta morir, maldita asesina?» La señora Maxie examinó la letra con cuidado, pero no recordaba haberla visto antes. Aun así, el matasellos estaba claro y reconoció que se trataba de un desafío. Decidió bajar al pueblo a hacer algunas compras.

La pequeña tienda del pueblo estaba bastante llena, como siempre, y el zumbido de las voces se detuvo apenas entró ella, dejando claro cuál era el tema de conversación. Allí estaban la señora Nelson, la señorita Pollack, el viejo Simon de la granja Weir, que era considerado el habitante más antiguo del pueblo y parecía pensar que eso lo eximía del más mínimo esfuerzo en su higiene personal, y una o dos mujeres de las nuevas granjas agrícolas cuyas caras y personalidades, si las tenían, aún desconocía. Hubo un murmullo general de «Buenos días» como respuesta a su saludo.

—Un día muy bonito —se atrevió a decir la señorita Pollack antes de consultar apresuradamente su lista de la compra, intentando ocultar su cara enrojecida detrás de las pilas de paquetes de cereales para el desayuno.

El señor Wilson dejó las facturas que le entretenían fuera de escena y se acercó, más cortés que nunca, a atender a la señora Maxie. Era un hombre alto, delgado, de aspecto enfermizo y su cara reflejaba tal infelicidad que daba la impresión de estar al borde de la ruina, y no de ser el propietario de un pequeño y floreciente negocio. Oía más cotilleos que cualquier otra persona del pueblo, pero daba su opinión tan pocas veces que sus palabras eran escuchadas con gran respeto y frecuentemente recordadas. Hasta ahora no había hablado del tema de Sally, pero eso no significaba que no considerara el tema digno de comentarios ni que se reprimiera por reverencia ante una muerte súbita. Tarde o temprano, todos lo presentían, el señor Wilson iba a pronunciar su sentencia, y la gente del pueblo se sorprendería mucho si la sentencia de la ley, ofrecida más tarde y con más ceremonia, no era sustancialmente la misma. Cogió el pedido de la señora Maxie en silencio y se ocupó de atender personalmente a su más valioso cliente, mientras una a una las mujeres murmuraban palabras de despedida y se escabullían presurosas de la tienda.

Cuando se fueron todas, el señor Wilson miró alrededor con aire de conspirador, elevó sus ojos acuosos hacia arriba como pidiendo consejo, y se inclinó sobre el mostrador en dirección a la señora Maxie.

—Derek Pullen —dijo—. Fue él.

—Me temo que no sé qué quiere decir, señor Wilson. —La señora Maxie era sincera e incluso podía haber agregado que tampoco tenía interés por saberlo.

—No quiero decir nada, señora. Creo que hay que dejar que la policía haga su trabajo, pero si la molestan en Martingale, pregúnteles si saben dónde fue Derek Pullen el sábado por la noche, hágalo. Pasó por aquí más o menos a las doce, yo mismo lo vi desde la ventana de mi habitación.

El señor Wilson se incorporó con la expresión satisfecha de un hombre que acaba de formular un juicio definitivo e incuestionable y volvió a la suma de la factura de los Maxie cambiando radicalmente de actitud. La señora Maxie sintió que debía decirle que era su obligación comunicar cualquier información que tuviera o creyera tener a la policía, pero no pudo hacerlo. Recordó a Derek Pullen tal como lo había visto por última vez, un joven pequeño y con espinillas que usaba trajes entallados y zapatos baratos. Su madre era miembro del Instituto de la Mujer y su padre trabajaba para sir Reynold en la más grande de sus dos granjas. Era ridículo e injusto. Si Wilson no mantenía la boca cerrada, la policía iría a casa de los Pullen antes del anochecer y solo Dios sabe lo que les obligarían a decir. El chico parecía tímido y seguramente perdería el poco juicio que aparentaba tener. Entonces la señora Maxie recordó que alguien había estado en la habitación de Sally aquella noche y que podía haber sido Derek Pullen. Si Martingale podía salvarse de algún modo, debía dejar clara sus lealtades.

—Si tiene información, señor Wilson —dijo ella—, creo que debería hablar con el inspector Dalgliesh. De lo contrario podría hacer daño a gente inocente con acusaciones de ese tipo.

El señor Wilson recibió esta suave reprimenda con la mayor satisfacción, como si fuera la confirmación que necesitaba para sus teorías. Era evidente que ya había dicho todo lo que pretendía decir y para él el tema estaba zanjado.

—Cuatro y cinco y diez y nueve y una libra y un chelín hacen una libra con dieciséis y dos, por favor, señora —recitó.

La señora Maxie pagó.

5

Mientras tanto, Dalgliesh estaba en el despacho interrogando a Johnnie Wilcox, un muchacho de doce años, desaliñado y pequeño para su edad. Se había presentado en Martingale diciendo que el pastor lo había enviado a ver al inspector con un mensaje muy importante. Dalgliesh lo recibió con solemne cortesía, lo invitó a sentarse y le dijo que contara su historia con tranquilidad. Así lo hizo, con claridad y precisión, y fue el relato más desconcertante que Dalgliesh había oído en los últimos tiempos.

Aparentemente Johnnie había sido elegido, junto con otros miembros de la escuela dominical, para ayudar con la preparación del té y el lavado de platos en la feria de la iglesia. Casi todos los muchachos pensaban que era una tarea servil, degradante y, francamente, no demasiado divertida. Es cierto que les habían prometido un festín con los restos de comida, pero las tiendas de té eran muy populares y el año anterior habían llegado varios ayudantes para echar una mano a última hora y compartir los restos con aquellos que habían soportado el calor todo el día. Johnnie Wilcox no veía la ventaja de esperar tanto, y en cuanto llegaron los suficientes niños para que su ausencia pasara desapercibida, cogió dos sándwiches de pescado, tres bollos de chocolate y un par de pastelillos de mermelada y se llevó todo al establo de Bocock, confiado en que este estaría ocupado con los paseos de ponis.

Johnnie llevaba un rato sentado tranquilamente, comiendo y leyendo un tebeo —era inútil pretender que calculara el tiempo exacto, pero sabía que entonces solo quedaba un bollo de chocolate—, cuando escuchó pasos y voces. Había subido allí para quedarse a solas, pero ahora dos personas estaban entrando al establo. No esperó a ver si subían al granero, sino que tuvo la precaución de marcharse a un rincón con su bollo, y se escondió detrás de un gran atado de paja. No se trataba exactamente de un acto de timidez. Johnnie se había ahorrado muchos incidentes desagradables, desde zurras a tener que irse a dormir temprano, gracias a su capacidad para advertir cuándo era conveniente no ser visto. Esta vez, su cautela volvía a estar justificada, ya que los pasos subieron al granero y escuchó cómo alguien cerraba la trampilla. Después no tuvo más remedio que sentarse aburrido y en silencio, masticando su bollo lentamente para hacerlo durar hasta que los visitantes se fueran. Solo había dos personas, estaba seguro de eso, y una de ellas era Sally Jupp. Había visto su pelo un instante cuando entraba por la trampilla, aunque había tenido que esconderse antes de poder verla entera. Pero no tenía ninguna duda, Johnnie conocía a Sally bastante bien como para estar seguro de haberla visto y oído en el granero el sábado por la tarde, aunque no había visto ni reconocido al hombre que estaba con ella. Con Sally en el granero, hubiese sido peligroso asomarse fuera del atado de paja, pues hasta el más mínimo movimiento provocaba un montón de ruido, así que Johnnie había empleado todas sus energías en mantenerse perfecta e increíblemente inmóvil. En parte porque la paja apagaba las voces y en parte porque las conversaciones de los adultos solían parecerle aburridas e incomprensibles, no hizo ningún esfuerzo para entender lo que decían. Todo lo que Dalgliesh pudo sacar en limpio fue que los dos visitantes parecían estar discutiendo, aunque en voz baja, que alguien había mencionado cuarenta libras y que Sally Jupp había dicho que no habría riesgos si no perdía la calma y que «mirara la luz». Johnnie dijo que habían hablado mucho tiempo, pero siempre en voz baja y rápidamente, por lo cual solo recordaba esas frases. No sabía cuánto tiempo habían estado en el granero, pero le había parecido un tiempo larguísimo y ya estaba tieso y aburrido cuando escuchó el sonido de la trampilla y la chica y su acompañante salieron del granero. Sally había salido primero y el hombre después. Johnnie no se había atrevido ni a asomar la nariz fuera de su escondite hasta oír los pasos en la escalera. Después había alcanzado a ver una mano con un guante marrón cerrando la trampilla, había esperado unos minutos y había vuelto a la feria, donde su ausencia no había suscitado mayor interés. Esa era, en suma, toda la aventura de Johnnie Wilcox durante la tarde del sábado y resultaba exasperante pensar cómo unos pocos cambios en las circunstancias hubieran aumentado su valor. Si Johnnie hubiese sido un poco más audaz, podría haber visto al hombre; si hubiese sido un poco mayor o del sexo contrario, seguramente habría considerado este encuentro algo más que la interrupción de un festín y habría escuchado y recordado la mayor parte posible de la conversación. Pero tal como estaban las cosas, era difícil conceder una interpretación a las frases sueltas que había oído. Parecía un niño sincero y de fiar, aunque dispuesto a admitir que podía haber cometido un error. Pensó que Sally había mencionado «la luz», pero podía haberlo imaginado, en realidad no estaba escuchando y ellos hablaban en voz baja. Pero, por otro lado, no tenía ninguna duda de que se trataba de Sally y de que la conversación no era amistosa. No estaba seguro de qué hora era cuando dejó el establo, el té comenzaba a eso de las tres y media y duraba tanto como la gente quisiera o hasta que se acabara la comida. Johnnie pensaba que serían las cuatro y media cuando escapó de la vigilancia de la señora Cope, pero no podía recordar cuánto tiempo había estado escondido en el granero, aunque le había parecido un rato muy largo. Dalgliesh tendría que contentarse con eso. Todo parecía indicar que se trataba de un caso de chantaje y era posible que hubieran concertado otra cita. Pero el hecho de que Johnnie no reconociera la voz del hombre podría probar de forma concluyente que no era Stephen Maxie ni un hombre del pueblo, a quienes seguramente hubiese reconocido. Esto al menos apoyaba la teoría de que había otro hombre en juego; si Sally estaba chantajeando a este extraño y él se encontraba en la feria de la iglesia, las cosas se pondrían mejor para los Maxie. Mientras le daba las gracias a Johnnie, le advertía que no comentara con nadie esta experiencia y le daba permiso para que fuera a contarle al pastor todo lo sucedido, la mente de Dalgliesh ya estaba ocupada con nuevas pruebas.

CAPÍTULO SEIS

1

La encuesta fue programada para las tres de la tarde del martes y los Maxie la esperaban impacientes ya que al menos constituía un deber reconocido que podría ayudarles a superar aquellas horas molestas e interminables. Tenían una constante sensación de inquietud similar a la tensión de un día tormentoso en que el temporal es inevitable pero tarda en llegar. La tácita presunción de que ninguno de los presentes en Martingale podía ser el asesino imposibilitaba cualquier discusión realista sobre la muerte de Sally, todos tenían miedo de hablar demasiado o con la persona equivocada. Deborah pretendía que se pusieran de acuerdo y que al menos establecieran una estrategia común con fundamentos sólidos, pero cuando Stephen apoyó su idea con timidez, ella se echó atrás súbitamente asustada. Cuando hablaba de Sally, Stephen resultaba insufrible.

Felix Hearne era otra cosa, con él se podía hablar prácticamente de todo, no temía a la muerte ni se intimidaba ante ella y por lo visto no consideraba de mal gusto hablar de la de Sally Jupp de forma desapasionada, incluso jocosa. Al principio Deborah tomaba parte en estas conversaciones como en un alarde de jactancia, pero más tarde descubrió que el humor era solo un intento infructuoso para ocultar el miedo. Ahora, poco antes de la comida del martes, caminaba entre los rosales mientras Felix, a su lado, soltaba un torrente de gloriosas estupideces, incitándola a elaborar una serie de teorías igualmente insensibles y divertidas.

—Ahora en serio, Deborah, si yo estuviera escribiendo un libro, diría que fue uno de los chicos del pueblo, Derek Pullen, por ejemplo.

—Pero no fue él, y además no tiene un motivo.

—El motivo es lo último en que hay que pensar, siempre se puede encontrar uno. Tal vez ella lo estaba chantajeando, tal vez lo estaba presionando para que se casara con ella y él no quería. Podría haberle dicho que esperaba otro bebé, y aunque no fuera cierto, él no tenía forma de saberlo. Ya ves, habían tenido la típica relación apasionada. Yo lo describiría como un tipo tranquilo, pero, en el fondo, ardiente; esos son capaces de todo, al menos en las novelas.

—Pero ella no quería casarse con él, para eso tenía a Stephen. No iba a querer casarse con Derek Pullen teniendo a alguien como Stephen.

—Estás hablando, si me permites decírtelo, con la ciega parcialidad de una hermana. Pero veámoslo a tu manera, ¿a quién sugieres?

—Supongamos que fuera papá.

—¿Te refieres al anciano que está postrado en la cama?

—Sí, aunque en realidad no lo estaba. Podría ser una trama de Gran Guiñol, el anciano caballero no quería que su hijo se casara con la pícara desvergonzada así que se arrastró hasta el piso de arriba, peldaño a peldaño, y la estranguló con su antigua corbata del colegio.

Felix consideró esta posibilidad y la rechazó.

—¿Por qué no lo convertimos en el crimen del visitante misterioso con un título de corto cinematográfico? ¿Quién es él? ¿De dónde viene? ¿Será el padre del niño?

—No, no lo creo.

—Pues lo era. Había conocido a la víctima cuando ella estaba en su primer empleo. Dejaré caer un velo sobre aquel penoso episodio, pero es fácil imaginar su sorpresa y horror al encontrarla otra vez, la joven que él había seducido, en casa de su novio y con su propio hijo.

—¿Y él tiene novia?

—Por supuesto. Una viuda muy atractiva a quien está dispuesto a atrapar a toda costa. La pobre joven seducida le amenaza con contarlo todo y él se ve obligado a silenciarla. Lo describiría como un personaje cínico y desagradable, así cuando lo cogiera la policía, nadie se preocuparía.

—¿No te parece un poco sórdido? ¿Por qué no culpar a la directora de St. Mary? Podría ser una de esas novelas psicológicas, con observaciones eruditas al comienzo de cada capítulo y abundantes interpretaciones freudianas.

—Si lo que quieres son interpretaciones freudianas, tendremos que inclinarnos por el tío de la víctima, así tendríamos una buena excusa para un profundo análisis psicológico. Como es lógico, él era un hombre duro y de pocas luces que la había echado de casa cuando ella quedó embarazada; pero, como todos los puritanos de las novelas, era tan malo como ella. Había tenido relaciones con una pobre jovencita que había conocido en el coro de la iglesia y que ahora estaba con su bebé en el mismo asilo que la víctima, entonces Sally se enteraba de la verdad y le pedía treinta billetes a la semana a cambio de mantener la boca cerrada. Por supuesto, él no podía correr ese riesgo, era demasiado respetable para ello.

—¿Y qué hizo Sally con los treinta billetes?

—Abrió una cuenta a nombre del bebé, por supuesto. Todo se sabrá a su debido tiempo.

—Sería bueno que así fuera. ¿Pero no olvidas a la futura cuñada de la víctima? En su caso no sería difícil encontrar motivos.

—Pero ella no era una asesina —dijo Felix tranquilamente.

—¡Diablos, Felix! ¿Es necesario que actúes con tanto tacto?

—¿Esperas que vaya por ahí despertando sospechas y resentimiento solo por divertirme, cuando sé perfectamente que tú no mataste a Sally Jupp?

—Yo la odiaba, Felix, la odiaba de verdad.

—Muy bien, cariño, pero no te apresures en confiar tus sentimientos a la policía. Son hombres competentes, sin duda, y tienen unos modales maravillosos. Es probable que su imaginación sea un tanto limitada; después de todo, el sentido común es su mejor arma y la base de todo el trabajo de un detective. Tienen su propio método y sus propios medios, así que no vayas a facilitarles un motivo, déjales que trabajen un poco para justificar el gasto de los contribuyentes.

—¿Crees que Dalgliesh descubrirá quién lo hizo? —preguntó Deborah después de una breve pausa.

—Es probable que ya lo sepa —contestó Felix con calma—, pero juntar las pruebas necesarias para fundamentar los cargos es otro asunto. Quizás esta tarde nos enteremos de hasta dónde ha llegado la policía o al menos de lo que quieran decirnos. Tal vez Dalgliesh se divierta dejándonos en suspenso, pero tarde o temprano tendrá que enseñarnos las cartas.

La encuesta fue un alivio y una decepción a la vez. El *coroner* presidía la reunión sin un jurado, era un hombre de voz apacible con la cara tristona de un perro San Bernardo y que daba la impresión de haberse metido en la sala por error. A pesar de todo, sabía lo que quería y no perdió el tiempo. Había menos gente del pueblo de la que esperaban los Maxie, probablemente habrían decidido conservar su tiempo y energía para la más entretenida celebración del funeral. Lo cierto es que los pocos presentes no se fueron con mucha más información de la que traían, ya que el *coroner* redujo todo el asunto a una elemental simpleza. Una mujer nerviosa e insignificante, por lo visto tía de Sally, testificó sobre la identificación del cadáver. Stephen Maxie declaró acerca del hallazgo del cuerpo, pero se le interrogó muy brevemente sobre detalles concretos. El testimonio del médico demostró que la muerte fue producida por inhibición vagal como consecuencia de la estrangulación manual, que había sido inmediata y que habían hallado unos veinte miligramos de restos de barbitúricos en su estómago. El *coroner* formuló solo las preguntas imprescindibles para determinar los hechos y la policía pidió un aplazamiento que le fue concedido. Había un ambiente muy informal, casi amistoso, los testigos se encogían en las pequeñas sillas utilizadas por los niños de la escuela dominical mientras el *coroner* languidecía sobre los autos desde el estrado junto al inspector. En las ventanas había frascos de mermelada con flores y, sobre la pared, una lámina mostraba la senda cristiana, desde el bautismo al funeral, con dibujos coloreados a mano. En este inapropiado lugar, la ley, con formalidad pero sin alboroto, decidió que Sally Jupp había muerto a causa de una acción criminal.

2

Ahora había que enfrentarse al funeral. Aquí, al contrario que en la encuesta, la asistencia era optativa y la única que no tuvo dudas al tomar su decisión fue la señora Maxie. No tenía ningún reparo y dio a entender que tenía toda la intención de estar presente; aunque no habló del asunto, su postura era evidente. Sally Jupp había muerto en su casa y mientras trabajaba para ellos. Sus únicos parientes no parecían dispuestos a perdonarle que su muerte fuera tan vergonzosa y poco ortodoxa como su vida, así que no tomarían parte en el funeral, que saldría de St. Mary y sería costeado por dicha institución. Pero más allá de la necesidad de que alguien asistiera, los Maxie tenían una responsabilidad; si alguien muere en la casa de uno, lo mínimo que puede hacerse es asistir al funeral. La señora Maxie no se explicó en estos términos, pero sus hijos estaban en lo cierto al creer que se trataba de simple cortesía y que aquellos que ofrecían a otros la hospitalidad de su casa debían, si por desgracia resultaba necesario, extender esa hospitalidad acompañándolos hasta la tumba. En todas sus fantasías acerca de la vida en Martingale durante la investigación del asesinato, Deborah nunca llegó a imaginar el papel preponderante que tendrían las pequeñas cuestiones de etiqueta o buen gusto. Era sorprendente que toda la fatigosa ansiedad que sentían ante su futuro fuera, al menos temporalmente, menos apremiante que la preocupación acerca de si la familia debía o no enviar una corona al funeral, y en caso afirmativo, cuáles serían las palabras de condolencia más apropiadas para escribir en la tarjeta. Esta cuestión tampoco parecía preocupar a la señora Maxie, quien se limitó a preguntar si pensaban mandarla en nombre de todos o si Deborah enviaría su propia corona.

Stephen, por lo visto, había sido eximido de asistir al funeral. La policía le había dado permiso para regresar al hospital después de la encuesta y no volvería a Martingale hasta la noche del sábado siguiente, a excepción de visitas fugaces, y nadie esperaba que enviara una humilde corona para satisfacción de los cotillas del pueblo. Tenía todas las excusas para regresar a Londres y seguir con su trabajo, ni siquiera Dalgliesh podía pretender que se quedara en Martingale por tiempo indefinido para conveniencia de la policía.

Si bien Catherine tenía una excusa igualmente justificada para regresar a Londres, no la hizo valer. Por lo visto, aún le quedaban siete días de sus vacaciones anuales y aceptaba gustosamente pasarlas en Martingale, ya había hablado con su supervisora y esta estaba de acuerdo. En caso necesario, no tendría ningún reparo en ayudar a la señora Maxie, y sin duda su colaboración sería necesaria. Había que hacerse cargo de la laboriosa atención del señor Maxie, la investigación de Dalgliesh obstruía con frecuencia la marcha de las tareas domésticas y había que suplir la ausencia de Sally.

Cuando quedó claro que la señora Maxie iba a ir al funeral, Deborah, dispuesta a reprimir su instintiva aversión por todo este asunto, anunció que también pensaba asistir. No le sorprendió que Catherine expresara las mismas intenciones, pero fue una sorpresa, a la vez que un alivio, que Felix decidiera acompañarlas.

—No es en absoluto necesario —dijo enfadada—. No entiendo qué necesidad hay de montar todo este lío. Personalmente lo encuentro morboso y de mal gusto, pero si quieres venir a papar las moscas, allá tú, el espectáculo es gratuito. —Salió de la sala, pero minutos después volvió y le habló con aquella desconcertante formalidad que a él le parecía tan conmovedora—. Lamento haber sido tan grosera, Felix. Por favor, ven si así lo deseas, ha sido muy amable de tu parte pensar en acompañarnos.

De repente Felix se sintió enfadado con Stephen. Si bien era cierto que el joven tenía que volver al trabajo, era típico de él, y a la vez exasperante, que tuviera una excusa tan simple y apropiada para eximirse de aquella desagradable responsabilidad. Por supuesto, ni Deborah ni su madre veían las cosas de aquel modo, y Catherine Bowers, pobre diablo, estaba dispuesta a perdonar a Stephen cualquier cosa. Ninguna de las mujeres atribuiría todas aquellas molestias e inconvenientes a Stephen, aunque, según Felix, nada de aquello hubiese ocurrido si el joven hubiera reprimido sus impulsos quijotescos. Felix esperaba el funeral embargado por un frío sentimiento de ira, intentando desechar la sospecha de que parte de ese resentimiento se debía a su frustración y parte a la envidia.

Era otro día maravilloso, la gente iba vestida con ropas veraniegas y algunas de las jóvenes llevaban atuendos más apropiados para la playa que para un cementerio. Sin duda muchos habían salido de excursión y solo por casualidad se habían enterado de que en el jardín de la iglesia habría un espectáculo más entretenido. Iban cargados con las sobras del festín, y algunos seguían dando cuenta de bocadillos o naranjas, pero todos se comportaban con corrección al acercarse a la tumba. La muerte tiene un efecto calmante casi universal, y las pocas risitas nerviosas fueron rápidamente acalladas por las miradas furiosas de los más convencionales. No era su conducta lo que molestaba a Deborah, sino el mero hecho de que estuvieran allí. El terrible desprecio y la ira que la dominaban resultaban alarmantes por su intensidad, aunque más tarde se alegraría de que este estado de ánimo no dejara lugar para la pena o la vergüenza.

Los Maxie, Felix Hearne y Catherine Bowers tomaron posición junto a la tumba abierta, mientras la señorita Liddell y un grupo de chicas de St. Mary se apiñaban detrás. Dalgliesh y Martin estaban enfrente, policía y sospechosos cara a cara a cada lado de la tumba abierta. Un poco más allá, el sacerdote de una parroquia desconocida celebraba otro funeral. Los pocos asistentes vestían de negro y se amontonaban junto a la tumba en un círculo tan estrecho, que parecían entregados a algún culto secreto y esotérico que los demás no debían observar. Nadie se fijaba en ellos y los susurros de los asistentes al funeral de Sally impedían oír la voz de su sacerdote. Poco después se fueron en silencio y Deborah pensó que al menos ellos habían enterrado a su muerto con dignidad. Pero ahora Hinks estaba pronunciando unas palabras. Con buen tino, evitó mencionar las circunstancias de la muerte de Sally, pero dijo suavemente que los caminos de la Providencia eran extraños y misteriosos, una observación que ninguno de los oyentes estaba en condiciones de rechazar, a pesar de que la presencia de la policía sugería que, al menos en este caso, parte del misterio era fruto de la mano del hombre.

La señora Maxie tomó parte activa en la ceremonia, sus sonoros «amenes» constituían una enfática confirmación al final de cada súplica. Con sus dedos eficientes, encontraba fácilmente las oraciones del libro de plegarias, e incluso ayudó a hacer lo propio a dos chicas de St. Mary, demasiado desoladas o cohibidas para conseguirlo. Al final de la ceremonia, se acercó a la tumba y miró el ataúd. Deborah no alcanzó a oír su suspiro pero lo presintió, aunque nadie podría adivinar su significado mirando la cara serena con que se volvió a enfrentarse con la gente. Antes de unirse a su hija, se puso los guantes y se inclinó a leer una de las tarjetas de condolencia.

—¡Qué cantidad de gente! Suponía que la gente tendría algo mejor que hacer. De cualquier modo, si esa pobre chica, Sally, era la mitad de lo exhibicionista que aparentaba ser, este funeral hubiera merecido su aprobación. ¿Qué está haciendo ese niño? ¿Es esta tu mamá? Bien, seguramente su pequeño ya sabrá que no debe ponerse a saltar encima de una tumba. Debería controlarlo mejor si quiere traerlo al cementerio, este es terreno sagrado y no el patio de una escuela. Además, un funeral no es el entretenimiento más adecuado para un niño.

La madre y el niño la miraban con la boca abierta, dos caras asombradas con la misma nariz afilada y el mismo pelo ralo. Después la mujer se llevó al niño, volviéndose para dirigirle una última mirada asustada. El popurrí de colores ostentosos y brillantes comenzaba a dispersarse, los ciclistas sacaban sus bicicletas de entre las margaritas silvestres que cubrían el muro del cementerio de la iglesia y los fotógrafos cerraban sus cámaras. Aún quedaban uno o dos pequeños grupos, susurrando y esperando la oportunidad de husmear entre las coronas. El sacristán ya estaba limpiando el legado de cáscaras de naranja y bolsas de papel, maldiciendo entre dientes. La tumba de Sally era un manto de colores; rojos, azules y amarillos cubrían el césped y las tablas de madera formando una llamativa colcha de retazos y el olor de la tierra removida se mezclaba con la fragancia de las flores.

3

—¿No es esa la tía de Sally? —preguntó Deborah refiriéndose a una mujer delgada y de aspecto nervioso, cuyo cabello debía de haber sido pelirrojo en el pasado, que hablaba con la señorita Liddell. Caminaban juntas hacia la salida de la iglesia—. Sin duda es la misma mujer que identificó a Sally en la encuesta. Si es ella, tal vez podríamos llevarla en coche a su casa, hay muy pocos autobuses a esta hora.

—Podría ser útil intercambiar unas cuantas palabras con ella —dijo Felix pensativo.

Deborah lo había sugerido por pura cortesía, para evitarle esperar tanto rato bajo el sol, pero ahora se percataba de las ventajas prácticas de su proposición.

—Consigue que la señorita Liddell te la presente mientras yo traigo el coche. Tal vez puedas descubrir dónde trabajaba antes de quedar embarazada, quién es el padre de Jimmy y si su tío la quería.

—¿Todo eso en un momento de conversación informal? Lo dudo mucho.

—Tendremos todo el camino para sacárselo. Inténtalo, Felix.

Deborah se apresuró a caminar detrás de su madre y de Catherine con toda la prisa que las convenciones permitían, dejando a Felix con su tarea. La mujer y la señorita Liddell habían llegado a la calle y se habían detenido a intercambiar unas últimas palabras. En la distancia, las dos figuras parecían estar ejecutando algún tipo de danza ceremonial, se movieron a la vez para estrecharse la mano, se apartaron y por fin la señorita Liddell, que ya se había girado, dio la vuelta para hacer una última observación y las figuras volvieron a juntarse.

Mientras Felix se acercaba, ambas se volvieron a mirarlo y él pudo ver cómo se movían los labios de la señorita Liddell. Por fin se les unió y se hicieron las inevitables presentaciones. Una mano delgada, enfundada en un guante de rayón barato, estrechó la suya un segundo y luego la dejó. A pesar de que fue un contacto indiferente y casi imperceptible, Felix tuvo la sensación de que estaba temblando. Cuando le habló, los ansiosos ojos grises desviaron la mirada.

—La señora Riscoe y yo nos preguntábamos si aceptaría que la lleváramos a casa —dijo suavemente—, falta mucho para que venga el próximo autobús y nosotros estaremos encantados de llevarla. —Al menos esto último era cierto.

Ella vaciló, y justo cuando la señorita Liddell decidió que el ofrecimiento, aunque inesperado, no podía ser ignorado e incluso podría ser aceptado sin riesgos y comenzaba a instarla a que lo hiciera, Deborah apareció a su lado con el Renault de Felix y la cuestión quedó zanjada. La tía de Sally fue presentada como la señora de Victor Proctor y confortablemente acomodada en el asiento delantero, junto a Deborah, antes de que nadie más tuviera tiempo a intervenir. Felix se sentó atrás, un poco molesto por la aventura, pero dispuesto a admirar a Deborah en acción. «Especialidad en extracciones indoloras», pensó mientras el coche giraba colina abajo. Se preguntó si irían muy lejos y si Deborah se habría molestado en decirle a su madre cuánto se demorarían.

—Creo que sé dónde vive —le escuchó decir a Deborah—, es justo al final de Canningbury, ¿verdad? Pasamos por allí cuando vamos a Londres, pero tendrá que indicarme el camino. Es usted muy amable al permitirnos traerla, los funerales son tan horribles que es un alivio poder escaparse un rato.

Estas palabras tuvieron un efecto inesperado, de repente la señora Proctor rompió a llorar, sin hacer ruido y casi sin mover la cara. Como si fuera incapaz de controlar las lágrimas, las dejaba deslizarse en un torrente sobre sus mejillas hasta caer sobre sus manos cruzadas. Cuando habló, su voz era suave, pero lo bastante clara para oírse por encima del sonido del motor. Las lágrimas seguían cayendo silenciosas e inevitables.

—En realidad, no debí haber venido. Mi marido se molestaría si se enterara, pero no estará en casa cuando llegue y Beryl está en el colegio, así que no lo sabrá. De todos modos, no le gustaría nada. Él dice que ella se lo buscó y no le culpo, después de todo lo que hizo por ella. Nunca hicimos ninguna diferencia entre Sally y Beryl, nunca, lo repetiré hasta el día de mi muerte. ¿Por qué esto tuvo que pasarnos a nosotros.

Felix no creyó que esa queja, típica de los desgraciados, fuera razonable en este caso. Por lo que sabía, los Proctor no habían aceptado ninguna responsabilidad cuando Sally quedó embarazada y sin duda habían conseguido desvincularse de todo lo relacionado con su muerte. Se inclinó hacia delante para escuchar con mayor claridad. Le pareció que Deborah había dicho algo para animarla a seguir, pero no estaba seguro. Lo cierto es que no iba a ser necesario sonsacarle, había estado guardando las cosas para sí durante demasiado tiempo.

—La criamos como se debe, nadie puede decir que no lo hicimos. Y no fue fácil, es cierto que tenía una beca, pero aun así había que alimentarla. Era una niña difícil, yo pensaba que era por las bombas, pero el señor Proctor no aceptaba esas disculpas. Estaban con nosotros cuando sucedió, ¿sabe? Entonces teníamos una casa en Stoke Newington, no había muchos bombardeos y en cierto modo nos sentíamos seguros con el refugio Anderson y todo eso. Fue uno de esos proyectiles V1 el que mató a Lil y a George. Yo no me acuerdo de nada, ni siquiera de cuando me desenterraron. No me dijeron lo de Lil hasta una semana después. Nos sacaron a todos, pero Lil ya estaba muerta y George murió en el hospital. Nosotros fuimos los afortunados, al menos eso supongo. El señor Proctor estuvo realmente mal durante un tiempo y le quedaron secuelas, pero aun así decían que habíamos sido los afortunados.

«Como yo —pensó Felix con amargura—, uno de los afortunados.»

—Y usted se llevó a Sally y la crio —interrumpió Deborah.

—En realidad, no tenía a nadie más. Mi madre no hubiese podido hacerse cargo de ella, no estaba en condiciones de hacerlo. Yo intentaba pensar qué era lo que Lil hubiese querido, pero ese tipo de ideas no ayudan a querer a una criatura. En realidad no era una niña afectuosa, no como Beryl, aunque también es cierto que Sally tenía diez años cuando nació Beryl y su nacimiento debe de haber sido duro para ella después de ser la única durante tanto tiempo. Pero nosotros nunca hicimos ninguna diferencia, tenían las mismas lecciones de piano, todo igual. ¡Y ahora esto! La policía vino a vernos cuando murió, no llevaban uniformes pero apenas verlos se notaba quiénes eran, todo el mundo lo sabía. Nos preguntaron quién era el hombre, aunque por supuesto no pudimos contestarles.

—¿El hombre que la mató? —preguntó Deborah incrédula.

—No, el padre del bebé. Me imagino que pensarán que la mató él, pero nosotros no pudimos decirles nada.

—Supongo que les habrán hecho un montón de preguntas acerca de dónde estaban aquella noche.

Por primera vez la señora Proctor pareció consciente de sus lágrimas, buscó un pañuelo en su bolso y se las limpió. El interés de su historia parecía haber mitigado la pena que la embargaba y que Felix no creía que se debiera a Sally. ¿Lloraba porque había revivido el recuerdo de Lil, de George y de la criatura indefensa que dejaron, o simplemente por cansancio o por un sentimiento de fracaso?

—No sé por qué estoy llorando —dijo ella, como si hubiese adivinado los pensamientos de Felix—, las lágrimas no pueden devolver a los muertos. Supongo que fue por la ceremonia, cantamos ese mismo himno para Lil, *El Señor es mi pastor*. En realidad no parece adecuado para ninguna de las dos. Pero usted me preguntaba por la policía, supongo que ustedes también habrán tenido bastante con ella. Estuvieron aquí, por supuesto, y les dije que había estado en casa con Beryl. Nos preguntaron si habíamos ido a la feria de Chadfleet y les contesté que no sabíamos nada de esa feria. De cualquier modo no hubiésemos ido, nunca veíamos a Sally y no hubiésemos ido a fisgonear en el sitio donde trabajaba. Me acordaba de aquel día porque había ocurrido algo muy curioso. La señorita Liddell había telefoneado por la mañana para hablar con mi marido, cosa que no hacía desde que Sally había comenzado con su nuevo trabajo. Beryl atendió el teléfono y se inquietó, pensó que a Sally debía de haberle pasado algo para que llamara la señorita Liddell, pero era solo para decir que a la joven le iba bien. En realidad fue extraño que llamara porque ella sabía que nosotros no teníamos ningún interés en la vida de Sally.

También Deborah pareció pensar que era extraño.

—¿La señorita Liddell había telefoneado antes alguna vez para comunicarles que a Sally le iba bien?

—No, no desde que Sally se fue a Martingale, entonces nos había llamado para decírnoslo. Al menos eso creo, aunque es probable que le haya escrito a mi marido, no estoy segura. Me imagino que había pensado que teníamos que saber que Sally se iba del asilo, pues mi marido es su tutor. Bueno, lo era, pues cuando cumplió veintiún años y se fue a vivir sola no nos interesó adónde iba. Nunca se preocupó por nosotros, por ninguno de nosotros, ni siquiera por Beryl. Yo fui a su entierro porque resultaría extraño que no viniera ningún miembro de la familia, diga lo que diga mi marido. Pero en realidad él tenía razón, con solo estar presente uno no hace nada por los muertos y es muy desagradable. Y toda aquella gente, ¿es que no tienen nada mejor que hacer?

—¿O sea que el señor Proctor no había visto a Sally desde que ella se fue de casa?

—No, no hubiese tenido ningún sentido, ¿verdad?

—Supongo que la policía le habrá preguntado dónde estaba la noche del asesinato, siempre lo hacen. Aunque es solo una formalidad, por supuesto.

Si Deborah tenía miedo de asustarla, se preocupaba innecesariamente.

—Es curioso cómo insisten; por la forma en que hablaban, cualquiera hubiera dicho que nosotros sabíamos algo. Hacían preguntas sobre la vida de Sally, si tenía aspiraciones y quiénes eran sus amigos, como si se tratara de una persona importante. Interrogaron a Beryl acerca de la llamada de la señorita Liddell e incluso le preguntaron a mi marido dónde estaba la noche de su muerte. Aunque no era muy probable que olvidáramos aquella noche, ya que fue la noche en que mi marido tuvo un accidente con la bicicleta, no volvió a casa hasta las doce y llegó en un estado lamentable, con el labio hinchado y la bicicleta doblada en dos. Además, perdió su reloj, lo cual fue muy desafortunado porque su padre se lo había dejado y era de oro puro, muy valioso según nos dijeron. No creo que nunca olvidemos esa noche, se lo aseguro.

La señora Proctor ya estaba totalmente recobrada de los efectos del funeral y hablaba con la ansiedad de una persona más acostumbrada a escuchar que a ser oída. Deborah conducía con despreocupación, sus manos asían el volante con suavidad y tenía la vista fija en el camino, pero Felix no tenía dudas de que su mente se concentraba en otros asuntos. Contestaba a la señora Proctor con sonidos de aprobación.

—¡Qué terrible impresión para ambos! Y usted debía de estar preocupadísima porque él no volvía. ¿Cómo ocurrió?

—Cayó cuesta abajo al final de una calle, no sé exactamente dónde. Bajaba rápido y alguien había dejado cristales rotos en la carretera, así que se reventó la llanta delantera, perdió el control y fue a parar a la cuneta. Yo le digo que se podría haber matado, o herido gravemente, y entonces no sé qué hubiera pasado, porque estas carreteras son muy solitarias y podrían haber pasado horas antes de que alguien lo descubriera. Al señor Proctor no le gustan las calles con mucho tráfico y no le culpo, no puede uno estar en paz a no ser que vaya solo.

—¿Es aficionado al ciclismo?

—Es un fanático, siempre lo ha sido, aunque desde que le dispararon en la guerra ya no se entrena seriamente. Cuando era joven se dedicaba mucho y aún ahora le gusta, los sábados por la tarde no le vemos el pelo.

La voz de la señora Proctor reflejaba un deje de alivio que no escapó a ninguno de sus dos interlocutores. Felix pensó que el accidente de bicicleta sería una buena coartada, aunque no podía considerársele sospechoso si había vuelto a casa antes de las doce. Hubiese necesitado al menos una hora para volver a su casa desde Martingale en bicicleta, incluso si hubiera simulado el accidente. Además, era difícil atribuirle un motivo apropiado, ya que Proctor no había intentado asesinar a su sobrina antes de que esta ingresara en St. Mary y no habían vuelto a verse desde entonces. Felix Hearne consideró la posibilidad de una herencia de Sally que a su muerte podría quedar convenientemente en manos de Beryl Proctor. Pero en el fondo sabía que no estaba intentando descubrir al asesino de Sally Jupp, sino a alguien que desviara la atención de la policía. En el caso concreto de los Proctor, parecía una esperanza inútil, aunque era obvio que Deborah había resuelto que podían ayudarle a descubrir algo. También ella parecía preocupada por el factor tiempo.

—¿Esperó a su marido levantada, señora Proctor? A medianoche ya debía de estar desesperada, a no ser que él acostumbre llegar a estas horas.

—Bueno, suele llegar algo tarde y siempre me dice que no le espere, así que no lo hice. Casi todos los sábados voy al cine con Beryl. Tenemos un televisor, por supuesto, y a veces miramos un rato, pero es bueno variar un poco y salir de casa una vez a la semana.

—¿Así que usted estaba en la cama cuando volvió su marido? —insistió Deborah con sutileza.

—Él tiene llave, por supuesto, así que no tenía sentido esperarle levantada, aunque si hubiese sabido que iba a llegar tan tarde habría sido distinto. Por lo general, cuando mi marido sale, me voy a la cama a las diez. Ya sé que los domingos no hay prisa para levantarse, pero yo no acostumbro trasnochar. Eso es lo que le dije al inspector, «yo no acostumbro trasnochar». También me interrogaron acerca del accidente de mi marido y el inspector se mostró muy considerado. «No volvió a casa hasta casi las doce», les dije. Se dieron cuenta de que aquella noche había tenido de qué preocuparme, incluso sin saber que iban a asesinar a Sally.

—Supongo que el señor Proctor la habrá despertado al llegar a casa y que usted se habrá preocupado mucho al verle con ese aspecto.

—¡Oh, sí! Lo escuché en el baño, lo llamé y cuando vino hacia mí su cara tenía un aspecto horrible, de un color verdoso y con manchas de sangre, y todo su cuerpo estaba temblando. No sé cómo pudo llegar a casa. Me levanté a hacerle una taza de té mientras él se bañaba y recuerdo la hora porque él me la preguntó cuando bajó. Ya sabe, había perdido su reloj en el accidente y solo tenemos uno pequeño en la cocina y otro en la sala, en los dos eran las doce y diez. Yo me pegué un buen susto, se lo aseguro. Debían de ser más de las doce y media cuando nos fuimos a la cama y nunca creí que se sentiría bien como para levantarse a la mañana siguiente, pero se levantó antes que yo, como de costumbre. Siempre baja primero, hace el té y me sube una taza; él piensa que nadie es capaz de hacer un té tan bueno como el suyo. Aunque con el aspecto que tenía el sábado por la noche, nunca pensé que al día siguiente se levantaría temprano. Todavía está trastornado por el accidente, por eso no fue a la encuesta. Y encima esa misma mañana vino la policía a decirnos lo de Sally. ¡Nunca olvidaremos esa noche!

4

Habían llegado a Canningbury y debían esperar un buen rato ante los semáforos que regulaban el tráfico de la carretera y la calle principal. Todo el mundo parecía estar de compras en este distrito multitudinario del este de Londres. Las calles estaban repletas de amas de casa que, de vez en cuando, como impulsadas por un instinto primitivo, cruzaban entre los coches con exasperante lentitud. Tiempo atrás las tiendas de ambos lados de la calle habían sido casas particulares y sus grandiosas ventanas y fachadas contrastaban con los techos modestos y los escaparates. El ayuntamiento, que parecía haber sido diseñado por un grupo de retrasados mentales excedidos en alcohol y orgullo cívico, se levantaba en esplendorosa soledad, rodeado por dos terrenos bombardeados donde las obras de reconstrucción acababan de empezar.

Cerrando los ojos pata evadirse del calor y del ruido, Felix se recordó a sí mismo con severidad que Canningbury era uno de los suburbios más ilustrados, con un envidiable récord de servicios públicos, y que no todo el mundo estaba dispuesto a vivir en una casa georgiana en Greenwich, donde la bruma llegaba del río convertida en escarcha y solo los amigos más persistentes se atrevían a llegar hasta la puerta. Se alegró cuando la luz del semáforo cambió y, guiados por la señora Proctor, avanzaron dando unas suaves sacudidas y giraron a la izquierda alejándose de la calle principal. Aquí estaba la otra cara del centro comercial, las mujeres andando hacia sus casas con los cestos cargados, unas pocas tiendas de ropa más pequeñas y las peluquerías con falsos nombres franceses sobre las ventanas de las salas reformadas. Después de unos minutos volvieron a girar, esta vez hacia una calle tranquila donde la hilera de casas idénticas se extendía hasta donde alcanzaba la vista. A pesar de ser iguales en estructura, tenían una apariencia muy distinta, pues muy pocos de los jardines delanteros tenían algo en común. Aunque todos tenían muchas plantas y estaban bien cuidados, algunos vecinos habían expresado su originalidad con árboles de formas disparatadas y gnomos de piedra pescando en vasijas o en falsos lagos rodeados de piedras. Sin embargo, la mayoría se había contentado con crear un pequeño despliegue de color y fragancias que ocultara la vulgaridad de las casas. Las cortinas eran reflejo de una elección cuidadosa, aunque desacertada, y de frecuentes lavados, y estaban reforzadas por visillos o cortinas suplementarias de red, echadas para proteger las casas de la curiosidad de un mundo vulgar. Windermere Crescent tenía el aspecto de una calle más respetable que las vecinas cuyos habitantes estaban resueltos a mantener esa superioridad.

Así que esta había sido la casa de Sally Jupp, la joven que había caído de forma tan lamentable por debajo de su nivel. El coche aparcó junto al bordillo frente al número 17 y la señora Proctor estrechó el bolso negro y amorfo sobre su pecho e intentó abrir la puerta.

—Permítame —dijo Deborah, pasando por encima de ella para ayudarle a abrir.

La señora Proctor salió y comenzó a dar las gracias profusamente, pero Deborah la detuvo.

—Por favor, no nos lo agradezca, fue un placer venir. Pero, ¿sería tan amable de darme un vaso de agua antes de irme? Es una tontería, ya lo sé, pero conducir con este calor me da mucha sed. Solo un vaso de agua, yo casi nunca bebo otra cosa.

«¡Por Dios, no!», pensó Felix mientras las dos mujeres entraban en la casa.

Se preguntó qué estaría tramando Deborah y deseó que la espera no fuera demasiado larga. La señora Proctor no había tenido más remedio que invitar a su bienhechora a la casa, no iba a traer un vaso de agua a la calle. Sin embargo, Felix estaba seguro de que la intromisión no le había hecho ninguna gracia. Antes de entrar, había mirado con nerviosismo hacia el final de la calle y Felix suponía que se estaba haciendo tarde y que estaría ansiosa por que ellos y el coche desaparecieran antes de que su marido volviera a casa. Volvía a comportarse con nerviosismo como en el cementerio y Felix sintió un momentáneo arrebato de exasperación contra Deborah. Después de todo, no parecía que el experimento fuera a resultar útil y era vergonzoso que preocupara de ese modo a aquella patética mujer.

Deborah, a quien no afectaban sentimientos tan considerados como los de Felix, estaba entrando en la sala, donde una niña acomodaba sus partituras sobre el piano, obviamente decidida a practicar. Sin embargo, la señora Proctor la envió fuera de la sala con el apremiante ruego de «Trae un vaso de agua, cariño», pronunciado con el tono de falsa cortesía que suelen emplear los padres en presencia de extraños. La niña salió, aunque sin muchas ganas, según pudo observar Deborah, no sin antes dirigirle una mirada larga y deliberada. Era una niña muy poco atractiva, pero el parecido con su prima muerta era indiscutible. La señora Proctor no las presentó, y Deborah se preguntó si se trataba de un descuido motivado por los nervios o de un intento premeditado por ocultar a su hija lo que había hecho aquella tarde. En tal caso, tendría que inventar una historia para explicar su visita, aunque la señora Proctor no parecía tener demasiada capacidad de inventiva.

Se sentaron una frente a otra en dos sillones, ambos con carpetas de crinolina con malvas bordadas sobre el respaldo y cojines altos e inmaculados. Por lo visto esta era la mejor estancia de la casa y se usaba exclusivamente para recibir invitados o tocar el piano. Tenía un leve aroma a viejo producido por el olor de la cera para pulir los muebles, el mobiliario nuevo y la falta de ventilación. Sobre el piano había dos fotografías de niñas en trajes de ballet, con sus cuerpos sin gracia curvados en posturas artificiales y rígidas y sus rostros fijos en sonrisas estudiadas bajo una guirnalda de rosas artificiales. Una de ellas era la niña que acababa de salir de la habitación, la otra era Sally. Era extraño observar cómo, incluso a aquella temprana edad, la misma coloración de tez y de cabello y una estructura ósea similar producían un efecto tan atractivo en una de ellas y una absoluta vulgaridad en la otra, con pocas perspectivas de mejorar en el futuro. La señora Proctor siguió la dirección de su mirada.

—Sí —dijo—, hicimos todo lo que pudimos por ella, todo. Nunca hicimos ninguna diferencia, también tomaba lecciones de piano, aunque nunca tuvo el talento de Beryl, pero siempre las tratamos igual. Es horrible que las cosas hayan acabado así. Esa otra fotografía es la del bautizo de Beryl, esta soy yo, mi marido, el bebé y Sally. Entonces era una niña encantadora, pero no duró mucho.

Deborah se acercó a la fotografía. El grupo había sido acomodado en sillas de altos respaldos tallados sobre un fondo de cortinas con pliegues que hacía que la foto pareciera mucho más vieja de lo que era en realidad. La señora Proctor, más joven y rolliza, sostenía a su hija con expresión cohibida y parecía incómoda con su ropa nueva.

Sally tenía aspecto de estar de mal humor y el señor Proctor posaba detrás de todos, con sus manos enguantadas apoyadas en actitud dominante sobre los respaldos de las sillas. Su pose era poco natural, pero su rostro no reflejaba ninguna emoción. Deborah lo miró con atención, estaba segura de haber visto esa cara en algún lado, aunque el recuerdo era tenue y poco claro. Después de todo, se trataba de una cara vulgar y la foto tenía más de diez años. Se apartó de la fotografía con una sensación de desencanto, le había aclarado poca cosa, aunque en realidad no sabía qué había esperado obtener de ella.

Beryl Proctor volvió con el vaso de agua, uno de los mejores vasos de la casa, sobre una pequeña bandeja de *papier mâché*. No hubo presentaciones y Deborah advirtió que ambas esperaban que se fuera cuanto antes. De repente, ella misma deseó desaparecer de aquella casa y librarse de las dos mujeres. Un impulso incomprensible la había traído hasta aquí, inducida en parte por el aburrimiento y por la esperanza de descubrir algo, pero sobre todo por curiosidad. Sally muerta resultaba mucho más interesante que Sally viva, y había querido ver de qué tipo de hogar la habían echado. Ahora aquella curiosidad le parecía una insolencia, y su entrada en la casa, una intromisión que no tenía intenciones de prolongar.

Se despidió y volvió al coche con Felix. Él se sentó al volante y no hablaron hasta que dejaron atrás la ciudad y el coche quedó libre de sus tentáculos, camino al campo.

—Y bien —dijo Felix por fin—, ¿sirvieron de algo tus indagaciones?, ¿estás segura de que quieres continuar?

—¿Por qué no?

—Es probable que descubras cosas que preferirías no saber.

—¿Como que hay un asesino en mi familia?

—No dije eso.

—Has tenido muchísimo cuidado en no decirlo, pero yo prefiero la sinceridad al tacto. Eso es lo que tú crees, ¿verdad?

—Hablando como el asesino que soy, tengo que admitir que existe la posibilidad.

—Te refieres a la resistencia, esos no fueron asesinatos. Tú no mataste a mujeres.

—Maté a dos. Admito que les disparé en lugar de estrangularlas y que en aquel momento parecía lo más conveniente.

—Este crimen también fue conveniente, al menos para alguien —dijo Deborah.

—¿Entonces por qué no se lo dejas a la policía? Su mayor dificultad consistirá en juntar las pruebas necesarias para justificar la acusación. Si nosotros interferimos, es probable que les facilitemos las pruebas que buscan. El caso está clarísimo, Stephen y yo entramos por la ventana de Sally, así que cualquiera pudo haberlo hecho, y casi toda la gente del pueblo sabía dónde se guardaba la escalera. La prueba de la puerta cerrada es indiscutible; aunque el asesino haya entrado por allí, está claro que no salió por la puerta. Solo las tabletas de Sommeil conectan este crimen con Martingale y ambas cosas no tienen por qué estar relacionadas. Incluso si lo estuvieran, hay otra gente que tiene acceso a esa droga.

—¿No crees que te basas en demasiadas coincidencias? —preguntó Deborah secamente.

—Las coincidencias ocurren todos los días. Cualquier jurado sería capaz de recordar media docena de ejemplos de su propia experiencia. La explicación más lógica hasta ahora es que alguien a quien Sally conocía entró por la ventana y la asesinó. Puede haber usado la escalera o no, en la pared hay señales que sugieren que bajó por el tubo de la chimenea y que cayó cuando estaba muy cerca del suelo. La policía debe de haber notado esto, aunque no sé cómo podrán probar el momento en que se hicieron esas señales, pues Sally podría haber recibido ese tipo de visitas en otras ocasiones.

—Te parecerá extraño que yo diga esto, pero la verdad es que no lo creo, no iba con su estilo. Me gustaría pensarlo por el bien de todos nosotros, pero no puedo. Sally nunca me gustó pero no creo que fuera promiscua y no quiero sentirme segura a costa de ensuciar la reputación de ese pobre diablo, sobre todo ahora que no está aquí para defenderse.

—Creo que tienes razón —dijo Felix—, pero no te aconsejo que obsequies al inspector con tu opinión. Deja que haga su propia interpretación psicológica de Sally, es probable que el caso se diluya si mantenemos la cabeza serena y la boca cerrada. El Sommeil es la prueba más peligrosa y el hecho de que hayan escondido el tubo hace que ambas cosas parezcan conectadas. Además, la droga fue colocada en tu taza y la pudo haber puesto cualquiera.

—Incluso yo.

—Incluso tú, o también la misma Sally. Es probable que se haya llevado tu taza para molestarte, pienso que en realidad fue así, pero puede haber puesto la droga en el chocolate sin otra razón que la de pasar una buena noche. No se trataba de una dosis mortal.

—¿Y entonces por qué escondieron el tubo?

—Digamos que lo escondió alguien que creyó equivocadamente que su muerte estaba relacionada con la droga y que quería ocultar este hecho, o alguien que sabía que no había ninguna relación entre ambas cosas, pero quería implicar a la familia. Como la varilla con tu nombre señalaba el sitio donde ocultaron el tubo, podríamos suponer que quería implicarte a ti. Una idea agradable que te debe de andar rondando la cabeza.

Ya estaban asomándose a la colina sobre Little Chadfleet. El pueblo estaba debajo y entre los árboles podían distinguirse las chimeneas de Martingale. El regreso a casa volvió a traer el sentimiento de angustia y temor que el viaje había aliviado.

—Si nunca resuelven este crimen —dijo Deborah—, ¿crees que podríamos volver a ser felices en Martingale? ¿No piensas que deberíamos saber la verdad? Sinceramente, ¿nunca has pensado que podríamos haberla matado Stephen o yo?

—¿Tú? No con esas manos y esas uñas. ¿No te das cuenta de que fue necesario ejercer bastante fuerza y que su cuello estaba amoratado, pero no arañado? Stephen es una posibilidad, así como Catherine, tu madre y Martha, o incluso yo. La abundancia de sospechosos es nuestra mejor protección, así que deja que Dalgliesh haga la elección. Con respecto a vivir en Martingale con un crimen sin resolver cerniéndose sobre vuestras cabezas, supongo que la casa habrá visto bastante violencia en los últimos trescientos años. No todos tus antepasados llevaban una vida muy recomendable, aun cuando a su muerte merecían las dispensas del clero. Dentro de doscientos años la muerte de Sally Jupp será una de las leyendas que aterrorizará a tus tataranietos en la víspera de Todos los Santos. Y si no puedes soportar Martingale, siempre tienes la casa de Greenwich; no quiero volver a importunarte con lo mismo, pero ya sabes lo que siento. —Su voz era casi inexpresiva, sus manos asían el volante con suavidad y sus ojos seguían fijos en la ruta con despreocupada concentración—. No dejes que eso te preocupe —agregó adivinando sus pensamientos—, no te complicaré más las cosas, es solo que no quiero que ninguno de esos tipos musculosos con que te ves malinterprete mi interés.

—¿Aceptarías que me fuera contigo solo para escaparme?

—¿No crees que te estás poniendo un poco melodramática? ¿Qué otra cosa hemos estado haciendo casi todos en los últimos diez años? Pero si piensas casarte solo para huir de Martingale, es probable que puedas evitarte el sacrificio. Cuando salíamos de Canningbury pasamos junto a Dalgliesh y uno de sus secuaces y creo que iban con alguna misión. Es probable que tus suposiciones acerca de Proctor no fueran tan absurdas como parecían.

Aparcaron el coche en silencio y entraron en el frío vestíbulo. Catherine Bowers estaba subiendo las escaleras, llevaba una bandeja con un mantelillo de lino, y la bata blanca de nilón, que solía usar para atender a Simon Maxie, le daba un aspecto fresco, eficiente y muy digno. No resulta agradable ver a otra persona realizando competentemente las tareas que nuestra conciencia sugiere como propias, y Deborah fue lo suficientemente sincera para admitir la causa de su irritación, aunque intentó disimularla con un desacostumbrado arrebato de confianza.

—¿Verdad que el funeral fue espantoso, Catherine? Lamento mucho que Felix y yo hayamos salido corriendo de ese modo, pero fuimos a llevar a la señora Proctor a su casa. Tuve el impulso repentino de atribuir el crimen al malvado tío.

Catherine no se dejó impresionar.

—Le pregunté al inspector por el tío cuando me interrogó por segunda vez y dijo que la policía sabía que no había sido el señor Proctor. No me explicó por qué, pero creo que ese trabajo hay que dejárselo a ellos, Dios sabe que aquí ya tenemos bastante que hacer.

Catherine siguió su camino y Deborah la siguió con la vista.

—Tal vez suene poco caritativo, pero si alguien de Martingale mató a Sally Jupp, preferiría que hubiera sido Catherine.

—Aunque no es muy probable, ¿verdad? —dijo Felix—. No creo que sea capaz de cometer un asesinato.

—¿Y los demás sí, incluyendo a mi madre?

—Ella más que nadie, si lo considerara necesario.

—No lo creo —dijo Deborah—, pero incluso si fuera así, ¿piensas que no diría nada mientras la policía invade Martingale y sospecha de gente como la señorita Liddell y Derek Pullen?

—No —contestó Felix—, supongo que no.

CAPÍTULO SIETE

1

La cabaña Rose de Nessingford Road era una casa de finales del siglo dieciocho con encanto y antigüedad suficientes para inducir al viajero a la opinión equivocada de que podría hacerse algo interesante con ella. Lo que los Pullen habían hecho era convertirla en una réplica de las miles de viviendas sociales de las zonas urbanas. Un gran perro alsaciano de yeso ocupaba toda la ventana de la sala y detrás de él, las cortinas de puntillas estaban elegantemente plegadas hacia los lados y atadas con lazos azules. La puerta delantera daba directamente a la sala donde el entusiasmo de los Pullen por la decoración modernista había dejado a un lado la discreción con un resultado curiosamente desafortunado y extravagante. Una de las paredes estaba cubierta por un empapelado de estrellas rosas sobre un fondo azul y la pared de enfrente estaba pintada de rosa a tono con el papel. Las sillas estaban tapizadas con una tela de rayas azules, que por lo visto había sido cuidadosamente elegida para coordinar con la pared. La alfombra sintética era de color rosa pálido y se notaba que había sufrido el efecto de las inevitables idas y venidas de pies embarrados. Nada parecía limpio, nada estaba hecho para durar, nada era simple ni legítimo. A Dalgliesh le pareció un lugar muy deprimente.

Derek Pullen y su madre estaban en casa. Ella no tuvo ninguna de las reacciones normales ante la llegada de agentes de policía con la misión de resolver un asesinato, sino que les ofreció diversas muestras de bienvenida como si hubiese estado esperando su visita y se hubiese quedado en casa especialmente para recibirles. Las frases se confundían unas con otras. Estaba encantada de verlos... su hermano había sido policía... tal vez lo recordaran, Joseph Pullen de Barkingway... lo mejor era decir la verdad a la policía, aunque no tuvieran mucho que decir... pobre señora Maxie... casi no podía creerlo cuando la señorita Liddell se lo contó... volvió a casa, se lo contó a Derek y él tampoco lo creía... no era el tipo de chica para un hombre decente... con lo orgullosos que eran los Maxie... una chica como esa podía traer problemas. Mientras hablaba, sus ojos claros paseaban por la cara de Dalgliesh, aunque sin atreverse a mirarle de lleno. Al fondo estaba su hijo, listo para enfrentarse con lo inevitable.

Por lo visto Pullen se había enterado del compromiso el sábado por la noche aunque, tal como la policía ya había confirmado, había pasado la velada en el Teatro Royal de Stratford con un grupo de compañeros de la oficina y no había asistido a la feria.

Dalgliesh no podía convencer a la señora Pullen de que se retirara a la cocina y dejara que su hijo contestara por sí mismo, pero Pullen le ayudó diciéndole con insolencia que los dejara solos. Era obvio que estaba esperando esta visita. Cuando su madre había anunciado a Dalgliesh y a Martin, él se había levantado de su silla y los había mirado con el patético valor de un hombre cuyas escasas reservas apenas habían alcanzado para sobrevivir la espera. Dalgliesh lo trató con tacto, como si estuviera hablando con su hijo. Martin ya le había visto emplear esta técnica antes, siempre tenía éxito con la gente emocional y sensible, especialmente si los atormentaba la culpa. Martin pensó que la culpa era un sentimiento curioso. Es probable que este chico, por ejemplo, no hubiera hecho otra cosa más que salir con Sally Jupp y darle algún beso y abrazo, pero no se sentiría en paz hasta que lo largara todo. Aunque también podría ser un asesino, en cuyo caso el miedo haría que mantuviera la boca cerrada durante un poco más de tiempo, pero al final se derrumbaría. En unos instantes más vería a Dalgliesh, paciente, comprensivo y omnipotente, como el padre confesor que su conciencia deseaba. Entonces le costaría seguir con la taquigrafía el torrente de autoacusaciones y culpa. Al final al hombre siempre lo traiciona su propia mente y Dalgliesh lo sabía mejor que nadie. Había momentos en que el sargento Martin, a pesar de no destacarse por su sensibilidad, sentía que el trabajo de detective no era demasiado agradable.

Pero, hasta el momento, Pullen estaba resistiendo bien el interrogatorio. Admitió que había pasado cerca de Martingale el sábado por la noche, que había estado estudiando para un examen y luego había salido a tomar un poco el aire antes de irse a dormir. A menudo salía a caminar por la noche, su madre se lo confirmaría. Cogió el sobre procedente de Venezuela que habían encontrado en la habitación de Sally, levantó las gafas torcidas por encima de su frente y miró con ojos de miope las fechas garabateadas. Aceptó en voz baja que la letra era de él, la carta había venido desde Sudamérica y era de un amigo con el cual se escribía. Él mismo había usado el sobre para escribir los días en que podía encontrarse con Sally. No recordaba cuándo se lo había dado, pero las fechas correspondían a sus encuentros del mes pasado.

—Ella solía cerrar su puerta y bajar por el tubo de la chimenea, ¿verdad? —preguntó Dalgliesh—. No temas traicionar su confianza, encontramos huellas de sus manos en el tubo. ¿Qué hacíais en esos encuentros?

—Una o dos veces salimos a caminar por el jardín, pero casi siempre nos sentábamos a charlar en el viejo establo, frente a su habitación. No hacíamos el amor, si es eso lo que está pensando —añadió creyendo notar incredulidad en la cara de Dalgliesh—, supongo que todos los policías tienen la mente sucia, pero ella no era así.

—¿Cómo era ella? —preguntó Dalgliesh con suavidad—. ¿De qué hablabais?

—De cualquier cosa, de todo un poco. Creo que se sentía sola y tenía ganas de ver a alguien de su edad. Cuando estaba en St. Mary no era feliz, pero al menos tenía las otras chicas para divertirse. Era una extraordinaria actriz, casi me parecía estar oyendo a la señorita Liddell cuando ella la imitaba. También hablaba de su familia, a sus padres los habían matado en la guerra y todo habría sido muy distinto para ella si ellos hubieran vivido. Su padre era catedrático en la universidad, así que hubiese vivido en un medio muy distinto al de sus tíos, culto y..., bueno, diferente.

Dalgliesh pensó que a Sally Jupp le había gustado dejar volar su imaginación y que en Derek Pullen había encontrado al menos a un interlocutor crédulo. Pero en esos encuentros había más de lo que Pullen decía. La chica lo usaba para algo. Pero, ¿para qué?

—Tú te encargaste del bebé cuando ella se fue a Londres el jueves anterior a su muerte, ¿verdad?

Fue una conjetura al azar, pero Pullen ni siquiera se mostró sorprendido de que lo supiera.

—Sí, lo hice. Soy funcionario público y puedo tomarme un día libre de vez en cuando. Sally dijo que quería ir a Londres y yo no vi por qué no. Supongo que querría ir al cine o a hacer compras, otras madres lo hacen.

—Parece extraño que si Sally quería ir a Londres no dejara al niño en Martingale. Seguramente la señora Bultitaft lo hubiese cuidado gustosa, tanto secreto parece verdaderamente innecesario.

—Sally quiso hacerlo así, le gustaban los secretos. Creo que eso era lo que más le gustaba de nuestros encuentros nocturnos. A veces me parecía que no disfrutaba de ellos, estaba preocupada por el bebé o simplemente tenía sueño. Pero tenía que venir, al día siguiente se alegraba de haberlo hecho otra vez sin que la pescaran.

—¿Tú no le decías que si os descubrían, ambos tendríais problemas?

—No veo qué problema podía tener yo —dijo Pullen malhumorado.

—Creo que estás intentando parecer mucho más tonto de lo que eres. Estoy dispuesto a creer que tú y la señorita Jupp no erais amantes, porque me gusta pensar que sé cuándo la gente me está diciendo la verdad y porque coincide con la idea que tengo formada de ambos. Pero no creo que pienses que el resto de la gente sería tan comprensiva; los hechos parecen tener una interpretación evidente que casi todos creerán, especialmente en estas circunstancias.

—Por supuesto. No me cabe la menor duda de que solo porque la chavala tenía un hijo ilegítimo debían de considerarla una ninfómana. —El joven pronunció la última palabra con timidez, como si hiciera poco que la había aprendido y no la hubiera usado nunca antes.

—En realidad no creo que sepan lo que esa palabra significa. Es probable que la gente sea malintencionada, pero es sorprendente la cantidad de veces en que sus prejuicios están justificados. No creo que Sally Jupp fuera muy justa contigo si usaba los establos solo para escaparse de Martingale. Sin duda tú también lo habrás pensado, ¿verdad?

—Sí, supongo que sí. —El chico desvió la mirada con expresión triste.

Dalgliesh esperó, tenía la impresión de que aún quedaba algo pendiente de explicación, pero Pullen se sentía atrapado en su propia incapacidad para expresarse y frustrado al no poder describir a la joven que había conocido, vital, divertida y audaz, ante dos oficiales de policía que jamás la habían visto. Dalgliesh comprendió su dificultad, sabía perfectamente cómo interpretaría su historia un jurado y se alegraba de no tener que convencer a doce hombres decentes y dignos de que Sally Jupp, joven, bonita y ya caída en desgracia, había estado saliendo a hurtadillas de su habitación y dejando solo a su bebé, aunque fuera por muy poco tiempo, por el mero placer de una conversación intelectual con Derek Pullen.

—¿Alguna vez la señorita Jupp sugirió que tenía miedo a alguien o que tenía algún enemigo? —preguntó.

—No, no era lo suficientemente importante para tener enemigos.

«Tal vez no hasta el sábado por la noche», pensó Dalgliesh. —¿Nunca te hizo ninguna confidencia sobre el niño, sobre quién era su padre, por ejemplo?

—No. —El joven había aprendido a dominar su miedo y su voz sonaba taciturna.

—¿Te contó el motivo de su visita a Londres aquel jueves por la tarde?

—No. Me pidió que cuidara a Jimmy porque estaba harta de pasearlo por el bosque y quería salir del pueblo. Quedamos en que me dejaría al niño en la estación de Liverpool Street, trajo el carrito plegable y yo lo llevé a dar unas vueltas por el parque St. James. Por la tarde se lo devolví e hicimos el viaje de vuelta separados, así las solteronas del pueblo no tendrían razones para cotillear.

—¿Nunca pensaste que ella podía estar enamorada de ti?

—Sé perfectamente que no lo estaba —dirigió una

mirada rápida y directa a Dalgliesh—, ni siquiera me dejaba tocarla —agregó, como si se sorprendiera de su propia confidencia.

—Esas no son las gafas que llevas habitualmente, ¿verdad? —dijo Dalgliesh con suavidad después de una pausa—. ¿Qué les ocurrió a las que llevas siempre?

El chico casi se las arrancó de la cara y cruzó las manos sobre ellas en una actitud patética por su inutilidad. Luego, consciente del significado de aquel gesto instintivo, buscó un pañuelo en el bolsillo y simuló limpiarlas.

—Las perdí —dijo con la voz ronca por el miedo mientras se ponía de nuevo las gafas con manos temblorosas y las dejaba, torcidas, sobre su nariz—. Bueno, se me rompieron y las mandé a reparar.

—¿Se te rompieron cuando te hiciste ese cardenal en el ojo?

—Sí, choqué contra un árbol.

—Ya veo, los árboles de esta zona son curiosamente peligrosos. El doctor Maxie se lastimó un dedo con la corteza de uno de ellos, según tengo entendido. ¿No habrá sido con el mismo árbol?

—Los problemas del doctor Maxie no tienen nada que ver conmigo. No sé lo que quiere decir.

—Creo que sí lo sabes —dijo Dalgliesh dulcemente—. Voy a pedirte que vuelvas a pensar en lo que has dicho y luego te exigiré que hagas una declaración y la firmes. No tengo mucha prisa, sabemos dónde encontrarte si te necesitamos. Háblalo con tu padre cuando vuelva y si alguno de los dos quiere verme, hacedmelo saber. Y recuerda esto: alguien mató a Sally; si no fuiste tú, no tienes nada que temer. De cualquier modo, espero que tengas el valor de decirme lo que sabes.

Dalgliesh esperó un momento pero sus ojos se encontraron con la mirada vidriosa de miedo y firmeza, luego se volvió para irse haciéndole señas a Martin para que lo siguiera.

Media hora más tarde el teléfono sonaba en Martingale. Deborah, que pasaba por el vestíbulo llevando la bandeja de su padre, se detuvo, apoyó la bandeja sobre su cadera y cogió el auricular. Un instante después asomaba la cabeza por la puerta de la sala.

—Stephen, teléfono para ti. Es Derek Pullen, ni más ni menos.

Stephen, que había venido a casa inesperadamente por unas pocas horas, no levantó la cabeza del libro que leía, pero Deborah notó que se quedaba paralizado y que tensaba ligeramente los hombros.

—¡Oh, Dios! ¿Qué quiere?

—Quiere que te pongas, y parece muy preocupado.

—Dile que estoy ocupado, Deb.

Deborah transmitió el mensaje con sus mejores modales. La voz al otro lado de la línea comenzó a subir de tono y se volvió incoherente. Deborah intentó aplacarle y escuchó el torrente de risa histérica que hoy en día nadie acostumbraba reprimir, entonces volvió a la sala.

—Será mejor que vengas, Stephen, ese chico no está nada bien. ¿Qué diablos has hecho? Dice que la policía ha estado con él.

—¿Y eso es todo? Pues no es el único. Dile que estuvieron conmigo unas seis horas en total y que aún no han acabado. Dile que mantenga la boca cerrada y que pare de armar escándalo.

—¿No sería mejor que se lo dijeras tú mismo? —sugirió Deborah dulcemente—. Si no soy merecedora de tu confianza, mucho menos lo seré de la de él.

Stephen maldijo entre dientes y fue hacia el teléfono. Deborah, que se detuvo en el vestíbulo a arreglar la bandeja, pudo escuchar sus rápidas e impacientes recriminaciones

—Muy bien, muy bien. Díselo si quieres, no voy a detenerte. De cualquier modo, es probable que estén escuchando esta conversación... No, la verdad es que no lo hice, pero no dejes que eso te haga cambiar de parecer... Eres todo un caballero, ¿verdad?... Mi querido muchacho, me importa un rábano lo que les digas, o cuándo o cómo, pero por el amor de Dios no te pongas tan pesado al respecto. Adiós.

Alejándose por la galería, desde donde ya no podía oír nada, Deborah pensó: «Stephen y yo nos hemos distanciado tanto que ahora mismo podría preguntarle si mató a Sally sin estar segura de la respuesta que recibiría.»

2

Dalgliesh y Martin estaban sentados en el vestíbulo del Moonraker's Arms, en ese estado de saciedad, aunque no de satisfacción, que suele suceder a una mala comida. Ya les habían advertido que la señora Piggott, quien llevaba la hostería junto con su esposo, era famosa por su comida sencilla, buena y abundante. La noticia había caído muy mal a estos hombres cuyos viajes les habían obligado a conocer casi todas las extravagancias de la sencilla y buena comida inglesa. Martin era el que parecía sufrir más, sus misiones de guerra en Francia e Italia le habían permitido probar la comida continental, de la que seguía disfrutando en sus vacaciones en el extranjero. Dedicaba casi todo su tiempo libre, y todo su dinero, a esta afición. Tanto él como su emprendedora esposa eran unos viajeros entusiastas y poco sofisticados, convencidos de su habilidad para hacerse entender y de que serían bien recibidos y bien alimentados en cualquier rincón de Europa. Hasta el momento, aunque parezca extraño, nunca se habían llevado una decepción.

Con el mayor desconsuelo gastronómico, Martin dejó volar su mente hacia la *cassoulet de Toulouse* y recordó con nostalgia la *poularde en vessu* que había comido por primera vez en un modesto hotel de Ardéche. Las necesidades de Dalgliesh, sin embargo, eran a la vez más simples y más exigentes; él solo deseaba una sencilla comida inglesa cocinada como corresponde.

La señora Piggott tenía fama de esmerarse mucho con las sopas y esto en realidad quería decir que se esforzaba en mezclar los ingredientes enlatados para que no quedaran grumos.

Esta vez incluso había experimentado con distintos sabores, y el revoltijo del día, compuesto por tomate de color naranja y sopa de rabo de buey de un marrón rojizo, espeso como para sostener la cuchara en la superficie, resultaba tan apetitoso al paladar como a la vista. A la sopa le habían seguido un par de costillas de carnero, artísticamente colocadas sobre un nido de puré de patatas y rodeadas por los guisantes de lata más grandes y brillantes que hayan crecido en una vaina. Tenían sabor a harina de soja y soltaban un líquido de color verde, poco parecido al de cualquier verdura conocida, que se mezclaba desafortunadamente con el jugo de la carne. Siguió una tarta de manzana y grosellas, en que ninguna de las dos frutas se había tocado antes de que la mano cuidadosa de la señora Piggott las dispusiera sobre el bizcocho, directamente en el plato, y las cubriera con una generosa ración de crema sintética.

Martin intentó desviar su mente de la contemplación de estos horrores culinarios y se concentró en el asunto que les ocupaba.

—Es extraño, señor, que el doctor Maxie llamara a Hearne para que le ayudara con la escalera, cuando es obvio que un hombre fuerte podía hacerlo solo. La forma más rápida de llegar a los antiguos establos es a través de las escaleras traseras, y sin embargo Maxie fue a buscar a Hearne. Es como si hubiese querido tener un testigo cuando encontrara el cadáver.

—Es posible, desde luego. Pero aunque no haya matado a la joven, es probable que quisiera un testigo para lo que fuera a encontrar en aquella habitación. Además, llevaba pijama y bata, un atuendo poco conveniente para trepar por la escalera y entrar por la ventana.

—En cierto modo, Sam Bocock confirmó la versión del doctor Maxie, y aunque eso no quiere decir nada hasta que se establezca la hora de la muerte, al menos prueba que no mintió en ese punto.

—Sam Bocock confirmaría cualquier cosa que dijeran los Maxie. Ese hombre sería todo un regalo para el abogado defensor. Al margen de su talento natural para no decir nada dando una impresión de absoluta e incorruptible veracidad, cree de verdad que los Maxie son inocentes. Usted ya le oyó: «En esa casa son todos buenas personas», una simple declaración de verdad que juraría por Dios Todopoderoso en el mismísimo tribunal. No creo que el viejo Bailey pueda asustarle.

—Creía que era un testigo sincero, señor.

—Por supuesto, Martin. A mí me hubiese caído mejor si no me hubiese mirado con esa expresión entre divertida y compasiva que he notado otras veces en la gente de campo. Usted es un hombre de campo, sin duda podrá explicarlo.

Seguramente Martin podría hacerlo, pero en su forma de ser hacía tiempo que la discreción superaba al valor.

—Da la impresión de ser un caballero con gran cultura musical. Ese tocadiscos que tenía era muy bueno, y es curioso ver un aparato como ese en una cabaña como la suya.

El tocadiscos, junto con las estanterías llenas de discos que lo rodeaban, causaba un efecto verdaderamente inesperado en la sala de una casa donde casi todos los demás objetos eran legados del pasado. Por lo visto Bocock compartía la aprensión de los hombres de campo al viento fresco, pues las dos pequeñas ventanas de la sala estaban cerradas y no parecían haber sido abiertas nunca. El papel de las paredes mostraba rosas entrelazadas y descoloridas de otras épocas y había trofeos y recuerdos de la primera guerra mundial colgados profusamente y de forma errática, una cuadrilla de soldados de caballería, una pequeña vitrina con medallas y una lámina del rey Jorge V y su esposa coloreada en tonos pálidos. También había fotografías de la familia, de parientes que ningún observador casual podría aspirar a identificar. ¿Era ese señor bigotudo con su novia eduardiana el padre de Bocock o su abuelo? ¿Recordaría en realidad con lealtad familiar a esas imágenes sepia de campesinos vestidos con sus trajes de domingo y sombreros de bombín, con sus mujeres e hijas de busto prominente? Sobre la repisa de la chimenea había fotografías más recientes: Stephen Maxie, orgulloso en su primer poni peludo, con un Bocock más joven pero inconfundible a su lado. Deborah Maxie, peinada con coleta, inclinándose sobre la montura para recibir una condecoración. En medio de esta mezcla de lo viejo y lo nuevo, la habitación reflejaba el aprecio de un viejo soldado disciplinado por sus reliquias personales.

Bocock los había recibido con despreocupada dignidad. Acababa de tomar el té, y, a pesar de que vivía solo, tenía el hábito femenino de poner todos los productos comestibles sobre la mesa, tal vez para estar bien provisto ante cualquier tentación repentina. Había una hogaza de pan crujiente, un pote de mermelada con su cucharilla, una vasija de cristal tallado con rodajas de remolacha, una con cebolletas y un recipiente demasiado pequeño para albergar el pepino que había en su interior. En el medio de la mesa, una fuente con lechuga se disputaba el sitio y la preponderancia con un gran bizcocho, obviamente casero. Dalgliesh recordó que la hija de Bocock estaba casada con un granjero local y que echaba una mano a su padre en las tareas domésticas. Sin duda el pastel sería una muestra reciente de su deber filial. Además de este banquete, resultaba obvio para el olfato y la vista que Bocock se acababa de preparar una comida a base de pescado y patatas fritas.

Dalgliesh y Martin se sentaron en los dos grandes sillones que rodeaban la chimenea, donde a pesar de la calidez de aquel día de julio, ardía un pequeño fuego y las llamas lánguidas e incandescentes apenas se divisaban por el haz de luz que se filtraba por la ventana del oeste. Bocock les ofreció una taza de té y a continuación consideró que sus obligaciones como anfitrión acababan allí y que ahora correspondía a sus invitados anunciar el propósito de su visita. Siguió bebiendo su té, cogiendo pequeños trozos de pan con sus dedos delgados y morenos y llevándoselos distraídamente a la boca, donde los masticaba y los removía con silenciosa concentración. No hizo ningún comentario por propia iniciativa, contestó pensativamente las preguntas de Dalgliesh, aparentando falta de interés más que reticencia para colaborar y trató a ambos policías con una actitud afectuosa, sincera y jovial, que Dalgliesh, con los muslos irritados por las crines del caballo y la cara sudando por el calor, encontró un poco desconcertante y muy exasperante.

El lento interrogatorio no desveló nada nuevo o inesperado. Stephen Maxie había estado en su casa la noche anterior, había llegado cuando daban las noticias de las nueve y no sabía exactamente a qué hora se había ido, pero era más bien tarde. Stephen podría decírselo.

—¿Muy tarde?

—Psse, más de las once. O tal vez mucho más tarde.

Dalgliesh señaló secamente que sin duda el señor Bocock recordaría la hora con mayor exactitud si disponía de más tiempo para pensar en ello y Bocock admitió que era posible.

—¿De qué hablaron?

—Escuchamos a Beethoven casi todo el tiempo, el señor Maxie no es muy charlatán —dijo Bocock como si se quejara de su propia verbosidad y de la molesta locuacidad del mundo en general y de los policías en particular.

No le sacaron nada más. No había visto a Sally durante la feria, excepto a última hora de la tarde cuando había montado a caballo llevando al bebé en brazos y a eso de las seis, cuando el globo de uno de los niños de la escuela dominical había quedado atrapado en un olmo y Stephen había ido a buscar la escalera para bajarlo. Entonces, ella estaba con Stephen y llevaba al niño en el cochecito. Bocock recordaba que Sally había sostenido la escalera mientras Stephen subía, pero aparte de ese momento no la había visto por allí. Sí había visto a Johnnie Wilcox a las cuatro menos diez, más o menos, cuando salía de la tienda de té en actitud sospechosa. No lo había detenido. Johnnie Wilcox era un buen chaval, pero a ningún niño le gustaba ayudar con las meriendas, tampoco a él le gustaba cuando era pequeño. Si Wilcox decía que había salido de la tienda a las cuatro y media, estaría un poco despistado, eso era todo, el chico no había trabajado allí más de media hora. Si en algún momento el viejo se había preguntado por qué la policía estaba interesada en Johnnie Wilcox y sus pecadillos, no lo había demostrado. Todas las preguntas de Dalgliesh fueron respondidas con la misma compostura y aparente ingenuidad. No sabía nada del compromiso del señor Maxie y no había oído hablar de ello en el pueblo ni antes ni después del asesinato.

—La gente inventa cualquier cosa, no debe creer las habladurías del pueblo. En Martingale son todos buenas personas.

Esas habían sido sus últimas palabras. Seguramente cuando hablara con Stephen, si lo hacía, recordaría más claramente la hora en que este se había ido. Por el momento se mostraba cauteloso, pero su lealtad estaba clara.

Lo habían dejado comiendo, solitario y solemne entre su música y sus recuerdos.

—No —dijo Dalgliesh—, no creo que podamos sacar nada en limpio sobre los Maxie a través de Bocock. Si el joven Maxie buscaba un aliado, sabía dónde encontrarlo. Sin embargo, hemos descubierto algo. Si Bocock está en lo cierto acerca de la hora, y lo más probable es que sepa calcular el tiempo mejor que Johnnie Wilcox, el encuentro en el granero debió de haber tenido lugar antes de las cuatro y media. Eso coincidiría con lo que sabemos de los movimientos siguientes de Sally Jupp, incluyendo la escena en la tienda del té cuando apareció con un vestido exactamente igual al de Deborah Riscoe. Nadie vio a Sally con ese vestido antes de las cuatro y media, así que debió de haberse cambiado después de la entrevista en el granero del establo.

—Es extraño que hiciera algo así, señor. ¿Y por qué esperó hasta entonces?

—Debió de comprar el vestido con la idea de usarlo públicamente en cualquier ocasión. Tal vez pasara algo en aquella entrevista que iba a liberarla de su dependencia con Martingale y pudo darse el lujo de hacer una salida triunfal. Por otro lado, si sabía antes del sábado que iba a casarse con Stephen Maxie podía haber hecho esa escena cuando le diera la gana. Hay un extraño conflicto con respecto a la proposición de matrimonio. Si creemos lo que dice Hinks, y ¿por qué no creerlo?, Sally Jupp sabía con seguridad que iba a casarse el jueves por la tarde. Me parece difícil que tuviera dos novios y además no hay demasiados probables candidatos. Y ya que hablamos de la vida amorosa del joven Maxie, aquí hay algo que aún no ha visto —dijo, pasándole una hoja delgada de papel de carta, con aspecto oficial. Llevaba el membrete de un pequeño hotel de la costa.

Estimado señor:

A pesar de que tengo que pensar en mi reputación y no tengo particular interés por verme mezclada en un asunto de la policía, creo que es mi deber informarle de que un tal señor Maxie estuvo en mi hotel el pasado 24 de mayo con una dama que se registró como su esposa. He visto una fotografía del doctor Maxie en el *Evening Clarion*, y se trata del mismo hombre. Los periódicos dicen que es soltero y que está mezclado en el asesinato de Chadfleet. No he visto ninguna fotografía de la joven muerta, así que no he podido identificarla, pero pensé que era mi obligación informarle de lo anterior. Desde luego es probable que esto no signifique nada, y como no quiero verme implicada en una situación desagradable, le agradecería no mencionara mi nombre ni el de mi hotel, que siempre ha albergado a gente muy respetable, con relación a este asunto. El señor Maxie y su acompañante solo estuvieron una noche y no ocasionaron problemas, pero mi esposo piensa que es nuestro deber facilitarle esta información que, por supuesto, no tiene intención de ocasionar perjuicios.

Atentamente,

Sra. LILY BURWOOD

—Esta señora parece muy consciente de su deber —dijo Dalgliesh— y es difícil imaginar qué entiende por «perjuicios». Creo que su esposo tuvo mucho que ver con esta carta y su vocabulario, pero que no se atrevió a firmarla. De todos modos, envié a ese joven e impaciente novato, Robson, a investigar y no me cabe duda de que se divirtió mucho. Se las arregló para convencerles de que la noche en cuestión no tenía nada que ver con el asesinato y que lo mejor para la reputación del hotel sería que se olvidaran de este asunto. Pero eso no es todo. Robson llevó algunas fotografías, una o dos de ellas tomadas en la feria, y gracias a ellas pudo confirmar una interesante teoría. ¿Tiene alguna idea de quién era la acompañante del joven Maxie?

—¿Podría ser la señorita Bowers, señor?

—Exactamente, esperaba sorprenderle.

—Bueno, si tenía que ser alguien de aquí, ella era la única posibilidad. No hay ninguna prueba de que Sally Jupp y el doctor Maxie estuvieran saliendo, y esto pasó hace casi un año.

—Así que usted no cree que debamos tenerlo en cuenta.

—Bueno, los jóvenes no parecen darle tanta importancia como en nuestra época.

—No es que pequen menos, sino que toman sus pecados con mayor ligereza. Pero no hay pruebas de que la señorita Bowers piense así, y es muy probable que se sintiera herida por lo que pasó. No tiene aspecto de ser una persona poco convencional, está muy enamorada y no es lo suficientemente lista pata disimularlo. Creo que está desesperada por casarse con el doctor Maxie y, después de todo, sus posibilidades de hacerlo han aumentado después de la noche del sábado. Ella presenció la escena en la sala y sabía lo que podría llegar a perder.

—¿Usted cree que aún siguen, señor?

El sargento Martin era incapaz de ser más explícito cuando se trataba de los pecados de la carne. En sus treinta años de servicio en la policía había visto y oído lo suficiente para destrozar la mayoría de las ilusiones de los hombres, pero tenía un carácter duro y a la vez bondadoso que no le permitía creer que los hombres fueran tan perversos o tan débiles como las evidencias demostraban de forma contundente.

—Me parece muy difícil. Es probable que aquel fin de semana fuera su única excursión amorosa. Tal vez no haya ido muy bien o, como usted sugirió amablemente, fuera una simple fruslería. Es una complicación. Catherine Bowers es el tipo de mujer que le dice a su hombre que haría cualquier cosa por él, y a veces lo hace.

—¿Podría haber sabido lo de las tabletas, señor?

—Nadie reconoce haberlo comentado con ella y creo que ella no mentía al decir que no lo sabía. Se lo podría haber dicho Sally Jupp, pero sus relaciones no eran muy buenas, mejor dicho, no tenían ninguna relación, por lo que tengo entendido, así que no lo creo probable. Pero eso no prueba nada, la señorita Bowers debía de saber que habría algún tipo de somnífero en la casa y dónde era más probable que se encontrara, y lo mismo es válido para Hearne.

—Es extraño que Hearne pueda seguir quedándose.

—Eso probablemente significa que piensa que el

asesino es alguien de la familia y quiere seguir aquí para evitar que tengamos la misma idea. Es posible que sepa quién fue, aunque si lo sabe, no creo que lo diga. También mandé a Robson a investigar sobre él, y su informe, al margen de un montón de términos psicológicos sobre cada persona a la que interrogó, dice más o menos lo que yo esperaba. Aquí está, todos los detalles sobre Felix Georges Mortimer Hearne. Tuvo una buena hoja de servicios durante la guerra, por supuesto, sabe Dios cómo lo hizo o qué hizo la guerra con él. A partir de 1945 parece haber estado revoloteando por ahí, escribiendo un poco y nada más. Es uno de los socios de Hearne and Illingworth, los editores. El fundador de la firma fue su bisabuelo, Mortimer Hearne. Su padre se casó con una francesa, Annette D'Apprius, en 1919 y el matrimonio aumentó los bienes de la familia. Felix nació en 1921 y se educó en los habituales colegios caros. Conoció a Deborah Riscoe a través de su marido, que iba al colegio con él. A pesar de ser bastante más joven, y a juzgar por lo que Robson averiguó, nunca había visto a Sally Jupp antes de encontrarla en Martingale. Tiene una bonita casa en Greenwich, por lo visto aún en pie, y un antiguo ordenanza del ejército cuida de él. Se rumorea que él y la señora Riscoe son amantes, pero no hay prueba de ello y Robson dice que no ha conseguido sacarle nada a su sirviente. Dudo que haya algo que sacarle. Es obvio que la señora Riscoe estaba mintiendo cuando dijo que había pasado la noche con él. Hearne podría haber matado a Sally Jupp para salvar a Deborah de la vergüenza, pero un jurado no lo creería y yo tampoco.

—¿No dice que él tuviera la droga?

—En absoluto. Creo que está bastante claro que la droga empleada para drogar a Sally Jupp procedía del tubo robado del botiquín del señor Maxie. Pero otras personas tenían esta medicina, así que pueden haber escondido el tubo para despistar. El doctor Epps había recetado Sommeil al señor Maxie, a sir Reynold Price y a la señorita Pollack de St. Mary. Ninguno de estos individuos con insomnio puede precisar la dosis que tomó y eso no me sorprende nada, la gente es muy descuidada con los medicamentos. ¿Dónde está ese informe? Sí, aquí está. Sobre el señor Maxie ya lo sabemos todo. A sir Reynold Price se le recetó Sommeil en enero de este año y lo adquirió en Goodliffes el 14 de enero. El tubo tenía veinte tabletas, dice que tomó más o menos la mitad y que luego no se acordó más de ellas; por lo visto su insomnio mejoró pronto. Si miramos las cosas con sentido común, el tubo con nueve pastillas que encontró el doctor Epps en el abrigo debía de ser el suyo, al menos sir Reynold está dispuesto a asegurarlo aunque no recuerde haberlo puesto allí. No es el lugar más indicado para guardar unas tabletas para dormir, pero él pasa muchas noches fuera y dice que probablemente las cogió en un momento de prisa. Sabemos todo lo que hay que saber acerca de sir Reynold Price, nuestro hombre de negocios y granjero local, que calcula las pérdidas de su segunda actividad para compensar las ganancias de la primera. Despotrica acerca de lo que él llama la degradación de Chadfleet New Town desde un seudocastillo victoriano, tan horroroso que me extraña que aún no hayan formado una asociación para preservarlo. Sir Reynold es un filisteo, no cabe duda, pero no creo que sea un asesino. Admite que no tiene coartada para el sábado por la noche y sabemos por sus empleados que salió de su casa en coche a las diez de la noche y no regresó hasta el domingo por la mañana. Sir Reynold parece sentirse tan culpable y avergonzado por su ausencia a la vez que intenta mantener una galante discreción, que creo que hay alguna «mujercilla» en cuestión. Cuando lo presionemos y dejemos bien claro que hay una sentencia de asesinato en juego, creo que nos dará el nombre de la dama. Estas salidas de una noche son muy habituales en él, y no creo que tengan nada que ver con Sally Jupp. Nunca podría pasar desapercibido con su Daimler, así que no creo que se le ocurriera hacer una visita clandestina a Martingale en él.

«Sabemos que la señorita Pollack consideraba las tabletas como un adicto a la cocaína debería considerar la droga, aunque nunca lo hagan. Durante un tiempo se debatió entre la tentación y el insomnio y acabó intentando tirar las tabletas de Sommeil al inodoro. La señorita Liddell la disuadió y se las devolvió al doctor Epps. El doctor Epps, según Robson, dice que es probable que se las devolvieran pero no está seguro. No había las pastillas suficientes para una dosis peligrosa y el tubo llevaba una etiqueta. Es una gran negligencia, es cierto, pero la gente suele actuar con negligencia y el Sommeil, por otra parte, no está en la lista de drogas peligrosas. Además, solo se necesitaron tres tabletas para drogar a Sally Jupp y, considerándolo desde la perspectiva del sentido común, esas tabletas debieron de proceder del tubo de Martingale.

—Lo cual vuelve a llevarnos hasta los Maxie y sus invitados.

—Por supuesto. Además no es un crimen tan estúpido como parece. A no ser que encontremos esas tabletas o podamos demostrar que alguno de los Maxie las puso en la taza, no tenemos muchas posibilidades de atraparlo. Es fácil suponer cómo mostrarían el caso. Sally Jupp conocía la existencia de las tabletas y pudo haberlas tomado voluntariamente; por otra parte, estaban en la taza de la señora Riscoe y no hay pruebas de que estuvieran destinadas a Sally. Cualquiera pudo entrar en la casa durante la feria y ocultarse para esperar a la joven. Dirán que no hay un motivo de peso y que otra gente tenía acceso al Sommeil, y, por lo que sabemos, podrían estar en lo cierto.

—Pero si el asesino le hubiese dado todas las tabletas, es probable que no se hubiera sospechado un asesinato.

—No podía hacerlo. Esos barbitúricos tienen un efecto muy lento y la joven podría haber estado en coma durante días y al final recuperarse, cualquier médico lo sabría. Por otra parte, hubiese resultado difícil ahorcar a una joven fuerte y sana, e incluso entrar en su habitación, sin drogarla antes. La combinación era arriesgada para el asesino, pero no tan arriesgada como hubiese sido emplear un método único. Dudo que alguien pudiera tomar una dosis letal sin sospechar algo. Aunque se supone que el Sommeil es menos amargo que otras drogas, tampoco es insípido y es probable que esa fuera la razón por la cual Sally dejó casi todo el chocolate. Es imposible que le haya dado sueño con una dosis tan pequeña, y aun así alcanzó para que la mataran sin que atinara a defenderse. Esa es la parte más extraña: Sally estaba esperando a quienquiera que entrara en su habitación, o al menos no le temía, aunque si ese era el caso, ¿por qué drogarla? Es posible que ambas cosas no estén conectadas, pero sería demasiada coincidencia que alguien pusiera una peligrosa dosis de barbitúricos en su taza la misma noche en que otra persona decide estrangularla. También está el asunto de la extraña distribución de huellas dactilares, ya que alguien bajó por el tubo de la chimenea, pero las únicas huellas en él corresponden a Sally y es probable que no sean recientes. La lata de cacao fue encontrada en la basura sin el papel del interior y con huellas de Sally y la señora Bultitaft. El cerrojo de la puerta tiene únicamente huellas de Sally, a pesar de estar muy sucio. Hearne dice que protegió el cerrojo con su pañuelo al abrirlo, lo cual, considerando las circunstancias en que se hallaba, demuestra una gran presencia de ánimo, tal vez demasiada. De toda esta gente, Hearne es el menos propenso a perder la calma en una emergencia o a pasar por alto cualquier consideración importante.

—Sin embargo, parecía muy afectado cuando vino a declarar.

—Es cierto, sargento, y yo habría tenido una reacción más firme ante sus ofensas si no hubiese advertido que eran producto del miedo. A alguna gente le da por ahí, y ese pobre diablo era digno de compasión. Aun así fue una exhibición sorprendente en alguien como él, incluso Proctor interpretó mejor su papel aunque era obvio que estaba aterrorizado.

—Sabemos que Proctor no pudo haberlo hecho.

—Él confía en eso, pero ha mentido en varias cuestiones y le haremos hablar cuando sea el momento. Sin embargo, creo que decía la verdad con respecto a la llamada telefónica, o al menos parte de la verdad. Fue una desgracia para él que la niña cogiera el teléfono; si lo hubiera hecho él mismo, dudo que nos lo dijera. Sigue afirmando que la llamada era de la señorita Liddell y Beryl Proctor dice que la persona que llamó dio ese nombre. Al principio Proctor le dice a su esposa, y también a nosotros, que solo llamaba para decir que Sally estaba bien. Cuando volvemos a interrogarle y le decimos que la señorita Liddell niega haber hecho la llamada, sigue afirmando que la llamada era de ella o de alguien que se hacía pasar por ella, pero admite que le dijo que Sally estaba prometida y que iba a casarse con Stephen Maxie. Sin duda ese sería un motivo más razonable para la llamada que un informe general sobre la vida de su sobrina.

—Es interesante que tanta gente diga que conocía el compromiso antes de que este tuviera lugar.

—O antes de la fecha en que Maxie dice que tuvo lugar. Sigue insistiendo en que le propuso matrimonio, a causa de un súbito impulso, a las ocho menos veinte de la noche del sábado y que nunca antes había pensado en ello, lo cual no implica que ella tampoco lo hiciera. Es probable que ella esperara que sucediera, aunque es obvio que se estaba buscando problemas al propagar la noticia con anticipación. ¿Y qué motivo podría tener para contárselo a su tío, además de regocijarse maliciosamente con su desconcierto? Aun así, ¿por qué iba a hacerse pasar por la señorita Liddell?

—¿Está convencido de que fue Sally Jupp la que hizo esa llamada, señor?

—Bueno, nos dijeron que era una gran imitadora, ¿verdad? Creo que podemos estar seguros de que Sally Jupp fue la autora de esa llamada, y resulta significativo que Proctor no quiera admitirlo. Otro pequeño misterio que posiblemente quede sin resolver es dónde estuvo Sally Jupp desde el momento en que acostó al bebé hasta que hizo su última escena en las escaleras principales de la casa. Nadie admite haberla visto.

—¿No es probable, entonces, que se quedara en su habitación con Jimmy y que bajara a buscar su taza de cacao cuando pensó que Martha estaría en la cama y no habría moros en la costa?

—Sin duda es la explicación más razonable, no hubiese sido bien recibida ni en la sala ni en la cocina y tal vez quisiera estar sola. ¡Dios sabe que habrá tenido mucho en qué pensar!

Se quedaron callados un momento y Dalgliesh reflexionó sobre la extraña diversidad de pruebas relevantes en este caso: la significativa reticencia de Martha para hablar de los defectos de Sally, el tubo de Sommeil enterrado en el jardín, la lata vacía de cacao, una joven de cabello dorado sonriendo a Stephen Maxie mientras él recuperaba un globo de un olmo de Martingale, una llamada de teléfono anónima y la visión de una mano enguantada cerrando la trampilla del granero de Bocock. Y en el corazón del misterio estaba la pista que lo resolvería, la compleja personalidad de Sally Jupp.

CAPÍTULO OCHO

1

La mañana del jueves en el hospital St. Luke había sido dura y Stephen Maxie no se acordó de Sally hasta la hora de comer. Entonces, como siempre, el recuerdo vino a cortarle el apetito y a privarle de los simples y despreocupados placeres de la vida cotidiana. La conversación de sus colegas en la mesa sonaba falsa, no era más que un montón de trivialidades con que intentaban disimular el desconcierto que provocaba su presencia. Los periódicos habían sido cuidadosamente plegados, de modo que ningún titular les recordara que entre ellos había un sospechoso de asesinato. Lo incluían con tacto en la conversación, ni demasiado a menudo para que no pensara que le tenían pena, ni demasiado poco para que no pensara que lo estaban evitando. La carne de su plato estaba tan insulsa como un trozo de cartón, sin embargo hizo un esfuerzo para tragar unos cuantos trozos —no sería bien visto que el sospechoso perdiera todo su apetito— y despreció el postre sin disimulo. Sentía la necesidad de entrar en acción. Si la policía no podía resolver este asunto, quizá pudiera hacerlo él. Murmuró una disculpa y se retiró, dejando que sus colegas siguieran especulando. ¿Y por qué no? ¿Era tan sorprendente que todos quisieran hacerle la pregunta crucial? Su madre, con la mano sobre la suya en el teléfono, volviendo su cara desolada hacia él con una expresión desesperada e inquisidora, había necesitado preguntarle lo mismo y él había respondido: «No tienes que preguntármelo, yo no sé nada de esto, lo juro.»

Tenía una hora libre y sabía lo que quería hacer con ella. El secreto de la muerte de Sally debía residir en su vida, y probablemente en la vida anterior a su llegada a Martingale. Stephen estaba convencido de que si podía encontrar al padre del niño descubriría la clave de este asunto. No analizó sus propios motivos, ni se preguntó si esta necesidad de encontrar a un hombre desconocido respondía a la lógica, la curiosidad o los celos. Pensó que encontraría alivio en la acción, por más infructuosas que resultaran sus consecuencias.

Recordaba el nombre del tío de Sally, pero no su dirección completa, y le llevó bastante tiempo encontrar un número de Canningbury entre los Proctor del listín. Respondió una mujer con el tono formal y poco natural propio de alguien que no está acostumbrado a contestar el teléfono. Después de decir quién era hubo un silencio tan largo que pensó que le habían colgado. Sintió la desconfianza de la mujer como si fuera una fuerza física que llegaba a través de la línea e intentó apaciguarla. Como ella aún dudaba, le sugirió que, si lo prefería, llamaría más tarde para hablar con su marido. No lo hizo como una amenaza, simplemente pensó que podría tratarse de una de esas mujeres incapaces del más simple acto de independencia. Pero el resultado de su propuesta fue sorprendente, se apresuró a contestar que no había ninguna necesidad de hacer eso y que el señor Proctor no quería hablar de Sally, así que no valía la pena que le telefoneara. Además, no tenía nada de malo que le dijera al señor Maxie lo que quería saber, aunque preferiría que el señor Proctor no se enterara de que había llamado. Luego le dio la dirección que Stephen pedía. Cuando quedó embarazada, Sally trabajaba en el Club del Libro Escogido de la plaza Falconer, en el centro de Londres.

El Club del Libro Escogido tenía sus oficinas en una plazoleta cercana a la catedral de St. Paul. Se llegaba allí a través de un pasaje estrecho, oscuro y difícil de encontrar, pero la plaza en sí era muy luminosa y tan silenciosa como el recinto de una catedral provinciana. El ruido creciente del tráfico de la ciudad se reducía a un ligero gemido, como el sonido distante del mar, y el viento traía consigo el olor del río. No le resultó difícil encontrar la casa, en la parte más iluminada de la plaza había un pequeño escaparate con las novedades del Club del Libro Escogido acomodadas con cuidadosa y premeditada informalidad sobre un fondo de terciopelo morado. Habían acertado al elegir el nombre, pues se ocupaban del tipo de lectores que se interesa por una buena novela sin importarle quién la ha escrito, que prefiere evitarse el fastidio de elegirla personalmente y que cree que una estantería con libros del mismo tamaño y encuadernados en idéntico color le da prestancia a cualquier habitación. En los libros escogidos se premiaba la virtud y se castigaba el vicio de la forma más apropiada, se evitaban la lujuria y las polémicas. El club no corría riesgos con autores poco conocidos y, por lo tanto, no era extraño que tuvieran que rebuscar entre las ediciones más antiguas para ofrecer su selección. Stephen notó que solo unos pocos de los volúmenes escogidos llevaban el sello original de Hearne and Illingworth, aunque le sorprendió que hubiera alguno.

Los peldaños de la entrada principal estaban blancos de tanto restregarlos y la puerta abierta conducía a una pequeña oficina, obviamente decorada en honor a los clientes que preferían recoger personalmente su libro mensual.

Cuando Stephen entró, un anciano sacerdote estaba soportando la animada e interminable despedida de la vendedora, decidida a no dejarle escapar hasta haberle explicado los méritos del libro del mes, incluyendo detalles de la trama y del verdaderamente asombroso final sorpresa. Después le interrogó acerca de su familia y de su opinión sobre el libro del mes pasado. Stephen esperó pacientemente a que concluyera y la mujer se volvió hacia él con una estudiada mirada radiante. Una pequeña tarjeta enmarcada sobre el mostrador la identificaba como la señorita Tidey.

—Lamento haberle hecho esperar. Usted es un cliente nuevo, ¿verdad? Creo que no he tenido el placer de conocerle, pero con el tiempo llego a conocer a todo el mundo y todo el mundo me conoce a mí. Ese era Canon Tatlock, un cliente muy querido, pero nunca tiene prisa, ya sabe, nunca tiene prisa.

Stephen empleó todo su encanto y le explicó que

quería ver a la persona que estuviera a cargo por un asunto personal y muy importante. No pretendía vender nada y le aseguraba que no estaría mucho tiempo. Lamentaba no poder ser más explícito, pero era algo realmente importante.

—Al menos para mí —agregó con una sonrisa.

La sonrisa tuvo éxito, siempre la tenía. La señorita Titley, confusa ante una petición tan inusitada, se retiró al fondo de la oficina e hizo una llamada telefónica sigilosa y un tanto larga. Mientras hablaba lo miró varias veces como para convencerse de su respetabilidad. Por fin colgó el teléfono y volvió con la noticia de que la señorita Molpas estaba dispuesta a recibirle.

La oficina de la señorita Molpas estaba en la tercera planta. La escalera alfombrada era empinada y estrecha, así que Stephen y la señorita Titley tuvieron que detenerse en cada rellano para dejar paso a las empleadas. No se veían hombres por ningún lado. Cuando por fin entraron a la oficina de la señorita Molpas, Stephen pensó que esta había elegido bien el lugar, tres pisos de escaleras eran un precio bajo a cambio de esa vista de los techos de la ciudad, una cinta plateada que atravesaba la ciudad desde Westminster. La señorita Titley, jadeante, hizo una presentación tan reverente como poco articulada y desapareció. La robusta señorita Molpas se puso de pie y le señaló una silla. Era una mujer baja, morena y muy vulgar. Tenía la cara grande y redonda y un flequillo amplio y liso encima de las cejas. Vestía una falda corta de *tweed*, una camisa blanca de hombre y una corbata tejida amarilla y verde que a Stephen le trajo el desagradable recuerdo de una oruga de col aplastada. Pero tenía la voz más bonita que Stephen recordara haber oído en una mujer y la mano que le tendió era fría y firme.

—Usted es Stephen Maxie, ¿verdad? Vi su fotografía en el *Echo*. La gente dice que usted mató a Sally Jupp, ¿lo hizo?

—No —dijo Stephen—, ni tampoco ningún miembro de mi familia. Pero no he venido a discutir eso, la gente puede creer lo que quiera. Me gustaría saber algo más acerca de Sally y pensé que usted podría ayudarme. En realidad estoy preocupado por el niño; ahora que no tiene a su madre, me parece importante encontrar a su padre. No ha venido nadie a reclamarlo, pero se me ocurre que tal vez el padre no sepa nada, pues Sally era muy independiente. Si él no lo sabe y quisiera hacer algo por Jimmy, bueno, creo que deberíamos darle esa oportunidad.

—¿Fuma? —dijo la señorita Molpas pasándole un paquete de cigarrillos por encima de la mesa—. ¿No? Bueno, yo sí. Está husmeando algo, ¿verdad? Será mejor que reconozca sus intenciones, usted no puede creer que el hombre no sepa nada, ¿por qué iba a ser así? De todos modos, ahora lo sabría porque ha habido bastante publicidad. La policía ha estado aquí con la misma táctica, aunque no creo que estén muy interesados por el bienestar del niño, sino que buscan un motivo. Son muy concienzudos, será mejor que les deje este asunto a ellos.

Así que la policía había estado allí; suponer lo contrario era estúpido e irracional, pero la noticia le deprimió. Siempre iban un paso más adelante y era presuntuoso creer que podría descubrir algo sobre Sally que la policía, experimentada, perseverante e infinitamente paciente, no hubiera descubierto ya. El desencanto debió de reflejársele en la cara porque la señorita Molpas lanzó una carcajada.

—¡Anímese! Aún es probable que les gane, aunque yo no pueda ayudarle mucho. Le dije a la policía todo lo que sé y ellos lo escribieron detalladamente, pero sé que no les sirvió de nada.

—Solo para estar más seguros de buscar un culpable allí donde ya creían que estaba, dentro de mi familia.

—Bueno, lo cierto es que no iban a encontrar a ningún culpable aquí. Yo no pude ni siquiera atribuirle un posible padre al niño. No tenemos ningún hombre en plantilla, y si bien es cierto que Sally quedó embarazada en la época en que trabajaba aquí, no tengo idea de con quién.

—¿Cómo era ella realmente, señorita Molpas? —Stephen se obligó a hacer esa pregunta, a pesar de que era consciente de su ridiculez.

Todos preguntaban lo mismo, era como si pensaran que en el centro de aquel laberinto de pruebas y dudas iban a encontrar a alguien que les dijera: «Esta era Sally.»

—Usted debería saber cómo era, estaba enamorado de ella —dijo la señorita Molpas mirándolo con curiosidad.

—Si hubiese estado enamorado, hubiera sido el último en saberlo.

—Pero no lo estaba.

Era una afirmación, no una pregunta impertinente

y Stephen se sorprendió de su propia franqueza al responder.

—La admiraba y quería acostarme con ella. Supongo que usted no llamará amor a eso, pero como nunca he sentido nada distinto por ninguna mujer, sería incapaz de ver la diferencia.

—Debería conformarse con eso —dijo la señorita Molpas mirando por la ventana en dirección al río—, dudo que alguna vez sienta algo más. Los hombres como usted no suelen hacerlo. —Volvió a girarse hacia él y habló con rapidez—. Pero me está preguntando qué pensaba de ella, lo mismo que quería saber la policía. La respuesta es la misma: Sally Jupp era bonita, inteligente, ambiciosa, astuta e insegura.

—Parece que la conocía muy bien —dijo Stephen en voz baja.

—La verdad es que no. No era fácil llegar a conocerla. Trabajó aquí durante tres años y cuando se fue yo sabía lo mismo de su familia que el día en que la contraté. Cogerla fue todo un experimento. Como usted ya habrá notado, aquí no tenemos jóvenes, es difícil conseguirlas a menos que se les pague el doble del sueldo que merecen y luego no se concentran en el trabajo. No las culpo, solo tienen unos años para encontrar maridos y el terreno de caza no es muy prometedor. Además pueden ser crueles trabajando al lado de mujeres mayores. ¿Ha visto alguna vez a las gallinas jóvenes dando picotazos a un pájaro herido? Pues bien, aquí solo empleamos pájaros viejos. Es probable que sean más lentas, pero son metódicas y de confianza, de todos modos para este trabajo no se necesita mucha inteligencia. Sally era muy buena en su trabajo, pero nunca entendí por qué se había quedado. Al acabar sus estudios, se incorporó a una agencia de secretarias y vino a hacer una sustitución con nosotros cuando nos quedamos cortos de personal durante una epidemia de gripe. Le gustó el trabajo, así que pidió quedarse, y como el club estaba creciendo, se necesitaba otra taquimecanógrafa y la contraté. Como ya le dije, fue un experimento, era el único miembro de la plantilla que tenía menos de cuarenta y cinco años.

—Seguir en este trabajo no me parece propio de una persona ambiciosa —dijo Stephen—. ¿Qué le hizo pensar que era astuta?

—Yo la observaba y la escuchaba. Aquí somos una panda de anticuadas y ella parecía saberlo. «¿Sí, señorita Titley; desde luego, señorita Croome; puedo ayudarla, señorita Melling?» Modesta como una monja y respetuosa como una doncella victoriana. Había conquistado a todas estas tontas, por supuesto, y decían qué agradable era tener una joven como ella en la oficina. Le compraban regalos para su cumpleaños y para Navidad, le hablaban sobre su carrera y ella llegó a pedirles consejo sobre su ropa. ¡Como si le importara lo que nos poníamos o lo que pensábamos! Si le hubiese importado, yo hubiera pensado que era una tonta, pero era solo una buena interpretación. No me sorprendió en absoluto que después de que Sally llevara unos meses aquí, tuviéramos el típico ambiente de las oficinas. Es probable que usted no sepa lo que eso significa, pero puedo asegurarle que no es nada agradable. Aparecen tensiones, se susurran secretos y observaciones mordaces, se crean amistades y enemistades inexplicables. Todo esto hace estragos en el trabajo, aunque alguna gente aprovecha la situación, pero yo no, yo veía claramente dónde estaba el problema. Sally las había metido en un confuso enredo de celos y las pobres tontas no se daban cuenta. Le tenían verdadero afecto, y creo que la señorita Melling realmente la quería. Si Sally le confió a alguien lo de su embarazo, debe de haber sido a Beatrice Melling.

—¿Puedo hablar con la señorita Melling? —preguntó Stephen.

—No, a no ser que sea usted médium. Beatrice murió a consecuencia de una simple operación de apendicitis la semana después de que Sally se fuera. Casualmente se fue sin ni siquiera decirle «adiós». ¿Cree usted que alguien puede morir de tristeza, doctor Maxie? No, por supuesto, no lo creerá.

—¿Qué ocurrió cuando Sally quedó embarazada?

—Nada, nadie se enteró. No somos el tipo de gente más apropiada para adivinar ese tipo de problemas, y además, ¡Sally!, ¡la modesta, virtuosa y callada pequeña Sally! Noté que estaba más pálida, incluso más delgada, durante algunas semanas, pero luego se puso más bonita que nunca, parecía radiante. Cuando se fue debía de estar embarazada de unos cuatro meses, me dio una semana de aviso y me pidió que no lo comentara con nadie. No me dio ninguna razón y yo tampoco se la pedí. Francamente fue un alivio, yo no tenía ninguna excusa concreta para echarla, pero hacía tiempo que sabía que el experimento había sido un fracaso. Se fue un viernes y el lunes siguiente le dije al resto de la plantilla que nos había dejado. Todas sacaron sus propias conclusiones, pero por lo que sé, ninguna dio en el clavo. Tuvimos una tremenda pelea, la señorita Croome acusó a la señorita Melling de haber obligado a Sally a irse con su posesividad y su afecto anormal. Conociendo a la señorita Croome, no creo que quisiera decir nada perverso, solo que Sally se veía obligada a comer el bocadillo en compañía de la señorita Melling cuando en realidad hubiera deseado ir al bar más cercano con ella.

—¿No tiene idea de quién era el hombre o dónde pudo haberlo conocido?

—En absoluto. Aparte de que se encontraban los sábados por la mañana, y me enteré de eso por la policía. Aquí trabajamos de lunes a viernes y la oficina nunca está abierta los sábados. Por lo visto, Sally les había dicho a sus tíos que estaba abierta y viajaba al centro todos los sábados temprano, como si viniera a trabajar. Fue una verdadera impostura. Aparentemente sus tíos no estaban muy interesados en su trabajo, pero incluso si la llamaban por teléfono un sábado por la mañana, siempre podría decirles que no había nadie en esa línea. Sally era una mentirosa muy lista.

Sin duda el tono de disgusto en su voz solo podía deberse a una afrenta personal. Stephen se preguntó qué más podrían decirle de la vida de Sally en la oficina.

—¿Le sorprendió su muerte? —preguntó.

—Me sorprendió y me impresionó tanto como cabe esperar cuando algo tan horrible e irreal como un asesinato tiene lugar en el entorno de uno. Luego, cuando reflexioné sobre ello, dejó de sorprenderme. En cierto modo, Sally parecía la típica víctima de un asesinato. Lo que realmente me asombró de las noticias fue que fuera una madre soltera. Me parecía demasiado cuidadosa, demasiado organizada como para tener ese tipo de problema, incluso la hubiese calificado como una persona poco interesada por el sexo y no como lo contrario. Cuando Sally llevaba unas pocas semanas aquí, ocurrió un extraño incidente. Los paquetes se hacen en el sótano y en esa época teníamos un hombre trabajando en ello. Era un hombre de mediana edad, pequeño y callado, que tenía al menos seis hijos. No le veíamos mucho, pero Sally fue enviada a llevarle un mensaje y aparentemente intentó propasarse con ella. No pudo haber sido nada serio porque el hombre estaba verdaderamente sorprendido cuando lo despidieron por eso. Solo debió de haber intentado besarla, aunque nunca escuché la versión completa de lo que había sucedido. Pero por el escándalo que ella armó, cualquiera hubiese pensado que le había arrancado la ropa y la había violado. Tenía derecho a ponerse nerviosa, aunque las chicas de hoy en día parecen capaces de enfrentarse con una situación así sin llegar a ponerse tan histéricas. Y aquella vez no estaba actuando, era obvio que era verdad, es imposible confundir el temor y el disgusto verdaderos. Jelks me dio mucha pena, aunque por suerte tengo un hermano en Glasgow, justamente la ciudad natal de aquel hombre, que le pudo conseguir un empleo allí. Le va bien, y sin duda ha aprendido la lección. Puede creerme, Sally Jupp no era una ninfómana.

Esto último ya lo había descubierto Stephen por sí mismo. Parecía que la señorita Molpas no podía aclararle nada más, ya había estado fuera del hospital más de una hora y Standen se estaría impacientando. Se despidió y bajó por las escaleras hasta el primer piso. La señorita Titley seguía atendiendo al público y en aquel momento estaba intentando aplacar a un cliente que no estaba conforme con los tres últimos libros. Stephen esperó un momento a que acabaran de hablar. Las ordenadas hileras de libros encuadernados en rojo encendieron una luz en su memoria. Alguien conocido era suscriptor del Club del Libro Escogido, aunque no era nadie del hospital. Stephen recorrió mentalmente y de forma metódica las estanterías de sus amigos y conocidos y en poco tiempo obtuvo la respuesta.

—Temo que no tengo mucho tiempo para leer —le dijo a la señorita Titley—, pero los libros parecen fabulosos. Creo que un amigo mío es miembro del club. ¿Conoce a sir Reynold Price?

Por supuesto, la señorita Titley conocía a sir Reynold, que era un miembro muy apreciado. Venía él mismo cada mes a buscar su libro y tenían unas conversaciones muy interesantes. Sir Reynold Price era un hombre verdaderamente encantador.

—¿Es probable que conociera a Sally Jupp aquí?

Stephen dejó caer la pregunta tímidamente, esperando que provocara sorpresa, pero la señorita Titley tuvo una reacción inesperada. Se sintió insultada y con infinita cortesía, pero gran firmeza, le explicó que la señorita Jupp no podía haber conocido a sir Reynold en el Club del Libro Escogido. Ella misma estaba a cargo de la atención al público y había ocupado ese puesto durante más de diez años. Todos los clientes conocían a la señorita Titley y la señorita Titley conocía a todos los clientes. La atención personal de los miembros del club era un trabajo que requería tacto y experiencia. La señorita Molpas tenía mucha confianza en ella y nunca se le ocurriría poner a otra persona en su puesto. Sally Jupp, según la señorita Titley, había sido la aprendiza de la oficina y era solo una joven sin experiencia.

Stephen tendría que contentarse con aquella declaración de despedida.

Eran casi las cuatro cuando volvió al hospital. Cuando pasó frente a la recepción, Colley lo llamó y se inclinó sobre el mostrador en la actitud sigilosa propia de un conspirador. Sus ojos cansados y amables parecían preocupados. Stephen recordó que la policía había estado en el hospital y que probablemente habrían hablado con Colley. Se preguntó cuánto daño podría haber hecho el viejo con su determinación de no decir nada, motivada por un exceso de lealtad. Pero no había nada que decir, Sally solo había estado una vez en el hospital y Colley habría confirmado lo que la policía ya sabía.

—Ha habido una llamada telefónica para usted, doctor. La señorita Bowers dijo que llamara tan pronto llegara. Es urgente, doctor.

Stephen trató de contener su miedo y se quedó mirando los compartimientos de las cartas, como si esperara que le dieran una carta antes de contestar.

—¿La señorita Bowers dejó algún mensaje, Colley?

—No, señor. Ningún mensaje.

Decidió llamar desde el teléfono público del vestíbulo, donde tendría más intimidad aunque estuviera a la vista de Colley. Contó deliberadamente las monedas antes de entrar en la cabina. Como siempre, le costó un poco conseguir línea para Chadfleet, pero en Martingale, Catherine debía de estar sentada junto al teléfono. Tuvo la impresión de que había contestado antes de que el teléfono sonara.

—¿Stephen? ¡Gracias a Dios que estás de vuelta! ¿Puedes venir a casa de inmediato? Alguien ha intentado asesinar a Deborah.

2

Mientras tanto, en la pequeña sala de Windermere Crescent 17, el inspector Dalgliesh estaba frente a su hombre y se acercaba implacablemente al momento de la verdad. La cara de Victor Proctor tenía la expresión de un animal acorralado que sabe que la única vía de escape está cerrada, pero aun así no se atreve a enfrentarse a su fin. Sus ojos pequeños y oscuros se movían inquietos de un lado al otro, la voz y la sonrisa de mando se habían esfumado, solo quedaba el miedo. Parecía que en esos últimos minutos las arrugas que iban de su boca a su nariz se habían hecho más profundas. La nuez se movía convulsivamente dentro de su cuello enrojecido y huesudo como el de un pollo.

—¿Así que admite que la declaración que presentó ante la Asociación de ayuda a los huérfanos de guerra —apuntó Dalgliesh sin compasión—, en la que dice que su sobrina era una huérfana de guerra sin recursos, era falsa?

—Supongo que debía haber mencionado las dos mil libras, pero eso era capital y no ingresos.

—¿Un capital que usted gastó?

—Tenía que criarla. Es cierto que me nombraron albacea, pero yo tenía que alimentarla, ¿verdad? Nosotros nunca tuvimos demasiados medios y ella tenía una beca para el colegio pero había que comprarle ropa. Le aseguro que no ha sido fácil.

—¿Y usted dice que la señorita Jupp no sabía que su padre le había dejado ese dinero?

—En aquel momento ella era un bebé y después no tenía sentido decirle nada.

—¿Porque para entonces el dinero ya había pasado a formar parte de sus propios fondos?

—Le repito que lo usé para mantenerla. Mi mujer y yo fuimos nombrados albaceas e hicimos todo lo posible por la niña. ¿Cuánto le hubiese durado si lo hubiera cogido a los veintiún años? Nosotros la alimentamos todos esos años sin contar con ninguna otra ayuda.

—A excepción de las tres becas de la «Asociación de ayuda a los huérfanos de guerra».

—Bueno, era una huérfana de guerra, ¿verdad? Además no nos dieron demasiado, solo lo suficiente para comprar el uniforme escolar, eso es todo.

—¿Sigue usted negando que estuvo en Martingale el sábado pasado?

—Ya se lo he dicho. ¿Por qué sigue importunándome? No fui a la feria, ¿por qué iba a hacerlo?

—Podría haber venido a felicitar a su sobrina por su compromiso. Según usted, la señorita Liddell le llamó el sábado por la mañana para darle la noticia, aunque ella ahora niega que lo hiciera.

—Yo no puedo evitar que lo niegue, pero si no era

ella, era alguien que la imitaba. ¿Cómo quiere que sepa quién era?

—¿Está seguro de que no era su sobrina?

—Le digo que era la señorita Liddell.

—¿Y usted fue a Martingale a ver a la señorita Jupp como consecuencia de aquella llamada?

—No y no, ya se lo dije, estuve andando en bicicleta todo el día.

Dalgliesh sacó dos fotografías de su cartera y las colocó intencionadamente sobre la mesa. En ellas se veían grupos de niños entrando a través de las grandes puertas de hierro forjado, sus caras contraídas en amplias sonrisas en un esfuerzo para persuadir al fotógrafo de que eran «el niño más feliz» de la feria. A sus espaldas unos cuantos adultos entraban de una forma menos espectacular. La figura furtiva que se dirigía a la mesa de entrada con gabardina y las manos en los bolsillos no estaba muy clara pero era, de todos modos, inconfundible. Proctor extendió su mano izquierda como si fuera a romper la fotografía en dos y luego volvió a hundirse en su asiento.

—Está bien, será mejor que se lo diga, estuve allí.

3

Le había llevado un rato encontrar quien se hiciera cargo de su trabajo. No era la primera vez que Stephen envidiaba a aquellos para quienes los problemas personales no siempre estaban por encima de las demandas de la profesión. Una vez que dejó todo arreglado y pidió un coche prestado, sintió una especie de odio por el hospital y todos y cada uno de sus exigentes e insaciables pacientes. Las cosas hubieran resultado más fáciles si hubiese podido explicar claramente lo que pasaba, pero por alguna razón no lo hizo. Es probable que pensaran que la policía lo había mandado llamar y que su arresto era inminente. Bien, que lo pensaran, que esos malditos pensaran lo que les diera la real gana. ¡Dios, estaba contento de salir de aquel lugar donde los vivos debían sacrificarse todo el tiempo pasa mantener con vida a los medio muertos!

Más tarde no podía recordar nada del camino a casa. Catherine había dicho que Deborah estaba bien, que el intento de asesinato había fallado, pero Catherine era una tonta. ¿Qué estaban haciendo los demás para permitir que ocurriera? Catherine parecía muy serena en el teléfono, pero los detalles que le había dado, a pesar de ser datos, no le decían nada. Alguien había entrado en la habitación de Deborah a la madrugada y había intentado estrangularla, ella se había zafado y había gritado pidiendo ayuda. Martha había llegado allí primero y Felix, un segundo después, pero para entonces Deborah se había recuperado lo suficiente como para simular que había tenido una pesadilla. Sin embargo, era obvio que estaba muy asustada porque había pasado el resto de la noche en la habitación de Martha, con las puertas y las ventanas cerradas y las solapas de la bata arropadas sobre el cuello. Había bajado a desayunar con un pañuelo de gasa alrededor del cuello y parecía estar perfectamente serena, aunque un poco pálida y cansada. Felix Hearne, que se había sentado al lado de Deborah durante el almuerzo, había notado un cardenal por encima del pañuelo y la había obligado a decir la verdad. Luego había consultado a Catherine. Deborah les había rogado que no dijeran nada a su madre para no preocuparla y él estaba dispuesto a concedérselo, pero Catherine había insistido en llamar a la policía. Dalgliesh no estaba en el pueblo y uno de sus hombres les dijo que él y el sargento Martin estaban en Canningbury. Felix no había dejado ningún mensaje, pero había pedido que Dalgliesh pasara por Martingale tan pronto como le fuera posible. No le habían dicho nada a la señora Maxie, pues el señor Maxie estaba demasiado grave como para que lo dejaran solo y esperaban que los cardenales en el cuello de Deborah desaparecieran antes de que su madre sospechara algo. Deborah, según Catherine, parecía tener más miedo de que preocuparan a su madre que de que la atacaran por segunda vez. Estaban esperando a Dalgliesh, pero Catherine pensó que Stephen debía enterarse de lo sucedido, aunque no había consultado con Felix antes de llamarle. Era probable que Felix no aprobara que llamara a Stephen, pero ya era hora de que alguien actuara con firmeza. Martha no sabía nada, ya que Deborah tenía miedo de que se marchara de Martingale si se enteraba de la verdad. Catherine no estaba de acuerdo con esa actitud y pensaba que Martha tenía derecho a defenderse si había un asesino por allí. Era ridículo que Deborah pensara que podría ocultar el ataque durante mucho tiempo, pero amenazaba con negarlo todo si la policía se lo contaba a Martha o a su madre. Por lo tanto, Catherine le rogaba que viniera de inmediato y que viera qué podía hacer, porque ella ya no era capaz de asumir más responsabilidades sola. Stephen no se sorprendió, tanto Catherine como Hearne se habían visto forzados a asumir demasiadas responsabilidades. Deborah debía de estar loca si pretendía ocultar una cosa así, a no ser que tuviera sus motivos, o que incluso el temor de un segundo ataque le pareciera preferible a descubrir la verdad. Mientras sus pies y sus manos coordinaban automáticamente frenos y acelerador, volante y palanca de cambio, su mente, aguzada por el miedo, se planteaba sus propias preguntas. ¿Cuánto tiempo había pasado entre el grito de Deborah y la llegada de Martha y de Felix? Martha dormía en la habitación de al lado, así que era natural que se hubiera despertado primero. Pero Felix, ¿por qué había aceptado guardar el secreto? Era una locura que tomara un asesinato y un intento de asesinato como una de sus aventuras de la guerra. Todos sabían que Felix era un maldito héroe, pero nadie necesitaba sus heroicidades en Martingale. Al fin y al cabo, ¿qué sabían de él? Deborah se había comportado de una forma extraña, no era propio de ella pedir socorro, tiempo atrás se hubiera defendido con más furia que terror. Pero recordó su cara descompuesta cuando descubrieron a Sally, las repentinas náuseas, su salida a tientas por la puerta. Nadie podía adivinar cómo reaccionaría la gente ante una situación límite; Catherine se había comportado bien, Deborah mal. Pero Catherine tenía más experiencia en muertes violentas, ¿y tal vez una conciencia más limpia?

La sólida puerta principal de Martingale estaba abierta y la casa parecía extrañamente silenciosa. Solo se oía un murmullo de voces en la sala. Cuando entró, cuatro pares de ojos se fijaron en él y Catherine dejó escapar un breve suspiro de alivio. Deborah estaba sentada en uno de los sillones de orejas junto al fuego, con Felix y Catherine de pie a sus espaldas. Felix estaba rígido y expectante, mientras Catherine tenía los brazos extendidos por encima del respaldo del sillón y las manos apoyadas sobre los hombros de Deborah en una actitud entre protectora y reconfortante. A Deborah no parecía molestarle; tenía la cabeza echada hacia atrás, la blusa abierta y un pañuelo de gasa amarillo en la mano. Incluso desde la puerta, Stephen pudo divisar los cardenales morados encima de sus hombros delgados. Dalgliesh estaba sentado frente a ella, relajado y erguido en el sillón, pero sus ojos estaban alerta. Él y Felix Hearne se enfrentaban como gatos a ambos lados de la estancia. De algún modo Stephen percibió la presencia del ubicuo sargento Martin y su libreta de notas. Durante un segundo nadie habló ni se movió, y el pequeño reloj dorado dio menos cuarto, dejando caer sus maravillosas notas en el silencio como si fueran piedrecillas de cristal. Stephen se acercó despacio a su hermana y agachó la cabeza para besarla. La suave mejilla estaba fría como el hielo al contacto con sus labios, y cuando se levantó los ojos de Deborah buscaron los suyos con una mirada difícil de interpretar: ¿era una súplica?, ¿o una advertencia?

—¿Qué pasó? —preguntó Stephen dirigiéndose a Felix—. ¿Dónde está mi madre?

—Arriba con tu padre, últimamente pasa casi todo el día con él. Le dijimos que el inspector Dalgliesh venía a hacer una visita de rutina ya que no hay necesidad de preocuparla, ni a Martha tampoco. Si Martha se asustara y decidiera irse, tendríamos que buscar otra enfermera experimentada y no podemos hacernos cargo de eso ahora mismo, ni siquiera en el caso de que encontráramos una que aceptara venir.

—¿No te olvidas de algo? —dijo Stephen bruscamente—. ¿Qué pasa con Deborah? ¿Nos vamos a quedar sentados esperando otro intento de asesinato?

Le molestaba que Felix asumiera con tanta calma la responsabilidad de las decisiones de la familia y también su evidente conclusión de que alguien debía hacerse cargo de estos asuntos mientras el hijo de la familia ponía sus deberes profesionales por encima de los familiares.

—Me estoy ocupando de la seguridad de la señora Riscoe, doctor —respondió Dalgliesh—. ¿Podría examinar su cuello y decirme lo que opina?

—Preferiría no hacerlo. El doctor Epps atiende a mi familia, ¿por qué no lo llama?

—Le pido que eche un vistazo a su cuello, no que lo cure. Este no es el momento para excusarse en falsos escrúpulos profesionales. Haga lo que le digo, por favor.

Stephen volvió a inclinar la cabeza, y después de un momento, se incorporó.

—Cogió el cuello con ambas manos justo por encima de los omóplatos. Hay una amplia zona amoratada, pero ningún rasguño con las uñas ni señales de pulgares. Puede haberlo hecho con la base de los pulgares adelante y los demás dedos detrás, la laringe no ha sido tocada y supongo que los morados desaparecerán en un día o dos. No le ha hecho mayor daño, al menos físicamente.

—En otras palabras —dijo Dalgliesh—, ¿fue más bien un trabajo de aficionado?

—Si quiere ponerlo en esos términos.

—Sí, quiero. ¿No le parece que el asaltante sabía muy bien lo que hacía? ¿Que sabía dónde y cuánto presionar sin causar daño? ¿Podemos creer que la persona experimentada que mató a Sally Jupp no podía hacerlo mejor? ¿Usted qué opina, señora Riscoe?

Deborah estaba abrochándose la camisa, se liberó de las manos paternalistas de Catherine y volvió a atarse el pañuelo alrededor del cuello.

—Lamento decepcionarle, inspector, tal vez la próxima vez hagan un trabajo mejor. Aunque a mí me pareció bastante experto, gracias.

—Debo decir que se lo está tomando con mucha calma —gritó Catherine indignada—. Si la señora Riscoe no hubiera podido zafarse y gritar, ahora no estaría viva. Sin duda la cogió como pudo en la oscuridad y se asustó cuando ella gritó. Incluso es probable que este no haya sido el primer intento, no olvide que el somnífero fue colocado en la taza de Deborah.

—No lo he olvidado, señorita Bowers, ni tampoco que el tubo de pastillas fue encontrado bajo la varilla con su nombre. ¿Dónde estaba usted anoche?

—Ayudando a atender al señor Maxie. La señora Maxie y yo estuvimos juntas toda la noche, excepto cuando ella fue unos minutos al lavabo. Sin duda estuvimos juntas desde la medianoche en adelante.

—Y el doctor Maxie estaba en Londres. Este ataque ha ocurrido en el momento más conveniente para todos ustedes. ¿Pudo ver al misterioso estrangulador, señora Riscoe? ¿Lo reconoció?

—No, no estaba durmiendo muy bien, creo que tenía una pesadilla y me desperté en cuanto sentí sus manos en mi cuello. Sentí su aliento sobre mi cara, pero no le reconocí. Cuando grité y fui hacia el interruptor de la luz, él se escapó por la puerta. Encendí la luz y grité, estaba aterrorizada. No era ni siquiera un miedo racional. De algún modo la pesadilla y el ataque se habían entremezclado y no sabía dónde acababa un horror y dónde empezaba el otro.

—¿Y aun así cuando la señora Bultitaft entró usted no dijo nada?

—No quise asustarla. Todos sabemos que anda rondando un estrangulador, pero tenemos que seguir ocupándonos de otros asuntos, y no sería conveniente que ella lo supiera.

—Demuestra usted una encomiable preocupación por la tranquilidad de la señora Bultitaft, aunque no por su seguridad. Debo felicitarlos a todos por su indiferencia ante este maníaco asesino, ya que obviamente eso es lo que es. Pero, ¿no intentarán decirme que la señorita Jupp fue asesinada por error, al confundirla con la señora Riscoe?

—No intentamos decirle nada —Felix habló por primera vez—, es usted el que debe decirnos algo, esa es su función. Nosotros solo sabemos lo que ha sucedido y estoy de acuerdo con la señorita Bowers en que la señora Riscoe está en peligro. Se supone que usted estará dispuesto a ofrecerle la protección que merece.

Dalgliesh lo miró.

—¿A qué hora llegó a la habitación de la señora Riscoe, esta mañana?

—Supongo que medio minuto después que la señora Bultitaft. Salí de la cama en cuanto la oí gritar.

—¿Y ni usted ni la señora Bultitaft vieron al intruso?

—No, supongo que habrá bajado las escaleras antes de que saliéramos de nuestras habitaciones. Como es natural, no lo busqué, ya que recién esta tarde me enteré de lo que había sucedido realmente. Después estuve mirando, pero no hay huellas de nadie.

—¿Tiene usted idea de cómo pudo entrar esa persona, señora Riscoe?

—Pudo haber sido a través de alguna de las puertaventanas de la sala. Anoche salimos al jardín y debimos de olvidarnos de cerrarla. Martha dijo que la encontró abierta esta mañana.

—¿«Salimos»? ¿Se refiere a usted y al señor Hearne?

—Sí.

—¿Tenía la bata puesta cuando la criada entró en la habitación?

—Sí, acababa de ponérmela.

—¿Y la señora Bultitaft creyó la historia de la pesadilla y sugirió que pasara el resto de la noche en su habitación, junto a la estufa eléctrica?

—Sí, al principio no quería volver a la cama, pero la obligué a hacerlo. Antes tomamos una taza de té juntas, frente a la estufa.

—Así que podemos resumirlo de este modo —dijo Dalgliesh—, usted y el señor Hearne dan un paseo nocturno por el jardín de una casa donde hace poco se ha cometido un asesinato y dejan la puertaventana abierta al entrar. Por la noche, un hombre no identificado entra en su habitación y hace un inexperto intento de estrangularla, sin que usted ni nadie pueda atribuirle un motivo, y luego desaparece sin dejar huellas. Su garganta resulta tan poco afectada que es capaz de gritar con la fuerza suficiente para llamar la atención de la gente que duerme en las habitaciones vecinas, y aun así, cuando estos llegan unos minutos después, usted se ha recuperado del susto como para mentir sobre lo ocurrido, una mentira todavía más efectiva, considerando que ha tenido tiempo de levantarse y ponerse la bata para ocultar las marcas del cuello. ¿Le parece un comportamiento racional, señora Riscoe?

—Claro que no lo es —dijo Felix bruscamente—, nada de lo ocurrido en esta casa desde el sábado pasado ha sido racional. Pero ni siquiera usted puede suponer que la señora Riscoe tratara de estrangularse a sí misma. Esos morados no pueden haber sido causados por ella misma, y en ese caso, ¿quién lo hizo? ¿Cree realmente que un jurado pensará que los dos crímenes no están relacionados?

—No creo que se le pida a ningún jurado que considere esa posibilidad —dijo Dalgliesh suavemente—. Ya casi he terminado la investigación sobre la muerte de la señorita Jupp, y lo que ocurrió anoche no va a modificar mis conclusiones, no hará ninguna diferencia. Creo que es hora de zanjar este asunto y me propongo cortar por lo sano. Si la señora Maxie no tiene inconveniente, quiero verlos a todos esta noche a las ocho.

—¿Quería algo de mí, inspector? —Todos se volvieron hacia la puerta. Eleanor Maxie había entrado tan silenciosamente que nadie lo había notado. No esperó una respuesta, sino que se dirigió suavemente a su hijo—. Me alegro de que estés aquí, Stephen, ¿te telefoneó Deborah? Pensaba hacerlo yo si no mejoraba. Es difícil asegurarlo, pero creo que ha habido un cambio. ¿Podría llamar a Hinks? Y a Charles, por supuesto.

Stephen pensó que era natural en ella pedir primero un sacerdote y después un médico.

—Subiré yo primero —dijo—, si el inspector me lo permite, claro. No creo que tengamos nada más que discutir que pueda serle útil.

—No hasta esta noche a las ocho, doctor.

Molesto por su tono, no era la primera vez que Stephen deseaba señalar que los cirujanos recibían el tratamiento de «señor», no de «doctor», pero evitó esa pequeña fanfarronada, consciente de su inutilidad y de la importancia del pedido de su madre. Hacía días que no pensaba en su padre, ahora debía compensarlo. Por un segundo, Dalgliesh y su investigación, todo el horror del asesinato de Sally, se esfumaron ante esta necesidad nueva y más inmediata. Al menos en esta cuestión tendría la oportunidad de actuar como un hijo.

Pero de repente Martha estaba bloqueando la puerta, blanca y temblorosa, con la boca abriéndose y cerrándose sin emitir sonido. El joven alto que estaba detrás de ella pasó a su lado y entró en la habitación. Dirigiendo una mirada aterrorizada a su ama y con un pequeño gesto del brazo, que más que anunciar al extraño parecía abandonarlo a la compañía de los demás, Martha emitió un gemido casi animal y desapareció. El hombre se volvió a mirarla, divertido, y luego se enfrentó con ellos. Era muy alto, más de un metro ochenta, y su cabello castaño, muy corto, se había aclarado por el sol. Llevaba unos pantalones marrones de pana y una cazadora de piel. La cazadora abierta en el pecho permitía apreciar su cuello grueso y moreno y sobre él una cabeza impresionante por su aspecto saludable y viril, casi salvaje. Tenía los brazos y las piernas largos, sobre uno de sus hombros colgaba una mochila y llevaba un bolso de unas líneas aéreas, flamante con sus alas doradas, que en su manaza morena parecía tan ridículo como un juguete en un adulto. A su lado el buen aspecto de Stephen palidecía y se convertía en vulgar elegancia, y toda la frivolidad y el cansancio que Felix había experimentado en los últimos quince años parecían haberse grabado en su cara de una sola vez. Cuando habló, su voz, feliz y confiada, no tenía indicios de timidez. Era una voz suave, con un acento ligeramente americano, pero aun así no había duda de que era inglés.

—Creo que he asustado un poco a su criada. Lamento irrumpir de esta forma, me temo que Sally nunca debe de haberles hablado de mí. Me llamo James Ritchie y ella debe de estar esperándome, soy su marido. —Se volvió hacia la señora Maxie—. Ella nunca me dijo qué clase de empleo tenía aquí y no quiero causar molestias, pero vengo a llevármela.

4

En los años siguientes, cuando Eleanor Maxie se sentara tranquilamente en la sala, a menudo volvería a ver en su imaginación a aquel larguirucho y confiado fantasma del pasado mirándola desde la puerta y aún le parecería sentir el largo silencio que había seguido a sus palabras. El silencio solo había podido durar unos segundos, pero aun mirándolo en retrospectiva, parecía que habían pasado minutos enteros mientras él los miraba con alegre despreocupación y ellos con incrédulo horror. La señora Maxie tuvo tiempo para pensar que parecían salidos de un cuadro, una personificación gráfica de la sorpresa. Los acontecimientos de los últimos días habían aletargado tanto sus emociones, que esta última revelación la dejó casi indiferente. Ya no había nada sobre la vida de Sally Jupp que pudiera sorprenderles. Era sorprendente que Sally estuviera muerta, sorprendente que hubiese estado prometida con Stephen, sorprendente descubrir que había tanta gente implicada en su vida y en su muerte. Enterarse ahora de que Sally había sido esposa además de madre resultaba interesante, pero ya no le sorprendía. Ajena a los sentimientos de los demás, a la señora Maxie no se le escapó la rápida mirada que Felix dedicó a Deborah. Aunque era obvio que estaba impresionado, también parecía divertido y satisfecho. Stephen se quedó simplemente alelado y Catherine Bowers, ruborizada y boquiabierta, era la imagen misma de la sorpresa. Se volvió a mirar a Stephen, como indicándole que debía hablar en representación de todos. Por fin la señora Maxie miró a Dalgliesh y por un segundo sus ojos se encontraron; en ellos leyó una expresión fugaz, aunque inconfundible, de compasión. Incluso entonces era consciente de la irrelevancia de sus pensamientos: «Sally Ritchie, Jimmie Ritchie, por eso llamó al niño Jimmy, porque era el nombre de su padre. No podía entender por qué llamarle Jimmy Jupp. ¿Por qué están todos mirándolo fijo de ese modo? Alguien debería decirle algo.» Alguien lo hizo. Deborah, completamente blanca, habló como en sueños.

—Sally está muerta, ¿nadie se lo dijo? Está muerta y enterrada y dicen que uno de nosotros la mató.

Entonces comenzó a temblar de forma incontrolable y Catherine, que llegó hasta ella antes que Stephen, la sostuvo y la ayudó a sentarse en un sillón. Entonces el cuadro se rompió y hubo un súbito torrente de palabras, Stephen y Dalgliesh se acercaron a Ritchie, alguien murmuró algo como «mejor en el despacho» y los tres desaparecieron. Deborah se arrellanó en el sillón con los ojos cerrados y la señora Maxie fue testigo de su angustia sin sentir nada más que una ligera irritación y pasiva curiosidad por lo que habría detrás de todo esto. Pero sus preocupaciones eran más acuciantes.

—Ahora debo volver con mi marido —dijo dirigiéndose a Catherine—. ¿Podrías venir a ayudarme? Hinks estará aquí pronto y no creo que Martha nos sirva de mucha ayuda en este momento, esta visita parece haberla desconcertado.

Catherine podía haberle respondido que Martha no era la única desconcertada, pero asintió y fue con ella de inmediato. A pesar de que su ayuda en la atención del inválido era útil y competente, a la señora Maxie no se le escapaba el hecho de que su invitada se había propuesto interpretar el papel de colaboradora bien dispuesta capaz de arreglárselas en cualquier emergencia. Esta última emergencia resultaba casi demasiado, pero a Catherine le sobraba aguante y cuanto más débil demostraba ser Deborah, más fuerzas encontraba ella. Antes de salir, la señora Maxie se volvió hacia Felix Hearne.

—Cuando Stephen termine de hablar con Ritchie, creo que debe venir a ver a su padre. Está totalmente inconsciente, pero aun así pienso que Stephen debería estar allí, igual que Deborah, en cuanto se recupere. ¿Podría usted decírselo? No hay necesidad de comentarlo con Dalgliesh —agregó en respuesta a su muda pregunta—, sus planes para esta noche pueden seguir en pie. Todo habrá acabado antes de las ocho. —Deborah estaba recostada sobre el sillón con los ojos cerrados y el pañuelo de gasa que rodeaba su cuello se había aflojado—. ¿Qué le pasó a Deborah en el cuello?

—La señora Maxie parecía solo ligeramente interesada.

—Me temo que fue una payasada bastante infantil
—contestó Felix—, fue un fracaso, como debía ser.

Sin volver a mirar a su hija, Eleanor Maxie se mar-
chó dejándolos solos.

Media hora después murió Simon Maxie. Los largos años de vida vegetal llegaron a su fin, desde el punto de vista emocional e intelectual ya llevaba tres años muerto. Su último aliento fue el tecnicismo que lo separó oficialmente del mundo que alguna vez había conocido y amado. Aunque no estaba dentro de sus posibilidades morir con valor y dignidad, al menos murió sin alboroto. Su esposa y sus hijos estaban con él y el pastor de su parroquia pronunció las plegarias correspondientes como si aquella figura grotesca y rígida pudiera oírlas o decirlas con él. Martha no estaba allí, más tarde la familia explicaría que no habían considerado necesario llamarla, pero lo cierto es que en aquel momento no se sintieron capaces de soportar el llanto conmovido de la criada. El lecho de muerte era solo el punto culminante de un lento proceso de muerte. A pesar de que estaban pálidos en torno a la cama, intentando invocar la piedad del recuerdo o de la pena, sus pensamientos se desviaban hacia otra muerte y esperaban impacientes las ocho de la noche.

Más tarde todos se reunieron en la sala, a excepción de la señora Maxie, que o bien no tenía curiosidad acerca del marido de Sally, o había decidido mantenerse momentáneamente al margen del crimen y sus consecuencias. Se limitó a indicar a su familia que no dijeran nada a Dalgliesh sobre la muerte de su esposo y volvió con el pastor a la vicaría.

En la sala, Stephen servía unas copas y contaba la historia.

—En realidad es bastante simple. Por supuesto, solo alcancé a oír las generalidades porque quería subir a ver a mi padre. Dalgliesh se quedó con Ritchie cuando yo subí y supongo que habrá averiguado todos los detalles. Es cierto que estaban casados, se conocieron cuando Sally trabajaba en Londres y se casaron en secreto aproximadamente un mes antes de que él se fuera a Venezuela para trabajar en la construcción.

—¿Pero por qué no lo dijo? —preguntó Catherine—. ¿Por qué tanto misterio?

—Por lo visto él no hubiese obtenido el empleo si la empresa descubría que estaba casado, querían un hombre soltero. El sueldo era bueno y les hubiese brindado la oportunidad de montar su hogar. Sally insistió en que se casaran antes de que él se fuera, según Ritchie porque le gustaba la idea de impresionar a sus tíos, pues nunca había sido feliz con ellos. El plan era que siguiera viviendo con ellos y trabajando en el mismo sitio para ahorrar unas cincuenta libras antes de que Ritchie volviera. Luego, cuando descubrió que estaba embarazada, decidió seguir con el engaño. Solo Dios sabe por qué lo hizo, pero no sorprendió a Ritchie, que dice que es el tipo de cosa que Sally decidiría hacer.

—Fue una pena que no averiguara si estaba embarazada antes de irse —dijo Felix en tono cortante.

—Tal vez lo hiciera —dijo Stephen secamente—, tal vez le preguntó y ella le mintió. No le pregunté nada acerca de sus relaciones sexuales, no es asunto mío. Estaba ante un hombre que había regresado a casa para encontrarse con que su mujer había sido asesinada en esta casa dejando un niño que él ni siquiera sabía que existía. Espero no tener que volver a pasar un momento así en el resto de mi vida y no creo que fuera la ocasión más apropiada para decirle que debió haber tenido más cuidado. ¡También deberíamos haberlo tenido nosotros, por Dios! —Se bebió el whisky de un trago, aunque la mano que sostenía el vaso estaba temblando—. Dalgliesh se portó maravillosamente con él —agregó sin dejarlos intervenir—, después de esto podría llegar a gustarme y todo, si estuviera aquí por otros motivos. Se llevó a Ritchie con él, iban a St. Mary a ver al bebé y luego esperaban conseguir una habitación para él en el Moonraker's Arms. Por lo visto no tiene familiares a los que acudir. —Hizo una pausa para volver a llenar el vaso—. Esto lo explica todo, por supuesto, la conversación de Sally con el pastor el jueves cuando le dijo que Jimmy iba a tener un padre.

—¡Pero se había prometido contigo! —dijo Catherine—. Había aceptado tu proposición.

—En realidad nunca dijo que se casaría conmigo. Es obvio que a Sally le gustaban los misterios y este lo creó a mi costa. Supongo que nunca le dijo a nadie que estaba prometida conmigo, pero todos lo dimos por hecho. Siempre quiso a Ritchie y sabía que él volvería pronto. Ritchie estaba patéticamente ansioso por convencerme de lo mucho que se amaban, lloraba e intentaba hacerme leer las cartas de Sally. Yo no quise leerlas, ya me odiaba a mí mismo lo suficiente como para hacer algo así. ¡Dios, fue horrible! Pero una vez que empecé a leerlas, tuve que seguir. No paraba de sacar cartas del bolso y ponerlas en mis manos mientras las lágrimas corrían por sus mejillas. Las cartas eran patéticas, sentimentales e ingenuas, pero eran sinceras, los sentimientos eran auténticos.

«Eso explica por qué ahora estás tan angustiado —pensó Felix—. Es probable que nunca hayas tenido un sentimiento auténtico en toda tu vida.»

—No debes culparte —dijo Catherine Bowers intentando ser razonable—. Nada de esto hubiera sucedido si Sally hubiese dicho la verdad sobre su matrimonio. Simulando una cosa así solo podía esperar problemas. Supongo que se escribirían a través de algún intermediario.

—Sí, él le escribía a la dirección de Derek Pullen. Las cartas estaban dirigidas a Pullen y él se las entregaba en unos encuentros prefijados. No sé qué historia le habrá contado, aunque debió de ser muy convincente porque le pidió discreción y, por lo que sé, él nunca la delató. Sally sabía escoger a las víctimas de sus bromas.

—Le gustaba divertirse a costa de la gente —dijo Felix—, pero las personas pueden ser juguetes peligrosos. Es obvio que una de sus víctimas pensó que la broma había llegado demasiado lejos. ¿No habrás sido tú, Stephen, por casualidad?

El tono era deliberadamente ofensivo y Stephen dio un paso rápido hacia él. Pero antes de que alcanzara a responder sonó el timbre de la puerta delantera y el reloj que había encima de la chimenea dio las ocho.

CAPÍTULO NUEVE

1

Se encontraron en el despacho por común acuerdo.
Alguien había colocado las sillas en semicírculo alrededor de la sólida mesa y alguien había llenado la jarra
de agua y la había colocado junto a la mano derecha de
Dalgliesh. Sentado a la mesa con Martin detrás, Dalgliesh observó la entrada de los sospechosos. Eleanor
Maxie era la que demostraba mayor compostura, eligió
una silla frente a la lámpara y se sentó, indiferente y en
paz, mirando el jardín y los árboles de fuera. Era como
si para ella ya hubiera acabado todo. Stephen Maxie
entró precipitadamente, dirigió una mirada entre des-
deñosa y desafiante y se sentó junto a su madre. Felix
Hearne y Deborah Riscoe entraron juntos, pero no se
miraron entre sí y se sentaron separados. Dalgliesh
tuvo la sensación de que la relación que los unía había
variado ligeramente desde la desafortunada comedia de
la noche anterior. Se preguntó si Hearne se habría prestado a interpretar un engaño tan evidente y mirando el
oscuro cardenal en el cuello de la joven se extrañó de la

fuerza que Hearne habría considerado necesario ejercer. Catherine Bowers entró en último lugar, se ruborizó al notar las miradas de los demás y se apresuró a sentarse en la única silla vacía como una estudiante nerviosa que llega tarde a una clase. Mientras abría el expediente, Dalgliesh escuchó las campanas de la iglesia que empezaban a sonar. También habían sonado en su primera visita a Martingale, y lo habían hecho a menudo a lo largo de su investigación, la taciturna música de fondo para un asesinato. Ahora eran campanadas fúnebres y se preguntó quién habría muerto en el pueblo, alguien por quien las campanas tocaban como no lo habían hecho por Sally.

Levantó la vista de sus papeles y comenzó a hablar con su voz calma y grave.

—Una de las características más inusitadas de este crimen fue el contraste entre la aparente premeditación y su verdadera ejecución. Todos los indicios médicos señalan un crimen provocado por un impulso, ya que no fue una estrangulación lenta y había muy pocas señales típicas de la asfixia. Se empleó una fuerza considerable y hubo fractura del cuerno superior de la tiroides en su base. Sin embargo, la muerte se produjo por inhibición vagal y fue muy rápida, e incluso podría haber tenido lugar si el asesino hubiese empleado menos fuerza. Por lo tanto, las apariencias indicarían que fue un claro ataque sin premeditación. El empleo de las manos refuerza aún más esta teoría, ya que cuando un asesino planea una estrangulación, suele hacerlo con una cuerda, con un pañuelo o incluso con una media. No es un hecho invariable, desde luego, pero es fácil entender por qué ocurre así, muy poca gente confiaría en su propia capacidad para asesinar con las manos desnudas. Hay alguien en esta habitación que seguramente confiaría en ella, pero no creo que hubiera usado ese método, hay formas más efectivas de asesinar a alguien sin armas y él lo sabe.

—Pero eso ocurrió en otro país, y además la criada está muerta —murmuró Hearne por lo bajo.

Si Dalgliesh escuchó su comentario o percibió la tensión de su audiencia, que reprimió el impulso de mirar a Felix, no lo dejó traslucir y continuó hablando:

—En contradicción con este aparente hecho impulsivo, nos encontramos con la prueba de un intento, parcialmente consumado, de drogar a la víctima con la intención de insensibilizarla. Podría haberse hecho para entrar en su habitación con facilidad sin despertarla o para asesinarla mientras dormía. Deseché la teoría de dos atentados distintos contra su vida en la misma noche, ya que a pesar de que ninguno de los presentes tenía razones para apreciar a Sally, e incluso podían tenerlas para odiarla, sería ridículo considerar seriamente que dos personas hubieran elegido la misma noche para asesinarla.

—Si la odiábamos —dijo Deborah suavemente—, no éramos los únicos.

—Estaba el chico de los Pullen —dijo Catherine—, no irá a negarme que había algo entre ellos. —Vio cómo Deborah se sobresaltaba ante aquel despropósito, pero siguió con agresividad—. ¿Y qué hay de la señorita Liddell? Todo el pueblo sabe que ella había descubierto algo que la desacreditaría y amenazaba con decirlo.

Si podía chantajear a uno, también podría hacérselo a otro.

—No me imagino a la pobre señorita Liddell trepando por el tubo de la chimenea o colándose por la puerta trasera para encontrarse a solas con Sally —dijo Stephen con cansancio—. No hubiese tenido agallas, y además es difícil creer que asesinara a Sally con las manos.

—Podría haberlo hecho —contestó Catherine—, sabiendo que Sally estaba drogada.

—Pero no podía saberlo —señaló Deborah—, ella no pudo haber puesto la droga en la taza porque cuando salía con Eppy, Sally llevaba la taza arriba y antes estaban los dos en esta habitación con mamá.

—Cogió tu taza por la misma razón que copió tu vestido —dijo Catherine—, pero alguien debió de poner el Sommeil más tarde. No creo que nadie quisiera drogarte a ti.

—No lo puede haber puesto más tarde —dijo Deborah bruscamente—, ¿cómo iba a hacerlo? Supongo que uno de nosotros entró de puntillas en su habitación con el tubo de tabletas de papá y simuló hacer una simple visita social, luego esperó a que ella se inclinara sobre la cuna del bebé y puso una o dos tabletas en su chocolate. No tiene ningún sentido.

—Nada tiene sentido si conectamos la droga con el asesinato —interrumpió Dalgliesh—, aunque, como dije antes, sería una coincidencia demasiado grande que alguien decidiera estrangular a Sally Jupp la misma noche en que otra persona pensaba envenenarla. Pero hay otra explicación posible. ¿Y si la droga en el cacao de

Sally no hubiese sido producto de un incidente aislado? Supongamos que alguien estuviera poniendo somníferos de forma regular en la taza de Sally, alguien que sabía que Sally bebía chocolate y por lo tanto podía poner la droga en la lata de cacao sin temor a equivocarse. Alguien que querría desacreditar a Sally para que la echaran de la casa y de ese modo podría quejarse porque la joven se quedaba dormida. Una persona que probablemente hubiera tenido que soportar a Sally más de lo que creían los demás y que hubiese hecho cualquier cosa, por ineficaz que pareciera, para sentir que tenía algún poder sobre ella. En cierto modo, como verán, fue un sustituto de asesinato.

—Martha —dijo Catherine involuntariamente.

Los Maxie siguieron en silencio. Si sabían o habían adivinado, ninguno lo dejó traslucir. Eleanor Maxie pensó compungida en la mujer que había dejado en la cocina, llorando por su amo muerto. Martha estaba de pie en la entrada con sus manos grandes y rugosas entrelazadas sobre el delantal cuando la señora Maxie se lo dijo, y se había quedado callada. Sus lágrimas silenciosas eran aún más conmovedoras y cuando por fin había hablado, lo había hecho controlando la voz, aunque las lágrimas habían seguido brotando de sus ojos y cayendo sobre sus manos inmóviles. Había dado el aviso sin nerviosismo y sin explicación, pensaba irse el fin de semana siguiente, tenía una amiga en Herfordshire con la cual podría vivir un tiempo. La señora Maxie no había discutido ni había intentado persuadirla, pues eso no iba con su estilo. Pero ahora, mientras dirigía una mirada atenta y cortés a Dalgliesh, analizaba con honestidad los motivos que la habían inducido a excluir a Martha del lecho de muerte de su esposo y reconocía que la lealtad que todos habían dado por sentada era más complicada, menos resignada de lo que ellos creían y que la habían llevado demasiado lejos.

Catherine estaba hablando, no parecía tener ningún temor y seguía las explicaciones de Dalgliesh como si se tratara de una historia clínica interesante y atípica.

—Por supuesto, Martha tenía oportunidades de coger el Sommeil, ya que la familia era muy negligente con respecto a las drogas del señor Maxie. ¿Pero por qué iba a querer drogar a Sally aquella noche en particular? Después de la comedia de la cena, la señora Maxie tenía motivos de preocupación más importantes que el hecho de que Sally se quedara dormida, así que era demasiado tarde para deshacerse de ella de aquel modo. ¿Y por qué Martha escondió el tubo debajo de la varilla de Deborah? Siempre pensé que adoraba a la familia.

—También lo pensaba la familia —dijo Deborah secamente.

—Volvió a poner el somnífero en el chocolate de Sally porque no estaba enterada del supuesto compromiso —dijo Dalgliesh—. Cuando se anunció, ella no estaba en el comedor y nadie se lo comentó. Cogió el Sommeil de la habitación del señor Maxie y luego lo escondió asustada porque pensó que había matado a Sally con la droga. Si vuelven atrás, recordarán que la señora Bultitaft fue la única que no entró en la habitación de Sally. Mientras todos ustedes estaban alrededor de la cama, su único pensamiento era esconder el tubo. No era lo más razonable, pero sin duda ella no estaba en condiciones de actuar de forma razonable, así que salió al jardín y escondió el tubo en el primer sitio donde encontró la tierra removida. Creo que pensaba dejarlo ahí temporalmente y por eso lo marcó con la varilla que tenía más a mano, y dio la casualidad de que era la suya, señora Riscoe. Luego volvió a la cocina, tiró el resto del cacao y el papel interior de la lata en el horno de leña, lavó el pote y lo tiró a la basura. Fue la única persona que tuvo oportunidad de hacer todas estas cosas. Entonces vino el señor Hearne a la cocina para ver si la señora Bultitaft estaba bien y para ofrecerle su ayuda. Esto es lo que me dijo el señor Hearne. —Dalgliesh pasó la página de su expediente y leyó—: «Martha estaba aturdida y repetía que Sally se había suicidado. Le indiqué que eso era físicamente imposible y eso pareció asustarla más, me dirigió una extraña mirada... y prorrumpió en fuertes sollozos.» —Dalgliesh levantó la vista hacia su audiencia—. Creo que podemos decir que la reacción de la señora Bultitaft fue de alivio. Sospecho, además, que antes de que la señorita Bowers entrara a darle el desayuno al niño, el señor Hearne había aleccionado a la señora Bultitaft para el inevitable interrogatorio policial. La señora Bultitaft dice que ella no admitió haber drogado a Sally ni ante él ni ante nadie, y es probable que sea cierto, pero eso no impide que el señor Hearne pudiera haberlo adivinado. Estaba dispuesto, y lo ha estado a lo largo de todo este caso, a permitir que la policía llegara a cualquier conclusión falsa. Incluso al final de la investigación, con el intento simulado de asesinar a la señora Riscoe, tomó una participación más directa en el engaño.

—Fue idea mía —dijo Deborah en voz baja—, yo se lo pedí, le obligué a hacerlo.

—Es probable que haya adivinado lo de Martha —dijo Hearne ignorando la interrupción—, pero ella no me lo dijo ni yo se lo pregunté. No era asunto mío.

—No —dijo Dalgliesh con rencor—, no era asunto suyo. —Su voz había perdido control e imparcialidad y todos lo miraron asombrados por su súbita vehemencia—. Esa ha sido su actitud a lo largo de toda esta investigación, ¿verdad? No nos metamos en los asuntos de los demás, no nos interesemos en las vulgaridades; si tenemos un asesinato, investiguémoslo con buen gusto. Incluso sus intentos por confundir a la policía hubiesen sido más efectivos si se hubiesen molestado en averiguar algo más sobre las personas que tenían a su alrededor. La señora Riscoe no hubiera necesitado persuadir al señor Hearne para que simulara un ataque contra ella mientras su hermano estaba seguro en Londres, si ese mismo hermano le hubiese confiado que tenía una coartada para la hora del asesinato. Derek Pullen no hubiese tenido que torturarse a sí mismo pensando que estaba encubriendo a un asesino, si Stephen Maxie se hubiese molestado en explicarle lo que estaba haciendo con la escalera en el jardín el sábado por la noche. Finalmente conseguimos que Pullen dijera la verdad, pero no fue fácil.

—Pullen no tiene ningún interés en encubrirme —dijo Stephen indiferente—, lo que ocurre es que no puede soportar el hecho de no comportarse como un pequeño caballero. Debieron haberle escuchado cuando me telefoneó simulando actuar como un ciudadano respetable: su secreto está seguro conmigo, Maxie, ¿pero por qué no cumple con su deber? ¡Maldito insolente!

—Supongo que no te importará decirnos qué hacías con la escalera —dijo Deborah.

—¿Por qué iba a importarme? La traía de la casa de Bocock, aquella tarde la habíamos usado para coger el globo de uno de los niños que quedó atrapado en el olmo. Ya sabes cómo es Bocock, la hubiese traído aquí por la mañana a primera hora y es demasiado pesada para él. Supongo que me sentía un poco masoquista, así que la cargué sobre mi hombro. No podía imaginar que iba a encontrarme con Pullen en los viejos establos, aunque por lo visto iba allí a menudo. Tampoco podía imaginar que Sally iba a ser asesinada y que Pullen emplearía su gran inteligencia para sumar dos más dos y suponer que yo había usado la escalera para subir a su habitación a matarla. ¿Y para qué iba a subir por la escalera cuando podría haber entrado por la puerta? Además, estaba llevando la escalera en la dirección opuesta.

—Es probable que pensara que estabas intentando culpar a alguien de fuera —sugirió Deborah—; a él, por ejemplo.

—¿No se te ocurrió pensar, Maxie —interrumpió Felix—, que el chico podría sentirse verdaderamente angustiado y confundido?

—No perdí el sueño pensando en él. No tenía derecho a estar dentro de nuestra propiedad y se lo dije. No sé cuánto tiempo habrá estado allí, pero debe de haberme visto dejar la escalera, luego salió de entre las sombras hecho una furia y me acusó de haber engañado a Sally. Es obvio que tiene unas ideas muy curiosas sobre las distinciones entre clases, cualquiera hubiese dicho que estaba ejercitando mi *droit de seigneur*. Le dije que se ocupara de sus asuntos, aunque de una forma menos delicada, y se me tiró encima. Yo ya había tenido bastante, así que le di un puñetazo y le hice saltar las gafas. Fue todo bastante ridículo y vulgar, estábamos demasiado cerca de la casa así que nos cuidamos de no hacer ruido. Estuvimos allí un rato insultándonos en voz baja y removiendo la tierra para encontrar sus gafas. Casi no ve sin ellas, por lo que pensé que sería mejor acompañarlo hasta la esquina de Nessingford Road. Lo tomó como si lo estuviera escoltando fuera de mis tierras, pero hiciera lo que hiciese ya había herido su orgullo, así que no le di demasiada importancia. Cuando llegó el momento de despedirnos, era obvio que se había convencido a sí mismo de que debía actuar de una forma más apropiada. ¡Hasta pretendía que nos estrecháramos la mano! Yo no sabía si echarme a reír o volver a pegarle. Lo siento, Deb, pero él es de ese tipo de gente.

—Es una pena que no nos hayas contado esto antes —dijo Eleanor Maxie, hablando por primera vez—, ese pobre chico se hubiese ahorrado un montón de preocupaciones.

Parecían haber olvidado la presencia de Dalgliesh, pero ahora volvía a hablar.

—El señor Maxie tenía un motivo para callar. Él advirtió que era importante para todos ustedes que la policía creyera que la escalera estaba a mano para entrar por la ventana de Sally. Conocía la hora aproximada de la muerte y no quería que la policía se enterara de que la escalera no había sido devuelta a los viejos establos hasta las doce y veinte, incluso con un poco de suerte podríamos creer que había estado allí toda la noche. Por esa misma razón no dijo la hora exacta de su regreso de casa de Bocock y mintió acerca de la hora en que se había acostado. Si alguien de su casa había asesinado a Sally a medianoche, le convenía que no faltaran sospechosos, consciente de que casi todos los crímenes se resuelven gracias a un proceso de eliminación. Por el contrario, creo que dijo la verdad al declarar que había cerrado la puerta trasera a las doce y treinta y tres, y sabemos que a esa hora Sally llevaba más de media hora muerta. Murió antes de que Stephen Maxie saliera de la casa de Bocock y aproximadamente a la misma hora en que el señor Wilson, el tendero del pueblo, se levantó a cerrar una ventana y vio a Derek Pullen caminando despacio y con la cabeza gacha en dirección a Martingale. Seguramente Pullen esperaba ver a Sally y pedirle alguna explicación, pero apenas llegó a los viejos establos se encontró con Stephen Maxie cargando la escalera. Para entonces Sally Jupp ya estaba muerta.

—Entonces no fue Pullen —dijo Catherine.

—¿Cómo iba a serlo? —dijo Stephen bruscamente—. Era evidente que no la había matado cuando habló conmigo y no estaba en condiciones de volver para hacerlo después que yo le dejé. Apenas era capaz de distinguir la puerta de su casa.

—Y si Sally estaba muerta antes de que Stephen volviera de visitar a Bocock, tampoco puede haber sido él —señaló Catherine.

Dalgliesh notó que era la primera vez que uno de

ellos se refería concretamente a la posible inocencia o culpabilidad de un miembro de la familia.

—¿Cómo saben que entonces ya estaba muerta? Estaba viva a las diez y media y muerta por la mañana. Eso es todo lo que sabemos —dijo Stephen Maxie.

—No es verdad —contestó Dalgliesh—, hay dos personas que pueden decirnos la hora con mayor aproximación. Una es el asesino, pero hay otra gente que puede ayudar.

2

Hubo un golpe en la puerta y apareció Martha, con la toca y el delantal, imperturbable como de costumbre. Tenía el pelo recogido hacia atrás bajo la toca anticuada y curiosamente alta y sus gruesos tobillos sobresalían por encima de los zapatos negros y cerrados. Si los Maxie se habían imaginado a una mujer desesperada que vendría a arrebatar aquel tubo incriminatorio para llevárselo a la cocina como un animal asustado, no lo demostraron. Tenían el aspecto de siempre, y si bien se había convertido en una extraña, también es cierto que ahora los demás se desconocían entre sí.

—El señor Proctor, para el inspector —anunció sin dar otra explicación de su presencia allí.

Luego se fue y la figura borrosa salió a la luz. Proctor estaba demasiado enfadado para desconcertarse ante una reunión de gente obviamente ocupada en sus propios asuntos. No pareció notar la presencia de nadie, con excepción de la de Dalgliesh, y avanzó hacia él con actitud agresiva.

—Escuche, inspector, necesito protección, esto no está bien. He intentado encontrarle en la comisaría y no quisieron decirme dónde estaba, pero ese sargento no iba a asustarme. Tiene que hacer algo al respecto.

Dalgliesh reflexionó en silencio durante un instante.

—¿Qué es lo que no está bien, señor Proctor? —preguntó.

—Ese chico, el marido de Sally, ha estado en casa amenazándome, y para colmo estaba borracho. No es culpa mía si ella se buscó que la mataran, y se lo dije. No voy a tolerar que asuste a mi esposa, y además, los vecinos... Sus insultos podían oírse desde el final de la calle. Mi hija también estaba allí, y no está bien que haga esto delante de una criatura. Como usted sabe muy bien, soy inocente de este asesinato, y exijo que se me brinde protección.

En realidad parecía que podría necesitar protección contra alguien más que James Ritchie. Era un hombre pequeño, delgaducho y con la cara roja, parecía una gallina enfadada y tenía el hábito de sacudir la cabeza mientras hablaba. Iba vestido con pulcritud, aunque con ropa modesta. Su gabardina gris estaba limpia y hacía poco que alguien había cambiado la cinta del sombrero de paño que apretaba en sus manos enguantadas.

—Usted estuvo en esta casa el día del asesinato, ¿verdad? —dijo Catherine de repente—. Le vimos en la escalera, debía de venir de la habitación de Sally.

—Será mejor que se una a la reunión de fieles, señor Proctor —dijo Stephen mirando a su madre—. Dicen que las confesiones públicas son saludables para el alma. Además entró usted en el momento preciso ya que me imagino que estará interesado en saber quién mató a su sobrina.

—¡No! —dijo Hearne de repente y con violencia—. No seas tonto, Maxie, déjalo fuera de todo esto.

Su voz hizo que Proctor se percatara del lugar en que estaba. Miró a Felix y lo que vio no pareció gustarle.

—¿Así que no debo quedarme? Suponga que lo hago, tengo derecho a saber lo que está ocurriendo. —Miró las caras atentas y displicentes a su alrededor—. A todos ustedes les gustaría que hubiese sido yo, ¿verdad? No crean que no lo sé, si pudieran me lo achacarían a mí. Hubiese sido un buen sospechoso si la hubieran envenenado o le hubieran dado un golpe en la cabeza, aunque es una pena que uno de vosotros no pudiera evitar ponerle las manos encima, ¿verdad? Porque si hay algo de lo que nadie puede acusarme es de un estrangulamiento. ¿Por qué? ¡Miren por qué!

Hizo un movimiento rápido y convulsivo, se escuchó un «clic» y siguió un momento de verdadera e increíble comedia cuando la mano ortopédica de su brazo derecho cayó sobre la mesa frente a Dalgliesh. Todos la miraron fascinados mientras yacía allí como una reliquia obscena, con los dedos de goma curvados en una súplica impotente. Respirando agitadamente, Proctor cogió una silla con un movimiento ágil de su mano izquierda y se sentó triunfante, mientras Catherine lo miraba con expresión de reproche, como si fuera un paciente difícil que se había comportado con mayor petulancia de la habitual.

—Ya estábamos enterados, por supuesto —dijo

Dalgliesh cogiendo la mano—, aunque me alegro de que me lo hayan hecho saber de una forma menos espectacular. El señor Proctor perdió su mano derecha en un bombardeo y la ingeniosa mano que lleva en su lugar está hecha de plástico moldeado y goma. Es liviana, fuerte y tiene tres dedos con articulaciones en los nudillos como una mano verdadera. Levantando el hombro izquierdo y apartando el brazo ligeramente del cuerpo, el usuario puede tirar de una cuerda de mando que va desde el hombro al pulgar. Este movimiento abre el pulgar empujando un muelle metálico. Cuando se afloja la tensión del hombro, el muelle cierra automáticamente el pulgar en dirección al dedo índice, que está fijo. Como verán, es un ingenioso artefacto y el señor Proctor puede hacer muchas cosas con él. Puede desenvolverse bien en su trabajo, montar en bicicleta y presentar una apariencia prácticamente normal. Pero hay algo que no puede hacer y es matar a alguien por estrangulación manual.

—Podría ser zurdo.

—Podría serlo, señorita Bowers, pero no lo es y las pruebas indican que Sally fue asesinada por una persona diestra y fuerte. —Dio vuelta a la mano y la empujó hacia Proctor por encima de la mesa—. Por supuesto, esta es la mano que cierto niño vio abriendo la trampilla del granero de Bocock. Solo podía haber una persona conectada con este caso que usara guantes de piel en un caluroso día de verano y en una feria al aire libre. Así obtuvimos una pista para identificarlo, pero había algo más. La señorita Bowers tiene razón el señor Proctor estuvo en Martingale aquella tarde.

—¿Y qué si estuve? Sally me pidió que viniera, era mi sobrina, ¿verdad?

—¡Oh, venga, Proctor! —dijo Felix—. No intentará hacernos creer que esta era una visita social obligada y que usted simplemente pasaba para interesarse por la salud del niño. ¿Cuánto le pedía?

—Treinta libras —dijo Proctor—, quería treinta libras. ¡De mucho iban a servirle!

—Y como necesitaba treinta libras —siguió Felix despiadadamente—, se dirigió, como es natural, a su pariente más cercano que sabía que iba a ayudarla. Es una historia conmovedora.

Dalgliesh intervino antes de que Proctor pudiera hablar.

—Pedía treinta libras porque quería tener dinero cuando volviera su marido. Habían quedado en que ahorraría cincuenta libras y Sally quería mantener su palabra, a pesar de haber tenido el bebé. Intentaba conseguir que su tío le diera el dinero empleando un método bien conocido. Le dijo que pensaba casarse pronto, sin especificar con quién, y que ella y su marido iban a hacer pública la forma en que la había tratado a no ser que le pagara. Le amenazó con ponerle en evidencia delante de sus jefes y de los respetables vecinos de Canningbury. Decía que la habían privado de sus derechos, pero que si pagaba, ni ella ni su marido volverían a ver ni a molestar a los Proctor otra vez.

—¡Pero eso era un chantaje! —dijo Catherine—. Tendría que haberle dicho que contara todo lo que quisiera, de cualquier modo nadie le hubiese creído. ¡A mí jamás me hubiese sacado un céntimo!

Proctor seguía en silencio y los demás parecían haber olvidado su presencia allí.

—Creo que el señor Proctor hubiese seguido su consejo con mucho gusto, señorita Bowers —continuó Dalgliesh—, si no fuera porque su sobrina empleó una frase en particular, dijo que la habían privado de sus derechos. Es probable que solo quisiera decir que la habían tratado de distinta forma que a su prima, pero el señor Proctor no creía que se refiriera a eso. Tal vez supiera más de lo que creemos, pero por razones que no es preciso discutir aquí, esa frase preocupó a su tío, que debió de tener una reacción interesante, y Sally era lo suficientemente lista para advertirla. El señor Proctor no es un buen actor, intentó descubrir qué era exactamente lo que sabía su sobrina y cuanto más preguntaba, más se delataba a sí mismo. Cuando él se fue, Sally sabía que iba a conseguir esas treinta libras, y quizá más.

—Pero le dije que quería un recibo —interrumpió la voz áspera de Proctor—, porque sabía lo que planeaba hacer. Le dije que aceptaba ayudarla en esa ocasión porque iba a casarse y seguramente tendría muchos gastos, pero que sería la última vez, que si lo intentaba de nuevo iría a la policía con el recibo como prueba.

—No iba a intentarlo de nuevo —dijo Deborah suavemente. Los ojos de los hombres se volvieron hacia ella—, no era propio de Sally. Solo estaba jugando con usted, tirando de los hilos por el mero placer de verle bailar. Si además de divertirse podía conseguir treinta libras, tanto mejor, aunque lo que realmente le atraía era verle sudar. Sin embargo, no creo que se hubiera molestado en seguir, después de un tiempo el entretenimiento se volvería aburrido y a Sally le gustaba comerse a sus víctimas frescas.

—¡Oh, no! —Eleanor Maxie abrió sus manos en un gesto de protesta—, ella no era realmente así, nunca la conocimos.

Proctor la ignoró y súbita y sorpresivamente sonrió a Deborah, como si en ella reconociera una aliada.

—Es muy probable, usted la conocía bien. Me tenía cogido y ya lo había planeado todo. Tenía que conseguir las treinta libras y llevárselas esa misma noche. Me hizo seguirla a la casa y luego a su habitación. Fue horrible tener que entrar y salir a hurtadillas y cuando lo hacía me encontré con ustedes en la escalera. Ella me enseñó la puerta trasera y me dijo que la abriría a medianoche, y que esperara detrás de los árboles del jardín hasta que encendiera y apagara la luz de su habitación. Esa sería la señal.

Felix soltó una carcajada.

—Pobre Sally, ¡qué exhibicionista! ¡Se moría por hacer teatro!

—Al final lo hizo —dijo Dalgliesh—. Si no hubiese jugado con la gente, aún estaría viva.

—Aquel día tenía una actitud extraña —dijo Deborah—. Estaba como loca, y no me refiero solamente a que copiara mi vestido o aceptara la proposición de Stephen. Parecía una niña traviesa, supongo que habrá sido por una especie de alegría.

—Se fue a la cama feliz —dijo Stephen.

De repente todos se quedaron en silencio recordándola. En algún lugar sonó un reloj clara y dulcemente, pero en la sala solo se oía el ligero roce del papel cuando Dalgliesh pasaba las páginas. Fuera estaba la escalera fría y silenciosa que Sally había subido llevando su última taza de chocolate. Mientras escuchaban, casi podían imaginar el sonido de una pelota de fútbol, el cepillo de cerdas sobre la escalera o el eco de una risa. En la oscuridad del jardín, al borde del césped, había una mancha tenue y la luz del escritorio se reflejaba sobre ella como una guirnalda de farolillos de papel en la noche perfumada. ¿Sería un vestido blanco flotando entre ellos o un remolino de pelo? En algún lugar encima de ellos estaba la antigua habitación de juegos, ahora vacía, blanca y aséptica como una morgue. ¿Podrían subir por aquella escalera y abrir aquella puerta sin el temor de que la cama no estuviera vacía? Deborah se sobresaltó y habló en representación de todos.

—¡Por favor! —dijo—. ¡Díganos qué ocurrió!

Dalgliesh levantó la vista y la miró. Luego la voz monótona y grave continuó.

3

—Creo que el asesino fue a la habitación de la señorita Jupp empujado por un impulso incontrolable por descubrir qué era exactamente lo que sentía la joven, lo que intentaba hacer, la magnitud del peligro que podría representar. Tal vez iba con la idea de suplicarle, aunque no me parece muy probable, seguramente pretendía llegar a algún tipo de arreglo. El visitante fue a la habitación de Sally y entró directamente o llamó y le abrieron. Como ven, debió de tratarse de una persona a la que ella no temía. Sally ya debía de estar desvestida y en la cama, seguramente tendría sueño, pero solo había bebido un poco del chocolate así que no estaba drogada, sino demasiado cansada para una discusión racional o sutil. No se molestó en levantarse de la cama ni en ponerse la bata. Ustedes pensarán, teniendo en cuenta lo que sabemos sobre su forma de ser, que nunca hubiese actuado así si el visitante hubiese sido un hombre. Pero ese tipo de prueba no resulta muy valiosa. Aún no sabemos qué ocurrió entre Sally y su visitante, solo sabemos que cuando este salió y cerró la puerta, Sally ya estaba muerta. Suponiendo que este fuera un asesinato sin premeditación, podemos adivinar lo que ocurrió. Ahora sabemos que Sally estaba cansada, que estaba enamorada de su marido y esperaba que él viniera a recogerla en cualquier momento. Podemos intuir por su actitud con Derek Pullen y por el celo con que guardaba su secreto, que disfrutaba de la sensación de poder que le otorgaba este enigma. Pullen dijo: «Le gustan los secretos»; una mujer que había sido jefa de Sally comentó: «No era fácil conocerla, trabajó para mí durante tres años y cuando se fue yo sabía lo mismo de su familia que cuando vino por primera vez.» Sally Jupp mantuvo oculto su matrimonio en circunstancias muy difíciles. Su conducta no era razonable, pues su marido estaba en el extranjero y le iba bien, así que era muy difícil que la empresa lo mandara de vuelta. Además, no tenían por qué enterarse y, seguramente, si Sally hubiese dicho la verdad, alguien la habría ayudado. Creo que guardó el secreto en parte porque quería demostrar su lealtad e integridad y en parte porque era el tipo de persona a quien le gustaban los enigmas. Le ofrecían la oportunidad de lastimar a sus tíos, de quienes nunca recibió afecto, y de divertirse bastante. Además, gracias a su secreto, consiguió siete meses de casa gratis. Su marido me dijo: «Sally decía que las madres solteras lo tenían mejor que nadie», no creo que ninguno de ustedes esté de acuerdo con esta afirmación, pero por lo visto Sally Ritchie creía que vivimos en una sociedad que lava su conciencia ayudando a los pobres interesados más que a los tontos que se lo merecen y esta era su oportunidad de poner a prueba su teoría. Creo que se divertía en el Refugio St. Mary, que se le hizo llevadero porque sabía que ella era distinta a las demás y que debía disfrutar imaginándose la cara de la señorita Liddell cuando descubriera la verdad y lo divertido que sería imitar a sus compañeras de St. Mary ante su marido. Ya saben lo que quiero decir: «Deja que Sal te cuente lo de cuando era madre soltera.» Supongo que además disfrutaba del poder que le confería este secreto y se divertía observando la consternación de los Maxie ante algo que solo ella sabía que no era real.

—Parece saber mucho sobre ella —dijo Deborah moviéndose inquieta en la silla—. Si sabía que el compromiso no era real, ¿por qué consintió que ocurriera? Nos hubiese evitado un montón de problemas diciéndole la verdad a Stephen.

Dalgliesh la miró por encima de la mesa.

—Hubiese evitado su propia muerte, pero ¿hubiera sido propio de ella? No tendría que esperar mucho más, pues su marido volvería a casa en uno o dos días, y la proposición de Stephen era más que una complicación adicional que añadía una dosis de suspenso y diversión a la situación general. Recordemos que ella nunca aceptó abiertamente la proposición de matrimonio, así que actuó como era de esperar. Era evidente que la señora Riscoe no le gustaba, y a medida que el regreso de su marido estaba más cerca, comenzó a demostrarlo con más audacia. Esta proposición le ofrecía todavía más posibilidades de diversión y me imagino que cuando entró su visitante, ella estaría en la cama somnolienta, feliz, confiada, y tal vez convencida de que tenía a la familia Maxie, todos los acontecimientos, incluso al mundo entero, en el puño de una mano. Ni una sola de las personas que he entrevistado la describieron como una joven amable, así que no creo que haya sido amable con su visitante, subestimando el poder de la ira y la desesperación que tenía frente a sí. Quizá se riera, y cuando lo hizo, los fuertes dedos se cerraron alrededor de su cuello.

Se hizo un silencio que finalmente rompió Felix Hearne.

—Usted se equivocó de profesión, inspector —dijo groseramente—, su interpretación dramática merecería un público más amplio.

—No seas tonto, Hearne. —Stephen Maxie levantó la cara pálida y con signos de cansancio—. ¿No te das cuenta de que está disfrutando con el efecto que produce? —Se volvió hacia Dalgliesh con un súbito arrebato de ira—. ¿Las manos de quién? —preguntó—. ¿Por qué seguir con esta farsa? ¿De quién eran las manos?

—El asesino va hasta la puerta y apaga la luz —continuó Dalgliesh ignorándolo—, es el momento de escapar, pero tal vez surja una duda y quiera asegurarse de que realmente está viva. Es probable que el niño se mueva en la cuna y sienta el remordimiento natural y humano por dejarlo solo y llorando junto a su madre muerta o podría haber un motivo más egoísta, que los llantos del niño despierten a toda la casa antes de darle tiempo a escapar. Cualesquiera que sea la razón, vuelve a encender la luz por un instante. La enciende y la apaga. Escondido entre los árboles del jardín, Sydney Proctor ve esto y piensa que se trata de la señal convenida, no tiene reloj y debe guiarse por la luz. Camina bordeando el césped hacia la puerta trasera, escondiéndose detrás de árboles y arbustos.

Dalgliesh hizo una pausa y todos miraron a Proctor. Ahora tenía más compostura y parecía haber perdido su anterior nerviosismo y su actitud defensiva y truculenta. Escuchaba el relato con naturalidad y calma, como si la descripción de aquella noche espantosa y el intenso interés y la concentración de los demás le hubieran despojado de la timidez y la culpa. Ahora que no intentaba justificarse a sí mismo, resultaba más fácil de soportar, después de todo había sido una víctima de Sally como todos ellos. Al escucharle, compartieron la desesperación y el temor con que había llegado hasta la puerta de Sally.

—Pensé que me habría perdido la primera luz, ella dijo que la encendería y la apagaría dos veces, así que esperé un poco. Luego pensé que tenía que correr el riesgo y que no tenía ningún sentido seguir allí papando moscas. Ya había llegado bastante lejos, así que debía seguir hasta el fin. Al menos que ella viera que lo había hecho. No había sido fácil juntar los treinta billetes, saqué lo que pude de mi caja postal, pero eso eran solo diez; en casa no tenía mucho, únicamente lo que había separado para las cuotas de la tele, lo cogí y empeñé en una tienda de Canningbury. Supongo que el tipo se habrá dado cuenta de que estaba desesperado porque no me dio lo que realmente valía, pero con eso tenía suficiente para mantenerla callada. Había escrito un recibo para que ella lo firmara, pues después de la escena en los establos no quería correr ningún riesgo con Sally.

Pensé que le daría el dinero, la obligaría a firmar el recibo y me iría a casa. Si alguna vez volvía a intentarlo, la amenazaría con denunciarla por chantaje. Llegado el caso, el recibo podría resultar útil, aunque yo no pensaba que fuera a necesitarlo. Ella solo quería el dinero y luego me dejaría en paz, después de todo no tendría mucho sentido que lo intentara otra vez, pues Sally sabía perfectamente que yo no tenía de dónde sacar dinero. Sally no era ninguna tonta. La puerta trasera estaba abierta, tal como ella me había dicho. Yo tenía una linterna y me resultó fácil encontrar las escaleras para subir a su habitación, ya que aquella misma tarde me había enseñado el camino. La casa estaba en completo silencio, la puerta de la habitación de Sally estaba cerrada y no se veía luz a través de la cerradura ni por debajo de la puerta. Eso me pareció extraño y me pregunté si debía golpear, pero no quería hacer ningún ruido ya que había un silencio pavoroso. Al final, abrí la puerta y la llamé en voz baja, pero no me respondió. Encendí la linterna e iluminé la habitación y la cama, ella estaba tendida allí. Al principio pensé que estaba dormida y fue casi un alivio; me pregunté si debía dejar el dinero bajo su almohada, pero luego pensé: «¿Por qué voy a hacerlo?» Ella me había pedido que viniera, así que tendría que haber esperado despierta, y además, yo quería salir de la casa. No sé en qué momento me di cuenta de que estaba muerta, me acerqué a la cama y entonces lo supe. Es curioso, pero resulta inconfundible, yo sabía que no estaba enferma ni inconsciente. Sally estaba muerta, tenía un ojo cerrado, pero el otro estaba medio abierto y parecía estar mirándome, así que extendí el brazo izquierdo y le cerré el párpado. No sé por qué la toqué, fue una estupidez hacerlo, realmente, pero sentí que debía cerrar ese ojo que me miraba. La sábana estaba doblada justo por debajo de su barbilla, como si alguien la hubiese arropado para que durmiera cómodamente, la bajé y vi los cardenales en su cuello. Hasta entonces creo que en ningún momento se me había cruzado por la cabeza la palabra «asesinato», pero entonces, bueno, creo que perdí la calma. Debería haber pensado que era obra de una mano derecha y que nadie podría sospechar de mí, pero uno no piensa ese tipo de cosas cuando está asustado. Aún tenía la linterna y estaba temblando, así que dibujaba pequeños círculos de luz alrededor de su cabeza, no podía dejar la mano quieta. Intenté ser razonable y decidir qué hacer, entonces me di cuenta de que ella estaba muerta y yo estaba en su habitación con el dinero. Era obvio lo que pensaría la gente, y sabía que debía escapar. No sé ni cómo llegué a la puerta, pero cuando lo hice, fue demasiado tarde, escuché pasos por el pasillo, unos pasos muy suaves que tal vez no hubiera escuchado en condiciones normales, pero estaba tan aterrorizado que podía oír el sonido de mi propio corazón. En un segundo eché el cerrojo y me apoyé sobre él, conteniendo la respiración. Al otro lado de la puerta había una mujer, llamó muy suavemente y dijo: «Sally, ¿estás dormida? ¿Sally?» Hablaba con voz tan baja que no sé cómo esperaba que la oyeran, o tal vez no le importaba que lo hicieran. Después pensé mucho en ello, pero en ese momento no me quedé a ver lo que hacía, podría haber llamado más fuerte haciendo llorar al niño o podría haber pensado que pasaba algo raro y haber llamado a la familia. Tenía que escaparme, por suerte me mantengo en forma y la altura no me da miedo, además de que no tenía muchas opciones, así que salí por la ventana del costado, la que está oculta por los árboles. El tubo de la chimenea me vino muy bien, no podía hacerme daño en las manos y las zapatillas de ciclismo me permitían agarrarme bien. Caí desde el último metro, me doblé el tobillo, aunque en ese momento no me di cuenta, y corrí detrás de los árboles sin mirar atrás. La habitación de Sally seguía oscura y comencé a sentirme seguro. Había escondido la bicicleta en el seto, a un lado del camino y les aseguro que me alegré de verla otra vez. Solo cuando me subí, me di cuenta de que no podía alcanzar el pedal con el pie. Aun así me las arreglé bastante bien y empecé a pensar en un plan, pues tenía que preparar una coartada. Cuando llegué a Finchworthy simulé un accidente, no fue difícil porque es una calle tranquila y con un muro muy alto del lado izquierdo. Conduje la bicicleta con fuerza contra él y la rueda delantera se dobló, luego corté la llanta con mi navaja. No necesitaba preocuparme por mi papel, ya que estaba a la altura de la situación. El tobillo estaba hinchado y me sentía enfermo. En algún momento de la noche debía de haber empezado a llover porque estaba mojado y tenía frío, a pesar de que no recordaba haber sentido la lluvia. Me costó bastante esfuerzo arrastrarme hasta Canningbury con la bicicleta y ya era bastante más de la una cuando llegué a casa. No podía hacer ningún ruido, así que dejé la bicicleta en el jardín y entré. Era importante que mi esposa no se despertara antes de que yo pudiera cambiar la hora en los dos relojes de abajo. En la habitación no tenemos ningún reloj, yo solía darle cuerda al mío cada noche y dejarlo sobre la mesa de noche, por lo tanto pensaba que si podía entrar sin despertarla, todo saldría bien. Pero, tal como esperaba, tuve mala suerte, ella debió de escuchar la puerta porque se asomó por las escaleras y me llamó. Aquel día ya había tenido más de lo que podía soportar, así que le grité que volviera a la cama y que subiría enseguida. Hizo lo que le dije, tal como suele hacer, pero sabía que bajaría en cualquier momento. Sin embargo, aún tenía una oportunidad, y cuando bajó sigilosamente con la bata puesta, yo ya había puesto los dos relojes a las doce. Insistió en hacerme una taza de té y me volví loco para hacerla acostar antes de que cualquier reloj de la ciudad diera las dos, ya que es el tipo de cosa que a ella no se le escaparía. Por fin logré que volviera arriba y se volvió a dormir bastante rápido. En mi caso fue muy distinto, les aseguro. ¡Dios mío, espero no volver a pasar nunca una noche como aquella! Ustedes dirán lo que quieran sobre la forma en que tratamos a Sally. Yo creo que no le fue tan mal con nosotros, pero si se sintió maltratada, aquella noche la pequeña puta tuvo su desquite.

Pronunció aquella palabra grosera como si se la estuviera escupiendo a la cara, pero luego, en medio del silencio, murmuró algo que podía haber sido una disculpa y se cubrió la cara con aquella grotesca mano derecha. Nadie habló durante un momento, hasta que intervino Catherine.

—Usted no vino al entierro, ¿verdad? Aquel día nos

preguntamos por qué no había venido, aunque alguien dijo que estaba enfermo. ¿Fue porque tenía miedo de que le reconocieran? Sin embargo, a esas alturas usted debía de saber cómo había muerto Sally y que nadie podía sospechar de usted.

Afectado por la emoción, Proctor había contado su historia con fluidez y desenvoltura, pero ahora volvía a sentir necesidad de justificarse y recuperó su agresividad.

—¿Por qué iba a ir? Desde luego no me sentía en condiciones de hacerlo. Es verdad que sabía cómo había muerto porque la policía nos lo había dicho el domingo por la mañana. El oficial que mandaron no tardó mucho en preguntar cuándo la había visto por última vez, pero yo ya tenía mi historia preparada. Supongo que todos pensarán que debí haberles dicho todo lo que sabía, ¡pues no lo hice! Sally ya había causado bastantes problemas cuando estaba viva, y si yo podía evitarlo, no iba a causarnos ninguno más ahora que estaba muerta. No veía por qué mis asuntos personales tenían que ser ventilados en los tribunales, no es fácil explicar estas cosas y la gente puede sacar conclusiones equivocadas.

—O lo que es peor, la gente podría sacar las conclusiones adecuadas —dijo Felix secamente.

La delgada cara de Proctor se ruborizó. Se levantó, dando deliberadamente la espalda a Felix, y se dirigió con cortesía a Eleanor Maxie.

—Si me disculpa, ahora tengo que irme. No he querido entrometerme, pero tenía que ver al inspector. Espero que todo esto se resuelva satisfactoriamente, pero ya no me quieren aquí.

«Habla como si estuviéramos a punto de dar a luz», pensó Stephen.

—¿Quiere que le lleve a casa? —preguntó como para dejar clara su independencia ante Dalgliesh y demostrarle que al menos un miembro de la familia seguía considerándose libre.

—No, no, gracias, tengo la bicicleta fuera. Teniendo en cuenta lo que pasó, hicieron un buen trabajo con ella. Por favor, no se molesten en acompañarme.

Estaba de pie, y con las manos enguantadas colgando a cada lado, tenía un aspecto patético y desagradable, aunque digno.

«Al menos —pensó Felix—, tiene la virtud de reconocer que no se le quiere aquí.»

De repente Proctor extendió la mano izquierda a la señora Maxie con un gesto rápido y formal y ella se la estrechó.

Stephen le acompañó a la salida y hasta que no volvió nadie dijo una sola palabra. Felix tuvo la sensación de que la tensión crecía y podía percibir el mismo olor a miedo que recordaba de otras épocas. Ya debían de saberlo, en realidad habían dicho todo menos el nombre. ¿Pero hasta qué punto les dejarían conocer la verdad? Miró a los demás con los ojos entrecerrados. Deborah estaba extrañamente tranquila como si el final de las mentiras y los engaños le hubiera devuelto la paz, aunque no creía que supiera lo que seguiría. La cara de Eleanor Maxie estaba gris, pero sus manos entrelazadas reposaban relajadas sobre su regazo, y Felix hubiera apostado que sus pensamientos estaban en otro sitio. Catherine Bowers estaba rígida y con los labios curvados en actitud de reprobación. Antes Felix había tenido la impresión de que se estaba divirtiendo, pero ahora ya no estaba seguro y reparó con irónica satisfacción en sus manos apretadas y en el tic nervioso de sus ojos.

Por fin volvió Stephen y entonces habló Felix.

—¿No le parece que esto está durando demasiado? Ya hemos oído las pruebas, la puerta trasera estaba abierta hasta que Maxie la cerró a las doce y treinta y tres, antes de que lo hiciera alguien entró y asesinó a Sally. La policía no sabe quién lo hizo y será difícil que lo descubran, ya que podría haber sido cualquiera. Sugiero que ninguno de nosotros diga nada más —miró alrededor, su advertencia estaba clara.

—Usted sugiere —dijo Dalgliesh suavemente— que un perfecto desconocido entró en la casa, aunque no para robar, fue directamente a la habitación de la señorita Jupp y la estranguló mientras ella yacía en la cama a su disposición sin hacer ningún intento para pedir socorro.

—Es probable que lo invitara a subir, quienquiera que fuese —dijo Catherine.

—Pero estaba esperando a Proctor —dijo Dalgliesh volviéndose hacia ella—. No es probable que quisiera hacer pública aquella pequeña transacción. ¿Y a quién iba a invitar? Hemos investigado a todos los que la conocían.

—¡Por el amor de Dios, dejad de hablar de ellos! —gritó Felix—. ¿No os dais cuenta de que es lo que pretende que hagáis? ¡No hay pruebas!

—¿No las hay? —dijo Dalgliesh suavemente—. No estoy tan seguro.

—Al menos sabemos quién no lo hizo —dijo Catherine—. No fueron Stephen ni Derek Pullen porque ellos tienen coartadas, y no fue el señor Proctor por lo de la mano. El tío no puede haber matado a Sally.

—No —dijo Dalgliesh—, ni tampoco Martha Bultitaft, que no sabía cómo había muerto la joven hasta que el señor Hearne se lo dijo. Ni usted, señorita Bowers, que golpeó a su puerta e intentó hablar con ella cuando ya estaba muerta. Ni la señora Riscoe, cuyas largas uñas sin duda hubiesen dejado arañazos. Nadie puede dejarse crecer las uñas de la noche a la mañana y el asesino no llevaba guantes. Sin duda no fue el señor Hearne, aunque él parece intentar convencerme de lo contrario. El señor Hearne no sabía en qué habitación dormía Sally, pues le preguntó a Stephen hacia dónde debía llevar la escalera.

—Solo un tonto hubiese demostrado que lo sabía. Pude haberlo simulado.

—Pero no lo hiciste —dijo Stephen bruscamente—, y puedes guardarte tu maldita condescendencia. Tú eras la última persona que hubiese deseado ver muerta a Sally. Una vez que Sally se instalara aquí, Deborah se hubiese casado contigo. Puedo asegurarte que no lo hubieras conseguido de ningún otro modo, ahora no se casará contigo y tú lo sabes.

Eleanor Maxie levantó la vista y habló.

—Fui a su habitación a hablar con ella. Me parecía que el matrimonio no sería tan terrible si al menos ella amaba a mi hijo, así que quería conocer sus sentimientos. Estaba cansada, debí haber esperado a la mañana, pero fui y la encontré cantando en la cama. Todo hubiese ido bien si Sally no hubiera hecho dos cosas, se rio de mí y me dijo, Stephen, que iba a tener un hijo tuyo. Fue todo muy rápido, un segundo estaba viva y riendo, y al siguiente, muerta entre mis manos.

—Entonces fue usted —dijo Catherine en un murmullo—, fue usted.

—Por supuesto —dijo Eleanor Maxie suavemente—. Piénsalo por un momento, ¿qué otra persona podría haber sido?

4

Los Maxie pensaban que ir a la cárcel era como ingresar en un hospital, aunque de un modo aún más involuntario. Pero hay experiencias inusuales y bastante aterradoras ante las cuales la víctima reacciona con fría indiferencia, mientras los testigos actúan con decidida jovialidad, intentando demostrar confianza sin caer en la insensibilidad. Eleanor Maxie, acompañada por un sargento de policía, serena y discreta, salió para disfrutar del último baño en su casa. Había insistido en hacerlo y, como en el caso de los últimos preparativos antes de ingresar en un hospital, nadie se atrevió a señalar que el baño era el primer requisito para la admisión en la cárcel. ¿O tal vez habría alguna diferencia entre los prisioneros en preventiva y los que ya habían sido condenados? Es probable que Felix lo supiera, pero nadie se atrevió a preguntar. El policía que conducía el coche esperaba en segundo plano, alerta y discreto como un conductor de ambulancia. Luego vinieron las últimas instrucciones, los mensajes para los amigos, las llamadas telefónicas y la rápida preparación de maletas. Hinks llegó desde la vicaría, sin aliento y poco sorprendido, esforzándose por ofrecer unos consejos y un consuelo que él mismo necesitaba hasta tal punto que Stephen tuvo que cogerlo del brazo y acompañarle de vuelta. Desde una ventana Deborah los miró hasta perderlos de vista y se preguntó de qué hablarían. Mientras subía las escaleras para ir a ver a su madre, Dalgliesh telefoneaba desde el vestíbulo y sus ojos se encontraron. Por un segundo ella creyó que iba a hablar, pero su cabeza se inclinó nuevamente sobre el teléfono y ella siguió su camino, reconociendo de pronto que si las cosas hubieran sido diferentes, ella se hubiese acercado instintivamente a él en busca de consejo y seguridad.

Stephen, que se había quedado solo, reconoció la angustia que sentía. Era un tremendo dolor que no tenía nada que ver con la insatisfacción y el tedio que hasta ahora había considerado como infelicidad. Se había tomado dos copas, pero había advertido a tiempo que el alcohol no le ayudaba. Necesitaba alguien que consolara su pena y le convenciera de su total injusticia, así que fue a buscar a Catherine.

La encontró arrodillada junto a la cama de su madre, envolviendo jarras y frascos en papel de seda. Cuando levantó la vista para mirarlo, él advirtió que había estado llorando y se sintió ofendido y molesto, en la casa no había sitio para un dolor menor. Catherine nunca había dominado el arte de conmover llorando, tal vez por ese motivo había aprendido a ser dura ante el sufrimiento, como ante tantas otras cosas. Stephen decidió ignorar esta intrusión en su propio dolor.

—Cathy —dijo—. ¿Por qué confesó? Hearne tenía razón, no podían probar nada si ella no hablaba.

Solo la había llamado Cathy otra vez y, también entonces, había querido algo de ella. Incluso mientras hacían el amor a ella le había parecido una afectación. Catherine le miró.

—No la conoces bien, ¿verdad? Solo estaba esperando que muriera tu padre para confesar, no quería dejarle y le había prometido que no se lo llevarían de aquí. Esa fue la única razón por la que guardó silencio y solo se lo dijo a Hinks cuando le acompañó a la vicaría esta noche.

—¡Pero se quedó tan tranquila durante todas las declaraciones!

—Supongo que querría enterarse de qué era lo que había ocurrido, ninguno de vosotros le dijo nada y creo que lo que más le preocupaba era si habías sido tú el que había visitado a Sally y echado el cerrojo a la puerta.

—Ya lo sé, intentó preguntármelo y yo creí que me preguntaba si yo había sido el asesino. Tendrán que reducir la condena, después de todo no ha sido premeditado. ¿Por qué no vendrá Jephson de una vez? ¡Le hemos telefoneado! —Catherine estaba ordenando unos libros que había cogido de la mesilla de noche, preguntándose si debía empacarlos o no—. ¡De todos modos la enviarán a prisión! Cathy, ¡no voy a poder soportarlo!

Y Catherine, que había llegado a apreciar y a sentir gran respeto por Eleanor Maxie, tampoco creyó poder soportarlo y perdió los estribos:

—¿Así que no podrás soportarlo? ¡Pues no eres tú

el que tendrá que soportarlo, sino ella! Y además fuiste tú quien la mandó a prisión, recuérdalo. —Una vez que había empezado, Catherine no pudo contenerse y su rabia tomó un giro más personal—. ¡Y hay algo más, Stephen, no sé qué es lo que sientes por nosotros..., bueno, por mí, si lo prefieres. No quiero volver a hablar de esto, así que te lo diré solo una vez: lo nuestro se ha terminado. ¡Y ahora, por favor, quita los pies de encima del papel de seda! ¡Estoy intentando empacar! —Ahora lloraba de veras, como un animal o un niño, sus palabras se volvían confusas y él apenas podía entenderlas—. Estaba enamorada de ti, pero ya no. No sé qué es lo que pretendes ahora ni me importa. ¡Todo ha terminado!

Stephen, que en ningún momento había pretendido que siguiera, miró aquella cara enrojecida, los ojos hinchados y saltones y sintió, de forma irracional, un arrebato de angustia y culpa.

5

Un mes después de que Eleanor Maxie fuera encontrada culpable del cargo menor de homicidio sin premeditación, Dalgliesh, en uno de sus escasos días libres, pasó por Chadfleet a su regreso a Londres desde las rías de Essex, donde había dejado su barco de vela de nueve metros de eslora. No había tenido que desviarse mucho, pero no quiso analizar demasiado los motivos que le habían inducido a recorrer esos kilómetros adicionales de caminos arbolados y con curvas. Pasó junto a la casa de los Pullen, la luz de la puerta principal estaba encendida y el perro alsaciano de yeso se reflejaba, oscuro, detrás de las cortinas. Luego vino el Refugio St. Mary, que parecía vacío y solo un cochecito de niño frente a los peldaños de la entrada daba indicios de vida. El pueblo parecía desierto y somnoliento en la tranquilidad de las cinco de la tarde, la hora del té. En la tienda de Wilson estaban cerrando las persianas y salía el último cliente. Era Deborah Riscoe, llevaba un canasto de aspecto pesado en el brazo y Dalgliesh instintivamente paró el coche. No tuvo tiempo para la indecisión o la torpeza: él cogió el canasto y ella se sentó a su lado, antes de que Dalgliesh tuviera tiempo de pensar en su propia audacia o en la docilidad de Deborah. Admirando de reojo su aspecto sereno y erguido, Dalgliesh notó que la expresión de fatiga había desaparecido. No había perdido su belleza, pero tenía un aire de serenidad que le recordó de alguna manera a la señora Maxie.

Cuando el coche entró en el camino de Martingale, él dudó, pero Deborah hizo un gesto casi imperceptible con la cabeza para indicarle que siguiera. Las hayas estaban doradas, aunque ahora el crepúsculo les robaba color, y las primeras hojas secas se deshacían bajo las ruedas del coche. Por fin divisó la casa, como la había visto por primera vez, tal vez más gris y más siniestra bajo la luz que palidecía. En el vestíbulo, Deborah se quitó la cazadora de piel y la bufanda.

—Gracias, me alegro de que me trajera, esta semana Stephen tiene el coche en la ciudad, Wilson solo reparte los miércoles y yo siempre me olvido de comprar algo. ¿Le apetece tomar una copa o una taza de té? —Le dedicó una pequeña sonrisa burlona—. Ahora no está de servicio, ¿verdad?

—No —dijo—, no estoy de servicio, solo disfrutando.

Ella no le pidió que se explicara y él la siguió a la sala. Estaba un poco más sucia de lo que él recordaba y tal vez más vacía, pero sus ojos expertos notaron que no había ningún cambio real, solo una habitación desnuda que no reflejaba los cambios de la vida.

—Estoy sola casi todo el tiempo —dijo ella, como

si adivinara sus pensamientos—. Martha se ha ido y la he reemplazado por dos asistentas de la ciudad, al menos se llaman a sí mismas asistentas, pero nunca sé si van a venir, lo cual añade emoción a nuestra relación. Por supuesto, Stephen viene a casa casi todos los fines de semana y es una gran ayuda, pero tendremos tiempo de limpiar todo antes de que mi madre vuelva a casa. Ahora tenemos que ocuparnos del papeleo, el testamento de papá, los papeles de defunción, los problemas de abogados..., en fin, todos esos revoltillos judiciales.

—Tal vez no debería estar aquí sola —dijo Dalgliesh.

—¡Oh, no me importa! Alguien de la familia tiene que quedarse. Sir Reynold me ofreció uno de sus perros, pero son demasiado alborotadores para mi gusto. Además, no están entrenados para ahuyentar a los fantasmas.

Dalgliesh cogió la bebida que ella le ofrecía y le preguntó por Catherine Bowers. Le pareció que era la persona menos comprometedora a quien mencionar. Tenía poco interés en Stephen Maxie y demasiado en Felix Hearne, y preguntar por el niño sería recordar a aquel fantasma de cabello dorado que aún se interponía entre ellos.

—Veo a Catherine de vez en cuando. Jimmy todavía está en St. Mary y ella y su padre vienen a verle bastante a menudo. Creo que James Ritchie y Catherine van a casarse.

—Es algo pronto, ¿no cree?

—¡Oh, no! —rio ella—, no creo que Ritchie lo sepa aún. En realidad, sería una gran cosa. Ella quiere al bebé, se preocupa por él, así que creo que sería una suerte para Ritchie. No tengo mucho que contarle acerca de los demás, mamá está bien, de verdad, no es demasiado infeliz; Felix Hearne está en Canadá; mi hermano está muy ocupado en el hospital y dice que todos han sido muy amables con él.

«Seguramente —pensó Dalgliesh—. Su madre estaba cumpliendo una condena y su hermana se las estaba arreglando sin ayuda con los trámites de la herencia, las tareas domésticas y la hostilidad, o lo que ella odiaría aún más, la compasión del pueblo. Pero Stephen Maxie estaba de vuelta en el hospital donde todos estaban siendo muy amables con él.»

—Me alegro de que esté ocupado —dijo ella rápidamente, como si algunos de sus pensamientos se le hubieran reflejado en la cara—, para él fue más duro que para mí.

Quedaron callados un rato.

A pesar de su camaradería aparentemente despreocupada, Dalgliesh se sentía muy sensible ante cada palabra. Deseaba decir algo reconfortante o tranquilizador, pero rechazó más de media docena de frases antes de formularlas. «Lamento haber tenido que hacerlo», pero en realidad no lo lamentaba y ella era lo suficientemente inteligente y honesta para saberlo. Nunca se había disculpado por su trabajo y no iba a insultarla simulando hacerlo ahora. «Me imagino que me odiará por lo que tuve que hacer», sensiblero, sentimental, falso y cargado de una arrogante presunción que ella adivinaría de un modo u otro. Le acompañó a la puerta en silencio y se quedó a mirarlo partir. Al volver la cabeza y contemplar la figura solitaria, momentáneamente perfilada contra la luz del vestíbulo, Dalgliesh tuvo la súbita y esperanzadora seguridad de que algún día volverían a encontrarse. Y cuando sucediera, encontraría las palabras adecuadas.